KB071355

차노휘 장편소설

# 죽음의 섬

청어

차노휘 장편소설

# 죽음의 섬

# 작가의 말


이 소설의 시작은 그림* 한 장에서부터였다.


잔물결도 파도소리도 갯내음도 없을 듯한 바다. 불안한 군청색 하늘. 달빛에 물든 수면. 수면 위로 떠 있는 조각배. 뱃머리에는 관이 실렸고 그 뒤에는 키 큰 사제(정확히 사제인지, 죽은 자인지, 산 자인지도 모르겠다)가 기도하듯 서 있다. 사제 뒤로 뱃사공이 앉아서 노를 젓는다.

조각배는 미끄러지듯 바위섬으로 흘러간다. 암벽을 병풍처럼 두른 섬은 사이프러스 몇 그루를 품고 있다. 사이프러스 바깥쪽에는 묘혈이 있다. 묘혈은 황금빛으로 환하다. 황금빛은 사이프러스의 음산한 그림자도, 타르처럼 검고 깊은 바다도, 적막과 고독을 태생적으로 품고 있을 듯한 그림 분위기에도 잔잔한 안식을 선사한다.

이 이미지는 내게 강렬하게 다가왔다. 가슴에서 내내 떠나지 않았다. 내 욕망

---

*뵈클린의 〈죽음의 섬〉이라는 다섯 개의 버전 중에서 1880년대에 가장 최초로 완성시킨 그림. 현재 바젤 미술관이 소장하고 있다. 젊어서 미망인이 된 마리 베르나의 남편을 위한 추모 그림이다.

은 이미지를 글로 묘사하라고 했다. 소설 말미에는 조각배를 타고 섬으로 향하는 사신이 그려지고, 산 자와 죽은 자가 어울리는 황금빛 축제를 예견한다.

마지막을 써놓고 처음으로 돌아가는 글쓰기였다. 이미지를 만들어놓고 메인 스토리를 짜고 리얼리티를 살린 소설이었다.

2013년 여름부터 구상하고 쓰기 시작했다. 출판 기회가 몇 번 있었지만 때가 아닌 듯했다. 내가 거절하거나 거절당했다. 출판 기금 신청에서 매번 떨어졌다. 모 교수는 이 소설을 읽고 며칠 앓았다고 했다. 그만큼 기가 셌다고 농담 삼아 말했다.

기가 센 '이 녀석'은 나만큼이나 방황을 했다. 나는 박사 논문을 통과시켰지만 일상에서 끊임없는 탈출을 시도했다. 제주도 올레길을 시작으로 지리산 둘레길을 완주하고 까미노 데 산티아고 프랑스길(900㎞)과 포르투갈길(700㎞)을 걸었다. 물 공포증이 있던 내가 이집트 다합에서 스쿠버 다이빙 다이브 마스터(DM)를 따기에 이르렀다. 그리고 다시 『죽음의 섬』과 마주했다.

일 년에 고작해야 네 번 정도 비가 온다는 다합에 비바람이 성난 듯 쳤을 때였다. 파도는 해안가 비치의자를 훔쳐갔다. 길거리는 온통 바닷가에 내놓은 소파나 테이블이 차지했다. 그 날은 카페 영업도 다이빙도 쉬었다.

해질 무렵이 되어서야 모든 것이 잠잠해졌다. 나는 호텔 루프에서 번화가를 내려다보았다. 두 달여 동안 다이빙 훈련으로 지쳐 가는 나와 달리 아치형 해안가는 활기가 돌았다. 어둠을 밝히는 황금빛이 낮 동안 지친 기운들을 쓰다듬으면서 생기를 돋우고 있었다. 그때였다, 생각 한 줄기가 내 정수리를 치고 간 것이.

'아, 소설을 쓰고 싶다, 그것도 장편 소설을…….'

그동안 나는 '소설 불감증'을 앓고 있었다. 불감증을 치료하기 위해서 배낭 하나 짊어지고 그 낯선 곳을 떠돌아다녔던가. 그 사실을 알면서도 애써 외면해왔다. 메마른 육지와 달리 풍요로운 바다를 품고 있는 이 머나먼 타국에서 내 민낯과 진솔한 대화를 하고 있었다.

한 아이를 품기 위해서는 한 녀석을 내보내야 했다. 서운할 것은 없었다. 이제 때가 된 것이다, 제대로 세상을 향해 나아갈 때가. 어떤 상황에서도 꿋꿋하게 중심을 잡을 거라는 믿음은 변함이 없다. 방황한 만큼 속이 더 단단해졌다는 것을 너무나 잘 알고 있으니깐.

험난한 길 제대로 가라고 든든한 장비 챙겨준 청어출판사 관계자 분께 감사드린다. 내가 하는 일에 묵묵히 기다려주고 응원해준 가족에게는 늘 미안하다.

2019년 5월 무안에서,

차노휘

# 차례

# 프롤로그

설지원이 실종됐다. 어떤 단서도 남기지 않았다. 무연고 변사체가 발견되었다는 제보도 없었다. 그의 이름으로 개설된 통장으로, 다달이 6개월 동안 삼백만 원이 입금되었다. 현존하지 않는 사람의 통장에서였다.

그는 평소에도 어딘가로 사라지고 싶어 했다. 걸핏하면 원양어선을 타고 싶다, 아무도 모르는 암자에서 수행승처럼 살고 싶다고 말했다.

설지원은 대학생활 내내 자취를 했다. 건물 옥상에 있는 가건물이었다. 그의 형편은 그리 좋지 않았다. 월세 계약을 할 때에 그는 주인 여자에게 말했다. 만약 제가 돌아오지 않으면 가전제품을 팔아도 좋아요. 가전제품이야 오백 리터 냉장고와 선풍기가 전부였다. 그것조차 낡아서 고물상에나 공짜로 줘야 할 판이었다. 그 앞으로 온 청구서에는 연체된 신용카드 대금이 거의 천만 원에 가까웠다. 그렇다고 사채를 빌려서 '어깨'들한테 시달리지 않는 모양이었다. 그는 자주 전화기를 꺼놓고 낡은 노트북 앞에서 뭔가를 쓴다고 앉아 있었지만 집으로 찾아오는 불량한 사람들은 없었다.

한편에서는 여자 문제로 실종될 수도 있다는 가능성이 제기됐다. 하지만 그는 이성에 도통 관심이 없었다는 게 동기생들의 증언이었다. 한두 명 그에게 호감을 보인 후배들이 있었지만 그는 시간과 돈이 없다는 핑계를 대면서 만나기를 꺼려했다. 그가 호모이거나 성 불구자일 수도 있다는 소문이 한때 돌기도 했다. 확인할 수는 없었다.

그가 호모라는 소문은, 학교 근처 소극장 여단장이 일축했다. 그는 단지, 또래 보다는 나이 든 여자에게 호감을 보였다고 했다. 그는 실종된 것이 아니라 오이디푸스 콤플렉스를 극복하지 못하고 어느 허름한 여인숙이나 횟집을 운영하는 과부 품에 안겨, 애인이자 아들 역할을 하면서 세상을 등지고 있을 거라고 했다. 홀어머니 밑에서 자란 외아들이라는 조건과 그녀를 스토킹 한 적이 있었다는 근거를 댔다.

설지원의 친구 또한 이를 뒷받침할 만한 말을 언급했다. 그가 학과 여 교수를 미행한 적이 있었다고 했다. 미행당한 여 교수와 인터뷰를 요청하려 했으나 그가 실종될 당시 그녀가 자살했다는 비보를 들었다.

실종 사진을 보고, S터미널 내 매점 주인이 제보를 했다. 남색 오리털 파커를 입고 양 어깨에 백팩을 멘, 노트북 가방을 신줏단지처럼 들고 있던 청년이 담배 한 보루와 소주 한 병을 사갔지만 불안하거나 누군가에게 쫓기는 기색은 없었다, CCTV가 없어서 실종자인지는 확인할 수는 없었다고 했다.

실종된 지 1년이 지나서야 그의 어머니가 실종신고를 했다. 전도사인 그녀는 아들의 부재에 한사코 말을 아꼈다.

여러 가지 논리적인 추리가 있었지만 사체와 유서가 발견되지 않은 탓에 논외가 되고 말았다. 가족의 가출 신고에 따른 탐문수사도 사람을 찾는다는 친구의 신문광고도 모두 헛수고였다. 이렇게 하여 아무도 그가 실종된 진정한 이유를 모른 채 5년이 지나 끝내 실종자 사망으로 처리되었다.

# 1. 영무도, 별장지기

겨울바람은 서슬이 팽팽했다. 먼 바다와 능선은 안개에 가려 보이지 않았다. 안개는 무겁고 끈끈했다. 바람이 불어도 움직이지 않았다. 뭉뚱그린 몸통 안에 얼음 바늘 수 만개를 품고 있어서 피부를 연신 찔러대는 듯했다. 냉기가 뼛속까지 파고들었다.

나는 턱을 떨며 영무도 부동산을 찾아 나섰다. 그곳에서 별장지기 면접을 본다고 했다. 선착장 주위도 안개가 점령하기는 마찬가지였다. 유리문을 단, 닭장처럼 붙어 있는 색 바랜 단층 건물들 간판을 겨우 읽을 수 있었다.

다행히 선착장 맞은편에 '靈巫 동산'이라는 간판을 찾을 수 있었다. 비바람에 '부'가 지워진 듯했다. 부동산 사무실 앞에 선 나는 뒤돌아서서 조금 전에 타고 왔던 철선을 찾았다. 철선은 마치 표류하는 유령선처럼 해무 속으로 빨려 들어가고 있었다. 매표소 직원은 영무도 일대는 물고기가 많이 잡히지만 해무가 짙어 좌초 위험이 크다고 했다. 그래선지 이곳에 오려는 사람이 많지 않다고 했다.

S 선착장에서 두 시간 배를 타고 혼자 도착한 섬이었다.

바깥과 달리 화목난로가 있는 부동산 사무실은 환하고 따뜻했다. 화목난로 위에는 양은 주전자가 뚜껑을 딸그락 거리면서 김을 뿜어내고 있었다. 난로 오른쪽에는 영무도 지도가, 그 아래에는 원목 책상 두 개가 자리를 차지하고 있었다. 맞은편에는 5인용 소파가 놓여 있었다.

바깥 추위에 몸이 언 나는 난로 쪽으로 걸음을 옮기면서 인기척을 냈다. 노인이 사무실 뒤편에서 느리게 걸어 나왔다.

노인의 얼굴은 까맣게 타서 해풍에 절은 고기처럼 까칠했으며 팔자주름은 깊게 파여 고랑을 이루었다. 이마에도 그에 못지않게 주름이 져 있었다. 이목구비가 전체적으로 컸고 칫솔모 같은 흰 눈썹 아래 커다란 두 눈은 움푹 들어가서 그늘이 짙었다. 콧대가 높은 긴 코는 끝이 약간 안으로 굽었다. 웃지 않는다면 심술궂고 강단져 보이는 인상이었다. 웃을 때는 두툼한 입술이 혐오감을 일으킬 정도로 잇몸을 드러냈다.

앞니 빠진 잇바디를 다 드러낸 노인이 웃으면서 내게 질문을 던졌다.

"자네가 별장지기 구인광고를 보고 온 청년이지?"

반말이지만 다정한 말투였다. S 선착장에서 낯설게 들었던 사투리가 아닌 표준말이었다. 나는 짧게 대답만 했다. 입은 웃고 있어도 잽싸게 위아래로 훑어보는 노인의 갈색 눈동자에 섬광이 스쳤다.

일주일 전, 임시 별장지기를 구한다는 광고 전단지를 봤다. 집 근처에서 아르바이트할 생각이 없었다. 기회가 된다면 배를 타고 싶기도, 아무도 모르는 곳에서 막노동을 하고 싶기도 했다. 카드빚이 많았다. 카드빚도 갚고 친구에게 궁색한 행색을 들키지 않으면서 소설도 쓸 수 있는 장소여야 했다. 그런 내게 한적한 섬 별장지기는 맞춤 아르바이트였다. 별장지기 조건은 딱 한 가지였다.

심신이 건강한 청년.

준비한 서류봉투를 내밀었다. 주민등록증 사본과 주민등본, 이력서였다. 노인은 내가 내민 서류봉투를 열고 꼼꼼하게 살폈다.

"27세……, 설지원……. 어머니 한 분 계시고, 음……, 소설가가 되겠다고?"

"네."

혼잣말처럼 중얼거리는 노인의 얼굴에 미소가 번졌다.

"그래, 그래, 어머니는 잘 계시고? 허허."

"……네에?"

나는 의외의 질문에 반문했다. 노인은 나를 자주 봐 왔던 사람처럼 물었다. 순간, 치매에 걸린 노인일 수도 있겠다 싶었다. 확인하듯이 물었다.

"혹, 혹시 부동산 사장님이십니까?"

"그렇다네. 부동산 중개업 사장이고 이 섬 이장이라네."

노인은 고개를 끄덕였다. 하지만 노인의 엉뚱한 질문은 계속됐다.

"반찬은 가리지 않고 잘 먹지? 그래, 허허, 잠은 잘 잘 것이고, 몸은 튼튼하고? 허허……."

질문 끝에는 마침표처럼 허허, 하며 웃음을 달았다. 실성한 노인네가 맞았다. 실성한 섬 노인네가 외로워서 낸 구인광고라면?

이곳에 오는 데에 하루가 꼬박 걸렸다. 여섯 시간 동안 버스를 타고 S 선착장에 도착했다. 두 시간을 기다린 뒤, 철선을 탔다. 철선에 있던 두 시간은 끔찍했다. 배 멀미가 심해서 거의 변기를 잡고 있어야 했다. 아직도 속이 울렁거렸다. 주머닛돈도 얼마 남지 않았다. 친구한테 20만 원을 빌렸다. 버스비, 뱃삯, S 선착장 매점에서 산 담배 한 보루와 소주, 점심 값을 계산하니 고작 5만 원 남짓 남았다. 돌아갈 경비도 할 수 없었다. 이렇게 추운 겨울날, 어디에서 잠을 잔단 말인가. 머리가 지끈거리면서 담배 생각이 났다.

"자네, 담력은 어느 정도 되나?"

웃음을 거둔 노인이 정색을 하며 물었다. 여전히 노인의 질문은 느닷없었다. 질문의 의도를 정확히 알 수 없어서 말을 얼버무렸다.

"담력이라면……."

"자네가 오기 전에도 이곳에서 별장지기를 하겠다고 온 사람들이 있긴 했어. 그런데 자꾸 이상한 소리를 해서 물어보는 거야. 귀신이 나타난다거나 무슨 울음소리가 들린다거나 하는, 엉뚱한 소리를 하면서 일을 그만두었지. 그래서 미리 알고 싶은 거라네. 심신이 건강한 청년이라는 조건. 알지? 딱 보니 신체는 건강한 것 같고 혹시 정신질환이나 우울증 같은 것을 앓은 적이 있나 해서, 허허. 기분 나쁘게 생각하지 말았으면 해. 그저 형식적인 질문이니깐."

나는 어깨를 움찔거렸다가 노인처럼 너털웃음을 지으면서 빠르게 대답했다.

"그런 거라면 걱정하지 않으셔도 됩니다. 심장이 일반 사람의 두 배라면 믿으시겠어요? 군대 생활을 최전방에서 했거든요. 그곳에 동기들이 혼자 보초 서기를 무서워하는 막사가 있었는데……, 선임 하사가 자살한 곳이었습니다. 누군가가 유령을 봤다고 말한 것이 화근이었죠. 저는 그곳 보초를 자원할 정도로 담력이 셉니다. 귀신이 나오면 뭐, 인터뷰한다고 생각하죠."

내 호기로운 대답에 노인은 잠시 말을 끊었다. 그러다가 싱긋 웃더니 이력서를 다시 찬찬히 훑었다.

"자네를 믿네만. 확실히 하기 위해서 하는 말이니 참고하게. 오늘부터 하지(夏至)까지, 기한은 6개월이라네. 한 달에 삼백씩 주겠네. 그전에 그만두고 싶을 때는 다른 사람이 구해질 때까지 별장을 책임지고 관리해주게. 만약 6개월을 채운다면, 한 달 월급을 보너스로 주려고 한다네. 어떤가, 자신 있나?

자네라면 충분히 정해진 기간을 채우고도 남겠지 싶은데?"

노인은 제정신이었다. 치매노인이 아니었다. 그렇게 생각하자 욕심이 생겼다.

"그럼 6개월 후에는 근무가 끝나는 건가요?"

답변하는 내 목소리에 윤기가 돌았다. 분명 얼굴에도 화색이 돌았을 것이다. 많이 받아봤자 이백만 원이겠지 싶었는데 생각보다 월급이 많았다. 내친김에 6개월 더 근무하고 싶었다.

"하지가 지나면 그때 가서 결정할 일이고, 안나야!"

노인은 내 승낙에 흡족한 미소를 감추지 않더니 그가 나왔던 곳을 향해 목청을 높였다. 노인의 호명이 떨어지자마자 기다리고 있었다는 듯이 문 여는 소리가 들렸다. 20대 초반 정도로 보이는 여자가 모습을 드러냈다. 가느다란 눈, 조그마한 코, 바깥으로 말려간 주름 잡힌 붉은 입술. 노인과 달리 살결이 하얗고 이목구비가 아기자기했지만 노인처럼 입가에 미소를 머금고 있었다.

노인은 안나를 손짓으로 불러 가까이 오게 하더니 그녀의 허리에 자연스럽게 팔을 둘렀다. 노인의 팔을 가볍게 뿌리친 그녀는 내 쪽으로 와서는 무참할 정도로 나를 빤히 보았다. 나는 헛기침을 한 척하면서 지도가 걸린 벽으로 고개를 돌렸다. 안나는 내 움직임에 아랑곳하지 않고 내 이마와 볼을 쓰다듬었다. 화들짝 놀란 나는 그녀를 돌아봤다. 그녀는 해맑게 웃고 있었다.

노인이 말했다.

"그럼, 가보세! 여기까지 오느라 고생했는데, 면접에서 떨어뜨리면 되겠나? 어서, 가방 챙기게나, 허허."

노인은 출입문을 손가락으로 가리켰다. 나는 노인과 안나를 번갈아 볼 뿐 발을 쉽게 뗄 수가 없었다. 의심이 풀리지 않아서였다. 노인은 생각보다 빠른 몸짓으로 내 어깨를 친 뒤 출입문을 열고 나갔다. 안나도 노인의 그림자처럼 뒤따랐다. 문을 열자 찬바람이 뺨을 때렸다. 밖으로 나갔다.

　노인은 사무실 앞에 세워둔 경운기에 시동을 걸었다. 운전석 옆자리에 안나가 앉았다. 나는 안나를 곁눈질하면서 짐칸으로 올라갔다. 노인은 섬 안쪽으로 나 있는, 시멘트 길을 따라 천천히 경운기를 몰았다.


*


　안개가 짙게 드리운 언덕길을 경운기가 털털 거리면서 올라갔다. 선착장과 멀어질수록 안개는 엷어졌다. 들판은 아직 눈이 녹지 않아 바둑판 모양을 연상케 했다. 그 사이사이에는 억새군락이 바싹 메마른 몸뚱이를 바람에 맡기며 우우우, 소리를 냈다. 좀 더 달렸을 때는 침엽수가 빽빽한 숲이 나왔다. 가팔랐고 전혀 예상치 못한 길이었다. 오르막이면 내리막도 있어야 하는데, 갈수록 지면은 높아지기만 했다. 폭설이라도 내린다면 차량 운행은 힘들 것 같았다.

　시멘트 길은 이미 제설 작업이 되어 있었다. 제설작업을 마치고 돌아가는 듯한 장정들이 경운기가 지나가자 멈춰 섰다. 경운기가 보이지 않을 때까지 웃으면서 손을 흔들어 주었다.

　나는 경사가 완만한 내리막길이 시작될 때 부동산 사무실 벽에 걸려있는 섬 지도를 떠올렸다. 섬 전체 형상이 하트 모양의 푸딩이라면 뾰족한 모서리 부분은 섬에서 가장 낮은 지대인 선착장이었다. 모서리와 반대편인 둥그런 반달 곡선이 맞닿은 부분은 침엽수가 울창했다. 아마도 숲 안에 별장이 있는 듯했다. 다르게 비유하자면 하트 모양의 하이힐이라고 할까. 수면과 수평인 선착장은 앞코에, 발 곡선을 따라 약간 낮아졌다가 높아지는 곳은 울창한 침엽수림 즉, 뒤꿈치에 해당되었다. 지대가 높아질수록 바다와 맞닿아 있는 암벽은 가파르고 높았으며 삼림은 울창했다. 삼림이 무성해서 야생동물이 많을 것 같았다. 나무와 나무 사이에 공기총을 어깨에 둘러멘 사냥꾼이 보였다. 띄엄띄엄 서 있는 가로등처럼 비슷한 모양새의 사냥꾼들이 오르막이 시작될 때까지 나무 사이에 서 있었다.

경운기는 털털 거리면서 오르막길을 올라갔고 선착장 주변 낡은 상가 건물은 안개 뒤로 물러났다. 높이가 점점 더해가는 암벽 위로 인가가 아련하게 흐려졌다. 섬 전체가 오래전 새마을 운동을 했을 때 한꺼번에 개량을 했는지 인가는 단층 콘크리트 건물이었다. 엇비슷한 단층 콘크리트 건물은 지정된 장소에 보초를 서듯 일정한 간격으로 자리 잡고 있었다. 성냥갑과 같은 콘크리트 건물 뒤로 비닐하우스 한 동이 팽팽하게 웅크리고 있었다. 비닐하우스 주위로 안개가 몰려 있어 안개 바다에 떠 있는 구명보트처럼 보였다. 좀 더 달리자 인가는 뒤로 물러났고 숲이 나타났다.

해가 가릴 정도로 무성한 침엽수림을 통과했지만 여전히 안개와 해무가 섬을 점령했다. 바람이 거의 없는 숲 속에서도 소름 돋는 냉기를 품고 있었다. 나는 연신 턱을 떨어댔다. 언 콧등과 양손을 문질러대면서도 섬 출신이었던 친구가 했던 말을 상기했다.

까만 피부에 광대뼈가 도드라지고 턱이 뾰족한 친구는 나이보다 노숙해 보였다. 그는 돈 씀씀이가 굉장히 컸다. 소처럼 순한 눈을 끔벅일 뿐 인상 한번 쓰지 않고 몇 십만 원 정도 되는 술값을 거뜬하게 냈다. 아버지가 전복 양식을 크게 해서 '억(億)' 정도는 아무것도 아니라고 했다. 그는 많은 사람들을 몰고 다녔다. 그 친구에게 두 가지 술버릇이 있었다.

첫째는 고등학교 때부터 티켓 다방을 드나들어선지 술집에서는 능숙한 늑대로 변했다. 술만 마시면 여자들에게 치근댔다. 여자들은 그의 손버릇을 입방아에 오르내리다가도 값비싼 선물을 받고 나면 '오빠'라고 코맹맹이 소리를 내면서 따라다녔다. 둘째는 나이를 막론하고 외모와 상관없이 '여자'를 보면 항상 '갑'의 위치를 고수했다. 주머니가 두둑해서일 수 있지만 그것은 섬에서 자란 그만의 성정인 듯했다. 섬이란 고립된 곳에서 늘 약자는 강자에게 죽어 살아야 한다는 법칙을 술집에서 실천했다고나 할까. 술 취한 친구가 티켓 다방 아가씨 이야기를 해주었을 때 더욱 그런 생각이 들었다.

친구가 사는 섬에, 빚이 2천만 원이 넘어 섬으로 팔려온 십 대 후반의 예쁜 아가씨가 있었다. 인기 많은 아가씨는 마을 사내들하고 거의 관계를 맺었다. 친구도 아버지 몰래 돈을 빼내서 티켓을 끊곤 했다. 도저히 그 생활을 견뎌내지 못한 그녀는 배를 몰래 탔지만 붙잡히고 말았다. 섬에 도착한 것은 싸늘한 시체였다. 다음 날, 그녀만 없어졌을 뿐 섬사람들은 평소와 다름없는 일상을 보냈다. 얼마 뒤 또 다른 아가씨가 그녀의 자리를 채웠다.

처음 친구 이야기를 들었을 때, 나는 무슨 영화 이야기를 하냐고, 유흥업소 여자도 사람인데 어떻게 그럴 수 있냐고 했다. 친구는 내 질문에 아무 대꾸도 하지 않고 있다가 조금 뒤에 눈물을 글썽거리면서 말했다.

내 동정을 준 여자야, 처음으로 사랑했던 여자란 말이야, 그 아가씨 사체를 어디에서도 찾지 못했어.

설마 저 여자도 다방 같은 곳에서 일하지 않을까. 나는 노인 옆에 앉은 안나를 '억울한 그녀'와 비슷한 처지라고 생각해 보았다. 처음 본 남자한테 아무렇지 않게 손길을 주는 것은 평범한 여자가 할 수 없는 일이었다. 하지만 나는 번화가인 선착장 주변에서 다방 간판을 보지 못했다. 더군다나 이 섬은 부촌이 아닌 듯했다. 짙은 해무 때문에 확신할 수 없지만 철선을 타고 오는 동안 가두리를 보지 못했다. 모래사장이 없어서 여름에도 손님을 기대할 수 없을 것 같았다. 숙박시설도 보이지 않았다. 고작해야 연안에 고기가 잘 잡힌다는 소문이 돌아 낚시꾼이 올뿐이었다. 그마저도 짙은 해무로 발길이 뜸했다. 무슨 돈으로 여자를 산단 말인가. 나는 이곳 섬사람들이 무슨 일을 하며 생계를 이어가는지 궁금했다.

"저, 사장님 아니 이장님, 이, 이곳은 뭘 먹고 사나요?"

질문을 해놓고 좀 더 고상하게 물어볼 걸, 후회했지만 이미 늦었다. 나는 머쓱하게 목덜미를 손으로 쓸었다. 노인은 넉넉한 웃음을 먼저 터뜨려 내 어색함을 없애주었다.

"허허, 다들 밥 먹고 살지 뭐 먹고살겠나?"

대수롭지 않은 노인의 답변에 이번에는 내가 머리를 긁적거렸다. 한 달에 3백만 원이라는 돈은 내 수중에 큰돈이었다. 나는 뒤늦게, 혹시나 월급을 받지 못할 경우를 염두에 두고 물어본 것으로 노인이 오해했을까 싶었다. 어색한 침묵을 노인이 먼저 깼다.

"이곳은 말일세. 자네도 보다시피 관광객이 그리 많지 않다네. 해수욕장이 될 만한 모래사장이 없거든. 거의 암벽이고, 수심도 깊고. 대신 들판이 있어. 농사를 짓는다네. 낚시도 하고. 고기도 많고. 넉넉하지는 않아도 사치만 부리지 않는다면 먹고 살만 하다네. 숲도 울창해서 바람을 막아주니 농사도 잘 되고. 인가마다 작은 비닐하우스가 있어서 누에고치도 키우고 말이야. 잠업은 특별한 약초를 재배하는 것과 같다네. 돈이 되지. 젊은이, 섬은 말일세, 조금만 부지런히 몸을 놀린다면 먹고 살만 하다네. 거의 돈 쓸 일이 없어서 생산하는 것마다 저축한다고 생각하면 되고 말이야. 다만 이곳 사람들은 육식을 즐기지 않아. 사람을 위협할 만한 야생동물도 없고. 아주 조용하고 평화로운 곳이어서 자네 작업하기에도 좋을 것이야. 여기서 살고 싶을 정도로 마음에 들 거란 말이지, 허허."

여전히 노인은 말을 끝낼 때마다 허허, 라고 방점을 찍었다. 나는 육식을 즐기지 않고 야생동물이 없다는 노인의 말이 이상했다. 좀 전까지 나무 사이에 서 있는 사냥꾼들을 봐왔다.

"하지만 이장님, 야생동물이 없다고 하셨는데 총을 메고 있는 사냥꾼들을 봤는데요?"

"어디? 이곳에 총을 멘 사람이 있다고? 어디야?"

노인은 내게 고개를 돌리려고 했지만 운전대를 잡고 있어서 쉬 그러지 못하고 목소리만 높였다.

"오르막길 오르기 전요. 나무 사이사이에 서 있었거든요."

"설마 아……. 잘못 본 거겠지? 안개가 요사를 부리긴 하지만 이장인 내가 모를 리가 없어. 그럼 그렇고말고……."

나는 고개를 갸우뚱했다. 노인 말대로 안개가 너무 짙어 착각했을 수도 있었다. 어깨에 둘러멘 것이 공기총이 아니라 낚시 도구일 수도 있었다. 노인의 강한 부정에 무참해져서 고개를 숙였다. 습기 찬 안경알을 소매로 문질러댔다. 습기 품은 겨울 공기는 경운기가 일으키는 바람을 타고 시퍼렇게 피부로 파고들었다. 노인과 안나는 추위를 타지 않은 듯 꿈쩍 않고 앞만 보고 있었다. 나는 코와 입술, 내장까지 얼어버린 듯해 어서 빨리 별장에 도착했으면 싶었다.

*

　노인이 운전하는 경운기를 타고 거대한 철 대문 앞에 도착한 것은 삼십 분이 조금 지나서였다. 철 대문에는 '사유지·출입금지'라는 붉은 글씨 팻말이 꽂혀 있었다. 대문 기둥 위에는 CCTV와 날개를 활짝 편 올빼미 청동 동상이 초인종을 향해 눈을 부라리고 있었다. 눈동자는 동상이지만 사냥감을 노리 듯 매서웠다. 올빼미 눈초리가 CCTV보다 더 경계심을 자아내게 했다. 철문을 중심으로 철책이 별장 정원으로 빙 둘러 있었다. 맹견이 있다는 표시는 없었다. 개라면 질색이었다. 어떤 종류의 개든 내가 지나가기만 하면 사력을 다해 짖어댔다.

　노인은 경운기에서 내려 철문에 걸려 있는 어른 주먹 크기만 한 자물통에 열쇠를 끼워 넣었다. 차 한 대가 간신히 지나갈 수 있는 자갈길이 곡선을 그리며 안쪽으로 이어졌다. 별장 건물은 정원수에 가려 보이지 않았다.

　노인이 대문 한쪽을 밀었다. 대문을 사선으로 가로막고 있는 나무 기둥 때문에 등을 굽혀야 간신히 들어갈 수 있었다. 일부러 외부 사람들이 들어오는 것을 막기 위해 막아놓은 것일 수도 있었다. 나는 호기심에 가득 찬 시선으로 쓰러진 나무를 보았다. 노인은 한 손으로 대문을 잡고 내게 말했다.

　"이번 겨울 태풍 때 쓰러진 거라네. 저 나무가 쓰러져서 황토 지붕을 덮쳤지 뭔가. 저곳이 별장지기가 머무르는 곳인데 태풍 때 별장지기가 다쳤어. 그래서 새로 사람을 구할 수밖에 없었다네. 다시 한번 당부하네만 젊은이는 여기서 보통 담력으로 혼자 지낼 수 없을 거야. 담력이 커야 해. 자네보다 담력이 크다고 큰소리쳤던 이전 별장지기는 나무가 쓰러져 지붕을 덮치자 누군가가 자신을 노려서 쓰러지게 했다면서 공황 상태에 빠져버렸어. 계속해서 이

1. 영무도, 별장지기 **23**

상한 소리가 들린다는 둥, 말도 안 되는 소리를 지껄였지. 그렇다고 여기 오려는 사람이 없는 것도 아니야. 젊은이가 오기 전에 몇 명 더 면접을 봤지만 영 시원치 않아서 돌려보냈다네. 자네를 보니 잘 해낼 거라는 믿음이 드는 군. 어찌 됐든, 전 별장지기가 다친 것은 안 된 일이지만 이렇게 새로운 인연을 만나니 반가운 일 아니겠는가. 인연이란 이런 건가 보네, 허허."

나는 노인의 말에 어깨를 으쓱했다. 쓰러진 나무 우듬지로 시선을 돌렸다. 대문 오른쪽, 단층 황토집 지붕을 거대한 나무가 짓누르고 있었다. 그 무게에 지붕 절반이 내려앉았다. '저' 많은 나무 중에 하필이면 '이' 나무가 쓰러져서 지붕을 덮쳤다는 게 우연치고는 끔찍했다. 전 별장지기가 도망치고도 남을 만했다.

노인은 잠시 무표정하게 쓰러진 나무를 보고 있더니 이내 너털웃음을 터트렸다. 그러고는 앙상하고 창백한 손으로 내 팔뚝을 움켜쥐었다. 나는 본능적으로 뒤로 물러서면서 노인을 보았다.

"왜? 자신 없나?"

나는 고개를 저었다. 노인은 내 반응이 재미있다는 듯이 싱글거렸다. 곧 안나에게 몸을 돌려서 열쇠꾸러미를 건넸다. 열쇠꾸러미를 받아 든 안나는 내 옆으로 왔다. 대문 쇠창살에 양손을 짚은 노인이 입을 열었다.

"젊은이, 이제부터는 안나가 안내할 거야. 나는 사무실을 비워둘 수 없으니 세 시간 뒤에 안나를 데리러 올 거라네. 안나한테 안내 잘 받게나. 무슨 일 있으면 전화하시고. 자네 방에 전화기가 있어, 허허. 부디, 하지 때까지 별장을 잘 관리해주게나. 그날 별장 아씨가 온다네, 허허."

노인이 안나에게 눈길을 돌리자 안나가 고개를 끄덕였다. 경운기 쪽으로 몇 걸음 가던 노인은 안나와 나를 불러 세웠다. 아주 중요한 뭔가를 잊었다는 듯, 턱에 손가락을 갖다 댔다. 내가 노인을 보자 그는 빠르게 말했다. 별장지기 지침서 같은 거였다.

매일 별장 건물 환기시키고 청소하기, 먼지가 가구나 다른 장식품에 앉으면 썩기 쉬우니 먼지떨이로 털어내기, 귀한 물건들이 많아 파손 위험이 있으니 조심하기, 정원을 돌아다니면서 태풍에 쓰러진 나무를 톱질해서 장작으로 만들기, 섬 주민들은 이곳에 오지 않지만 혹 외부 사람이 호기심에 담장을 넘을 수 있으니 경비 잘하기.

마지막 임무는 그리 신경 쓰지 않아도 될 것 같았다. 장정 키 세 배나 되는 철책은 그물처럼 쇠줄이 얽혔고, 쇠줄에는 밤송이 같은 철 가시가 촘촘하게 달려있었다. 그 사이사이를 콘크리트 기둥이 받치고 있었다.

노인은 계속 뭔가 말하고 싶은지 손가락을 대문 쇠창살에 대고 까닥까닥했다. 미간에 주름을 잡고 눈웃음을 치는 표정이 다소 기괴했다. 나는 인내심을 가지고 다음 말을 기다렸다.

"당, 당분간 말일세. 휴, 휴대폰을 사용하지 않는다고 동의할 수 있겠나? 이곳은 휴대폰이 터지지 않지만 말일세. 그것만 동의한다면 당장 이곳에서 일을 해도 되긴 하네만. 휴, 휴대폰을 내게 맡겨두어야 해."

노인은 허허, 라는 웃음을 생략하고는 쇠창살 사이로 손을 내밀었다. 갑작스러운 노인의 요구에 나는 습관적으로 오른손 아귀에 쥐고 있는 휴대폰을 만지작거렸다. 그렇지 않아도 이곳에 오려고 버스를 타면서 전원을 꺼놓았다. 빚 독촉 전화가 대부분이었다. 생각 같아서는 조금도 망설이지 않고 좋습니다, 라고 말해도 될 것 같았지만 휴대폰을 맡길 정도로 정보가 외부로 유출되면 큰일 날만큼 비밀스러운 장소인지 의심스러웠다. 그렇지 않다면 지나친 간섭이었다. 머리를 긁적거리면서 애써 무심한 척, 노인을 떠보았다.

"그렇지만, 가족들에게 안부 전화도 해야 하고……."

노인은 내밀었던 손을 거두더니 사람 좋게 웃었다.

"실은, 요즈음은 휴대폰으로 사진도 찍을 수 있지? 이곳 사진이 외부로 유출되는 것을 주인이 좋아하지 않는단 말일세. 아주 폐쇄적인 사람이거든. 자네, 혹시 이 섬 인터넷 검색해봤나? 이 건물에 대해서는 아무 언급도 없어. 이 건물 사진도 보지 못했을 거야. 다 그렇게 관리해 온 덕일세, 이해해주게나, 허허."

나는 오랫동안 손안에 있는 휴대폰과 노인 얼굴을 번갈아 보고는 마지못해 고개를 끄덕였지만 손가락은 계속해서 휴대폰을 만지작거렸다. 비밀 번호를 설정해 놓았기 때문에 본인 이외에는 휴대폰을 열 수 없었다. 사적인 거라고는 여 교수 사진과 소설을 쓰기 위해 인터뷰했던 사람들의 녹취가 전부였다.

노인은 내가 여전히 망설이자 재차 손을 내밀었다. 손톱에 까만 때가 끼고 손마디가 굵은, 정직한 노동자의 손이었다.

나는 웃고 있는 노인의 눈을 일별 하고는 그의 손아귀에 휴대폰을 건넸다가 얼른 손을 뺐다. 좀 전과는 달리 지나치게 축축한 노인의 손바닥이 찜찜했다. 노인은 찬바람이 부는데도 이마에 땀을 흘리고 있었다.

"너무 걱정 말게나. 내가 잘 보관함세. 휴대폰이 보증서 역할을 할 거라네. 자네도 별장에 들어가 보면 알겠지만 귀한 물건들이 많다네."

말을 끊은 노인은 이마에 흘러내린 땀을 닦았다.

"그리고 내가 매일 안나를, 오전 아홉 시 삼십 분에 이곳으로 데리고 올 거라네. 혹시 필요한 것 있으면 자네 방에 있는 전화로 언제든지 부담 갖지 말고 전화 주게. 구할 수 있는 것은 구해서 안나 편으로 보내주겠네. 안나는 별장 2층만 청소할 거야."

그리고 가급적 외출을 하지 말라고 덧붙이면서 계좌번호를 물었다. 나는 가방에서 메모지를 꺼내 계좌번호를 적으면서 슬쩍슬쩍 안나를 훔쳐봤다. 안나는 이곳에 도착한 뒤로 한시도 가만히 있지를 않고 몸을 움직여댔다. 치마를 펄럭이기도 돌멩이를 만지기도 방방 뛰기도 했다. 멈췄을 때는 내가 들고 있는 노트북 가방을 손바닥으로 쓰다듬으면서 무엇이 있는지 확인하는 시늉을 했다. 노인은 안나를 보면서 연신 미소를 지을 뿐, 돌발행동을 제지하지는 않았다. 내게도 넉살 좋게 웃으면서 작별 인사를 했다.

"어려워 말고, 별장을 자네 집처럼 사용하고 편히 쉬게나, 허허……."

 

 

*

 

 

안나의 경쾌한 걸음걸이를 따라 자갈길을 10분 정도 걸었다. 별장 건물이 조금씩 모습을 드러냈다. 별장은 그야말로 경외감이 들 정도였다. 외벽은 흑적색을 띠는 낡은 벽돌에 넝쿨 줄기가 건물을 온통 감싸고 있었다. 멀리서 보면 건물인지 넝쿨이 감고 있는 담벼락인지 분간하기 어려웠다. 이중으로 된 현관문은 높고 넓었으나 정원으로 향하는 2층 창문은 의외로 크기가 작았다. 밖에서 안으로 들어가기는 쉬워도, 안에서 밖으로 나오기는 어려울 것 같았다. 전체적인 인상이 음울한 사제처럼 무겁고 칙칙해 보였다. 세월의 무게를 고스란히 담고 있었다.

나는 건물을 보는 것만으로도 심장이 뛰었다.

별장지기를 구한다는 광고를 봤을 때, 영무도를 검색해봤다. 영무도는 일제강점기 초 선교사들이 정신병원을 세웠던 곳이지만 해방 직후 폭파되어 건물 일부만 남아있다고 간략하게 정리되어 있었다.

별장은 대략 건평 백 평에 2층 건물, 박공지붕 아래 다락이 있었다. 일반 주택보다 높은 천장으로 중세 유럽의 웅장한 성채와 흡사했다. 정원은 눈으로 가늠할 수 없을 정도로 넓었다. 정원수는 대부분 침엽수였다. 겨울인데도 푸르고 그늘이 짙었다. 별장 건물과 가까운 곳에 호수가 있었다. 건물 꼭대기, 박공지붕 위에는 선교사들이 주일이면 예배를 주도하면서 사용했을 철 십자가가 있었다. 십자가 아래에는 확성기 일곱 개가 장식물처럼 달려 있었다. 당장이라도 장중한 음악이나 사이렌이 울릴 것 같았다. 잎 떨어진 넝쿨은 십자가까지 줄기를 뻗었다. 한여름에는 거대한 넝쿨 건물이 될 것 같았다. 공중에서 사진 촬영을 한다 해도 숲과 건물을 분별하기는 어려울 것 같았다.

건물과 정원을 넋 나간 듯 쳐다보는 나를 안나는 콧노래를 흥얼거리면서 보고 있었다. 내가 그녀 쪽으로 고개를 돌리자 기다렸다는 듯이 내 손을 스스럼없이 잡아끌었다. 차갑고 부드러운 손이었지만 그녀의 접근이 낯설어서 뿌리쳤다. 그동안 만나왔던 여자들은 '절대로' 이렇게 접근하지 않았다. 그녀의 행동에 어떻게 대응해야 할지 혼란스러웠다.

그녀는 내 냉대에 개의치 않고 바람개비처럼 뛰어가서 둔중한 현관문을 밀었다. 이곳에 온 것을 환영한다는 듯이 양손으로 치맛자락을 활짝 펴면서 나를 향해 윗몸을 숙였다.

*

실내는 어두웠다. 창문이 작아 바깥에서 햇볕이 거의 들어오지 않았다. 신

28

경세포를 얼게 할 정도로 냉기가 몸을 덮쳤다. 소름 끼치도록 몸이 떨렸지만 새로운 소재를 발견한 흥분이 앞섰다.

불을 켜자 천장 한가운데에 느슨하게 달려 있는 샹들리에가 은은하게 빛을 발했다. 벽마다 작은 조명등이 있어서 벽에 걸려 있는 초상화를 돋보이게 했다. 그중에서 긴 구레나룻과 날카로운 눈, 매부리코를 한 푸른 눈의 노인이 검은 턱시도를 입고 회중시계를 오른손에 쥐고 있었다. 진한 쌍꺼풀 아래 번득이는 눈동자가 철 대문에서 보았던 올빼미 눈초리를 연상케 했다. 별장 주인인 듯했다. 그 옆에는 양복을 말끔하게 입고 나비넥타이를 맨, 솔가지처럼 눈썹이 짙고 이목구비가 뚜렷한 젊은 남자 사진이 있었다. 남자는 푸른 눈이 아닌 갈색 눈동자였다. 신원을 알 수 없는 남자 초상화 옆에 기존의 것보다 작은 크기로 젊은 여자 초상화가 있었다. 여자는 이국적인 외모였다. 옆모습이지만 날카로운 콧날과 작은 귀, 귓바퀴에 걸려있는 하트형 다이아몬드, 긴 갈색머리가 푸른색 블라우스 절반을 덮고 있었다. 정확히 옆얼굴을 그린 그림이어서 여자의 눈동자는 볼 수 없었지만 별장 주인의 외동딸이라고 짐작할 수 있었다.

초상화 아래에는 엔틱 장식장들이 즐비했다. 그 안에는 조선시대 수술도구와 바늘, 마취기, 야전용 수술 광원 안경, 정형외과 기구 등 1800년부터 1900년대까지 사용했을 동서양의 의료기기 등이 전시되어 있었다. 생활의 흔적을 전혀 발견할 수 없는 1층은 흡사 의학의 발전상을 엿볼 수 있는 의료기구 박물관 같았다.

홀을 고급스럽게 하는 것은 오래된 가구뿐만 아니라 바닥에 깔려 있는 양탄자와 진짜 얼룩말 가죽이었다. 흰색과 검은색이 엇갈린 잘 가공된 가죽은 밟기조차 아까웠다. 초상화가 걸려있는 맞은편에는 멧돼지, 늑대, 수리

부엉이와 같은 야생 동물이 박제되어 있었다. 대대로 이 집안 남자들의 취미가 사냥이라고 말하고 있었다. 하지만 노인은 이 섬에는 야생동물이 살지 않는다고 했다.

현관과 마주하는 곳에 벽난로가 있었다. 조만간 장작이 활활 타오를 거라는 상상만으로도 온기가 전해졌다. 나는 홀 장식들을 한눈에 다 담지 못할 정도로 감탄을 절로 쏟아냈다. 여태껏 자라면서 접해보지 못한 고급스러움이었다. 노인의 말처럼 내 집처럼 편하게 쉴 수 있을지 의문이었다. 노인이 휴대폰을 가지고 가면서 사진을 찍지 말라고 당부한 것이 당연하게까지 여겨졌다. 사람들의 손을 탔다면 정원과 건물은 이미 훼손됐을 것이다.

나는 노인의 당부와 상관없이 다른 욕심이 생겼다. 이 별장을 소재로 글을 쓰고 싶었다. 이곳보다 더 좋은 소설적 공간을 여태 본 적이 없었다. 내 촉수는 별장에 발을 들여놓을 때부터 예민해졌다. 몸이 원고지라도 되는 듯 공기의 흐름까지 놓치지 않으려고 애썼다. 심장이 너무 뛰는 것 같아 가슴을 눌렀다. 목덜미에서 땀이 흘러내렸다. 이곳 건물뿐만 아니라 섬 분위기, 의사였던 별장 주인, 하지 때만 얼굴을 보인다는 푸른 눈의 외동딸도 미스터리 인물로 다가왔다. 여름에 온다고 하니 몇 개월은 더 기다려야겠지만 그 자체만으로도 설레었다.

이 별장을 소재로 『어셔 가의 몰락』과 같은 환상적이고 그로테스크한 분위기를 끌어내면 어떨까. 노인이 나에게 내내 당부한, 주인이 외부 사람들의 시선을 꺼려하니 어떤 정보도 유출하지 말라는 말이 뇌리에 박혔지만 픽션을 가미한 소설은 괜찮을 거였다. 새로운 작품을 완성하고 싶은 욕망이 별장을 둘러보면 볼수록 커졌다. 선임 별장지기가 겨울 태풍에 쓰러진 나무에 깔려 골절상을 입은 것이, 6개월 정도 병원 치료를 받아야 한다는 것이, 내게는 행운이었다. 내가 이곳에 머물 기간은 약 6개월인 하지까지였다. 그동안 전개될 상황들은 특별해야 했다. 그 특별한 모험에 기꺼이 뛰어들 준비가 되어 있었다.

안나 또한 여태껏 내가 봐왔던 여자들과 달랐다. 겨울인데도 양말을 신지 않은 맨발로 차가운 대리석 바닥을 밟았다. 그녀의 발걸음은 왈츠를 추듯 가볍고 높았다. 두 팔을 벌려 초상화나 다른 진기한 물건들을 가리켰다. 끊임없이 콧노래를 흥얼거렸다. 익숙한 자장가 멜로디였다. 2층 계단을 올라갈 때는 치마를 양손가락으로 잡고 우아한 여왕처럼 한 계단 한 계단 느리게 밟았다.

그녀를 따라 2층으로 올라갔다.

2층에는 거실을 사이에 두고 남쪽과 서쪽에 문이 있었지만 잠겨 있었다. 벨벳 커튼이 창문을 가리고 있어 가구들이 어둠에 묻혀 있었다. 안나가 커튼을 옆으로 밀쳤다. 엔틱 가구들이 겨울 햇살을 만나 몽환적인 분위기를 자아냈다. 바깥에서 보지 못한 선교사들이 심었다는 서양 사과나무 자손목이 둥그런 호수 주위로 솟아있는 것이 눈에 들어왔다. 살얼음이 언 호수였고 그 위로 낙엽이 뒹굴었다.

나는 거실 한가운데를 가리고 있는 벨벳 베일로 시선을 돌렸다. 호기심에 살짝 들췄다. 장정 두 사람이 양손으로 잡아야 할 정도 둘레의 둥근기둥이 나왔다. 기둥을 따라 수직으로 철제 계단이 놓여 있었다. 계단은 다락방과 연결되어 있었다. 내친김에 다락방까지 보고싶었다. 계단에 발을 올렸다. 그 순간이었다, 안나가 나를 잡아당긴 것이.

하마터면 넘어질 뻔했다. 1층과 2층을 경외로 가득 차서 훑었을 때 그녀는 콧노래까지 흥얼거리면서 나를 안내했다. 전혀 예상치 못한 상황이었다. 옷자락까지 잡을 정도로 다락에 중요한 뭔가가 있을까 싶었다. 이곳에 상주할 사람은 안나가 아니라 바로 '나'였다.

얼굴을 찡그리면서 다시 철 계단에 발을 올렸다. 안나가 재빠르게 앞을 가로막았다. 입술을 앙다물고는 양팔을 엇갈리면서 도리질까지 했다. 단호한 제스처에 나는 더 당황했다.

실은 별장으로 들어온 뒤부터 안나의 존재를 거의 잊다시피 했다. 말없이 콧노래만 흥얼거리는 그녀의 존재는 그림자에 불과했다. 별장 내부를 둘러볼 때 내가 일할 장소가 아니라 앞으로 완성하게 될, 작품 속 공간으로 들어온 것 같은 환상에 젖었다. 앞을 단호하게 가로막고 있는 안나는 내 작품을 난도질하는 여 교수였다.

안나를 흘겨보았다. 그녀의 어딘가가 낯설었다. 미소를 거둔 표정은 서늘하면서도 침범할 수 없는 위엄이 있었다. 안나를 세세하게 뜯어보았다.

섬 처녀라 할 수 없을 정도로 햇빛을 비껴간 하얀 얼굴. 얼굴 균형을 깨는 비대칭인, 다소 심각하게 깨문 두툼한 입술. 양 볼에 팬 보조개. 롱 파커 안에 입은 하얀 원피스. 목덜미가 깊게 파인 브이 네크라인 아래 살짝 보이는 가슴골. 얼굴은 어려 보였지만 몸매는 성숙했다. 섹시한 몸매다, 라고 머릿속에서 문장을 만들자 안나의 모든 것이 묘한 성적 뉘앙스를 풍겼다. 화장기가 없는데도 바깥으로 까진, 붉고 두툼한 입술은 외설스럽기까지 했다. 안나의 정체는 뭘까. 노인의 딸일까. 롱 원피스를 입었는데도 발목이 훤히 드러날 정도로 노인처럼 키가 컸지만 이목구비는 닮은 구석이 없었다. 무엇보다 그녀는 도리질만 할 뿐 도통 말이 없었다. 그녀는 벙어리일 수도 있었다. 손가락으로 그녀의 입술을 가리켜 보았다. 그녀는 웃기만 했다.

나는 계속해서 머릿속에 감도는 의문들을 정리하느라 멍한 표정을 짓고 서 있었다. 그게 어색했을까. 안나가 내 목덜미 속으로 손을 쑥 밀어 넣었다.

얼음처럼 차가운 손길에 흠칫, 하면서 뒤로 물러났다. 그녀는 여전히 미소를 머금은 채 내가 물러난 만큼 다가와서는 이마며 콧등, 입술, 귓불을 차례대로 어루만졌다. 긴장한 나와 달리 그녀의 몸짓과 손길은 아주 자연스러웠다. 설마, 첫눈에 나한테 반한 걸까? 엉뚱하지만 달콤한 상상을 했다. 그것은 아닌 듯했다. 눈빛이 달랐다. 안나는 나를 보는 것이 아니라 나를 관통한 다른 세계를 보는 것처럼 동공에 초점이 없는, 투명하면서도 텅 빈 눈동자였다. 안나의 섬세한 손길은 흡사 장님이 상대방의 얼굴을 확인하기 위해서 더듬는 것과 같았다.

나는 이 모든 것이 부담스러워서 고개를 저었다.

안나가 손을 거두었다. 나는 헛기침을 하며 아래층을 향해 돌아섰다. 나보다 더 빠른 몸짓으로 그녀가 내 옷자락을 잡아끌었다. 나는 그녀의 손이 무참할 정도로 옷자락을 빼버렸다. 화를 낼 거라는 예상과 달리 그녀는 웃으면서 뛰어 내려갔다.

나는 안나가 사라지자 철 계단 위를 올려다보았다. 아직 눈으로 확인하지 않은 미지의 공간이지만 조만간 올라갈 거라고, 이곳에 머물 사람은 안나가 아니라 바로 '나'라고 중얼거렸다.


마지막으로 안나가 안내한 곳은 내가 머물러야 할 숙소였다. 숙소는 1층 홀, 현관 옆에 딸린 방이었다. 예전에는 잡다한 것들을 넣어 두는 창고로 사용된 것 같았다. 막상 안을 보니 침실과 주방, 화장실이 있는 원룸 형태였다. 바닥에는 열판이, 천장에는 열풍기가 설치되어 있었다.

안나는 입구에 있는 바닥을 가열하는 스위치를 눌렀다. 얌전히 침대에 앉더니 나를 바라보면서 미소를 지었다. 뭔가 칭찬을 바라는 눈치였다. 졸지에 주인이 된 내가 손님인 안나를 접대해야 할 분위기였다. 안나의 옷자락이 스치기만 해도 신경이 곤두섰다. 그녀에게서 멀찍이 떨어져, 일부러 딴짓을 했다. 등을 보인 채 침대 머리맡에 있는 현관에 설치된 CCTV 모니터와 그 옆, 탁상시계로 시선을 던졌다. 피로가 한꺼번에 몰려왔다. 노인이 어서 왔으면 싶었다. 괜스레 수화기를 들었다. 수화기 너머에서 윙, 하는 소리가 났다.

참을성 있게 침대에 앉아있던 안나가 일어났다. 주전자에 물을 받고 가스레인지 스위치를 눌렀다. 타탁, 하며 불꽃이 올라왔다. 안나는 싱크대 수납장을 열었다. 그곳에 인스턴트커피가 종류별로 가지런히 진열되어 있었다. 조그마한 유리병에는 잘 건조되어 다져진 약초 같은 것이 색깔 별로 담겨 있었다. 다른 서랍에서 머그잔 두 개를 꺼냈다. 슬쩍 본 그곳에는 그릇, 수저, 쌀봉지 등 당분간 생활할 수 있을 정도로 필요한 주방 기구와 식량이 있었다. 안나는 이 방에 무엇이 있는지 잘 알고 있었다.

나는 가방을 뒤졌다. 노트북과 책 몇 권을 꺼내 놓았다. 그러다가 팍팍, 하는 소리에 놀라 고개를 돌렸다. 치마를 무릎까지 걷은 안나가 맨발로 방바닥을 내리찍고 있었다. 전기판에 온기가 스며들자 구석진 곳에 숨어있던 바퀴벌레 몇 마리가 기어 나왔다. 이미 내장이 터진 서너 마리가 바닥에 납작하게 눌려 있었다. 안나는 고개를 들어 나를 보며 빙그레 웃었다.

＊

안나와 노인이 가버린 오후, 온전히 별장 주인이 된 내게 어둠은 생생하게 다가왔다. 해가 기울자 바람이 서서히 몸을 일으켰다. 창문을 닫았는데도 바람이 내달리는 소리가 거칠었다. 침대 전기장판을 켜고 이불을 머리까지 뒤집어썼다. 낯선 곳에서 낯선 사람을 만난 첫날밤이었다. 내가 생각해왔던 현실과 이상을 적절히 넘나들 수 있는 소설 속 공간이기도 했다.

'영무도(靈巫島)'는 무슨 뜻일까. 나는 부동산 이름이 한자로 적혀 있는 것을 떠올렸다. 영혼과 무녀들이 거주하는 섬? 피식, 웃음이 터졌다. 이곳은 '풍미도(風美島)'가 어울릴 것 같았다. 바람이 많이 부는 섬. 안개와 해무가 걷힌 섬을 상상하다가도 해무가 암벽에 꼼짝 않고 들러붙어 있는 풍경에 곧 시들해졌다. '해무도(海霧島)'가 맞았다.

바깥으로 귀를 기울였다. 눈먼 바람이 해안 단애에 부딪쳐 단말마의 비명을 내지르고 있었다. 다시금 길을 잡아 침엽수림 허리를 휘어잡고 별장 건물에 온몸을 내던졌다. 드디어 기운 빠진 목쉰 소리로 잦아들었다가 잠자고 있는 모든 생물을 깨울 듯 아우성을 쳐댔다. 예민한 귀는 모든 소리를 들을 수 있었다. 오래전 선교사가 바람을 막기 위해서 사이프러스를 심었을 것이다. 아니, 별장 주인일까. 이곳이 정신병원이었다고 했는데, 왜 이렇게 먼 곳에 병원을 세워야 했을까. 정신병자를 둔 가족들은 환자를 더 이상 보고 싶어 하지 않았을까. 의사 선교사들은 환자들을 성령의 이름으로 치유하려고 했을까.

바람소리로 시작된 질문은 연이어 철문과 철책과 별장 건물 창문을 떠올리게 했다. 건물 창문은 작았다. 철책 없는 건물 뒤편은 깎아지른 암벽이었다.

예전에 22층 아파트 옥상에 올라간 적이 있었다. 그곳에서 내려다본 화단은 아찔하기만 했다. 건물 뒤편 암벽은 그보다 더 했다. 아래에는 화단 대신 암초가 있었다. 만약 철 대문 앞에 총을 든 경비원이 지키고 철책에 전기가 흐른다면? 어느 누구도 이곳을 탈출할 수 없었을 것 같았다. 오싹 소름이 돋았다. 너무 많은 공포 영화를 본 게 탈이었다.

잡념에 잠을 이루지 못할 것 같아 벌떡 일어나 담배에 불을 붙였다. 섬 밤은 깜깜했다. 먼 곳에 있는 등대가 가끔 창문에 빛을 던져줬다. 그 빛은 벽면을 때리면서 이동했다. 귓가에는 웃음소리가 맴돌았다. 이곳 사람들의 웃음은 어떤 의미일까. 섬 마을 사람들의 넉넉하고 낙천적인 성격을 대변하는 것일까. 굳이 그 이유를 찾으려는 것은 확실하지 않은 것에 호기심을 자극하여 글을 쓰려는 욕심 때문일까.

낮에 본 노인과 안나를 떠올렸다. 누구보다 안나라는 여인이 궁금했다. 소녀 같기도, 숙녀 같기도, 백치 같기도 했다가 웃을 때 올라간 입술과 눈꼬리에는 묘한 요부 끼가 묻어있었다. 천진하게 웃다가도 바퀴벌레를 보면 사정없이 짓밟는 잔인성까지 보였다. 도대체 그녀를 어떻게 이해해야 할까.

담배 한 개비를 또 꺼내 불을 붙였다. 괘종시계가 열두 번을 쳤다. 또 시간이 흘러 한 번을 쳤을 때에야 결론을 내렸다. 결론을 내려야 잠을 잘 수도 내일부터 근무를 할 수도 있었다. 의외로 간단했다. 이번이 섬 방문 두 번째였다. 고작 한철 해수욕을 즐겼을 뿐이다. 섬만의 독특한 정서를 몰라서 오해하고 있을 수도 있다. 순수한 마음을 왜곡되게 확대 해석할 필요는 없었다. 쓸데없는 생각에 시간을 낭비하지 말자라고 속으로 중얼거리면서 이불을 뒤집어썼다. 잠이란 잠은 이미, 멀리 달아난 뒤였다. 이불을 걷어 쭈그려 앉았을 때에야 내 의심들이 그저 허상이 아니라는 것을 뒷받침할 만한 이론을 떠올렸다. 그것은 '래핑 맨'이었다.

래핑 맨(Laughing Man)은 사람이 사람을 먹어서 병에 걸린 사람을 일컫는다. 먹힌 사람의 영혼이 먹은 사람을 지배하면 웃게 되는 웃음 병이다. 처음에는 머릿속에서 목소리가 들리다가 뭔가를 보게 되고 보이지 않은 영혼과 이야기를 하게 된다. 그런 사람들은 웃음을 멈추지 못하고 결국에는 웃다가 죽는다. 동족 포식으로 생기는 광우병과 공통적인 증상을 띤다. 수족과 입 주위로 경련을 일으킨다. 사람이 이 병에 감염되었을 때는 웃음 충동을 억제하지 못해 웃지 않고는 못 배기게 된다. 그런 다음 경련, 치매, 마비로 이어지다가 죽는다.

심각한 것은 아니지만 이곳에서 만난 사람들은 모두 웃는 낯이었다. 찡그리거나 언성을 높인 적도 없었다. 안나도 마찬가지였다. 설마 식인을? 절로 웃음이 터졌다. 지금이 어떤 세상인데? 그렇다면 오염된 소를 먹어, 프리온이라는 기형 단백질을 증식시킨 것이 아닐까. 프리온은 해면처럼 뇌 조직에 구멍을 숭숭 뚫어 증식한다. 현재까지 이러한 유형의 질환들로 수많은 사람들과 약 삼백만 마리의 동물들이 죽었다는 기사를 읽은 적이 있다. 노인은 이곳 사람들은 육식을 하지 않는다고 했다.

모를 일이다.

생각이 여기까지 미치자 습관적으로 생각을 멈췄다. 너무 나갔다. 소설을 쓰려고 할 때 착상 단계에서는 모든 상상의 나래를 펴되 고삐 풀린 망아지처럼 날뛰게 두지 말라던 여 교수가 또 떠올랐다. 낯설고 신비한 공간을 만나자 내 안의 망아지가 천방지축으로 내달렸다. 황당한 얘기만 쓴다고 면박을 주던 그녀가 나를 향해 비웃는 것 같았다. 피곤이 거대한 산 그림자처럼 몰려왔다.

*

　잠까지 설치면서 생각의 꼬리를 물고 물었던 의문은 다음 날, 노인이 모두 해결해주었다. 아침 일찍 모닝콜을 한 노인은 밤새 별 일 없었는가, 라는 안부 인사 뒤에 허허, 웃다가 뜸을 들이더니 곧바로 말을 이었다.

　"젊은이, 필요한 거 없나? 미리 한 달 치 수고비를 입금했네. 어서, 확인해봐. 해피, 해피, 알지? 오늘도 해피!"

　예기치 못한 '해피'라는 단어에 웃을까 말까 하다가 고맙습니다, 라는 말을 하고는 수화기를 놓았다. 잽싸게 버튼을 눌러 ARS로 계좌번호를 눌렀다. 노인이 이미 제시한 금액인 삼백만 원이 입금된 것을 확인했다. 카드회사가 몽땅 빼가겠지만 숙식비가 전혀 들지 않은 이곳에서 6개월만 조용히 죽어지낸다면 두 마리 토끼를 잡을 수 있었다.

　글과 돈.

　글과 돈을 위해 정신없이 일했다. 철 대문 옆, 단층 황토집 지붕을 덮친 나무를 정리하는 데 꼬박 일주일이 걸렸다. 나무 밑동 지름은 1미터 가까이 되었다. 중간 굵기도 상당했다. 겨울 태풍이 얼마나 심했는지 짐작할 수 있었다. 톱질하다가 우듬지에 걸려 있는 가면 같은 천 조각을 발견했다. 바람에 날려 나무 꼭대기에 걸린 것 같았다.

　나는 나무를 일정한 간격으로 톱질한 뒤 도끼질을 했다. 톱과 도끼를 사용하는 것이 서툴렀다. 흉내라도 내기까지 일주일이 걸렸다. 장작을 별장 건물 옆 창고에 차곡차곡 쌓는 작업은 여간 힘든 게 아니었다. 아예 통나무에 밧줄을 매달고 통째로 끌어다 놓았다. 오천 평 규모의 정원을 산책 삼아 한 바퀴 돌아도 반나절이 족히 걸렸다. 조상(彫像) 서른 개가 정원 곳곳에 세워져 있었다.

조상의 형상은 다양했다. 성모 마리아, 예수도 있었지만 의외로 이름을 알 수 없는 기괴한 신들 형상도 있었다. 구렁이가 온몸을 감아 고통스러워하는 곱슬머리 근육질 남자였다. 대체적으로 섬세하게 모양을 낸 것들이라 아름다웠다.

유독 눈에 띈 것은 비너스였다. 산드라 보티첼리의 〈비너스의 탄생〉 중에서 비너스만 그대로 꺼내와 조각한 거였다. 한때 보티첼리의 비너스를 이상형으로 생각한 적이 있었다. 그녀는 조개껍데기를 발판 삼아 알몸으로 서 있었다. 오른손은 작은 가슴을, 왼손은 아래를 가리고 고개를 옆으로 약간 기울인 모습이 어딘가 수줍어하면서도 병적으로 보였다. 비너스의 실제 모델이 폐병환자였다는 이야기를 어느 책에서 읽은 것도 같았다. 그래선지 정원에 서 있는 비너스도 전체적으로 미묘하게 뒤틀려 있었다. 둥근 어깨와 움푹 들어간 가슴께, 흐느적거리는 팔이 턱없이 길어 보였다. 두 눈만 이상하게 생기가 돌았다.

그렇다면 이 조각상을 만든 사람은 비너스의 탄생을 알고 있었던 것일까. 비너스는 친부 살해로 탄생했으며 신화에서는 최초 존속살인이었다.

아들(사투르누스)이 아버지(우라노스)의 성기를 낫으로 잘라 바다에 던져 버렸다. 피범벅이 된 남근이 바다에 떠다니다가 바닷물과 뒤섞여서 햇빛을 받아 흰 거품이 되고 그 거품에서 금발 미녀인 비너스가 태어났다. 정확히 말하면 아버지의 정액으로만 태어난 것이다. 증오와 피비린내, 살인을 바탕으로 완성된 아름다운 여인이 섬 위로 걸음을 뗄 때마다 꽃이 피고 젖은 흰 살갗에서 떨어진 물방울이 한 알 한 알 진주가 되었다.

전설이야 어찌 됐든 그녀의 아름다움에 밤마다 잠을 설치며 보낸 적이 있었다. 그리고 지금, 등신대 조각상과 마주하고 있었다. 야릇한 쾌감을 느끼며 그녀의 가슴골과 사타구니, 다리 순서로 때를 벗겨냈다. 세심하고 부드러운 손길 아래 그녀의 몸은 원래 색을 되찾아갔다. 조개껍데기 아랫단에 새겨진 낙서를 발견하지만 않았다면 좀 더 콧노래를 흥얼거릴 수 있었을 것이다. 그곳에는 관광명소를 여행하는 몰지각한 여행객이 그러하듯, 이곳을 방문했던 흔적을 남기려고 부단히 애를 쓴 낙서가 있었다. 중간중간 닳아 없어진 것이 상당수였지만 호기심 삼아 글자를 맞춰봤다. 의외의 문구와 날짜, 이름에 놀라지 않을 수 없었다.

살려주세요.
나는 악마가 아니다.
당장 석방하라.
저주받을 것이다.
개새끼들…….

조각난 낱말들을 다 해석할 수는 없었다. 날짜는 1916년부터 1950년대까지였다. 한글 이름뿐만 아니라 한자, 영어도 있었다. 일부러 지운 흔적도 있었다. 설마 다른 조상들도 같을까 싶어 자세히 살폈다. 서른 개의 조상은 머리부터 발끝까지 그야말로 낙서투성이 상처였다.

*

시간은 빠르지도 느리지도 않게 흘러갔다. 보름 동안은 근육과 뼈마디가 갑작스러운 움직임에 당황했는지 죽겠다고 아우성을 쳐댔지만 곧 노동에 적응이 되었다. 일정한 노동은 기분 좋은 피로감을 가져왔다. 하루 일을 모두 마치고 숙소로 들어갈 때가 가장 개운했다. 섬은 일찍 해가 졌고 해가 지면 무서울 정도로 적막이 내리눌렀다. 돌풍 소리와 상관없었다. 자취방에서 듣던 고양이 울음이라도 들었으면 싶었다. 인터넷 연결이 되지 않은 노트북을 켜고는 다운로드하여 가지고 온 음악 파일을 열었다. 음악을 들으면서 키보드를 두드렸다. 머리 안에는 써야 할 것들이 무수히 날아다녔다. 머리가 뭉친 실타래 같을 때에는 침대에 누웠다. 한껏 귓바퀴를 열어놓고 먼 곳에서 들리는 암초에 부딪치며 부서지는 포말의 괴성, 등대가 돌아가면서 낼 것 같은 기름칠이 덜 된 삐거덕, 거리는 소리를 상상했다. 새끼 올빼미가 노란 눈을 굴리며 어미가 먹이를 가져오기를 기다리는 초조함도 그려보았다. 그러다가 한적한 섬마을 '성'에 갇힌 불운한 '왕자'가 나인 것 같아 한껏 우울한 표정을 지었다. 그리 기분 나쁜 상상은 아니었다. 정말 이곳에 갇히면 다시 나갈 수 없을 것 같았다. 처음에 생각했던 철책, 별장 뒤 절벽과 절벽 아래 거친 파도와 칼날 같은 암초, 조상에 적힌 수많은 절망이 가득한 글귀들, 억울함을 호소하는 비통에 찬 외침들……. 그 고통은 현재가 아닌 과거였다. 과거는 과거일 뿐이었다. 지금, 내 걱정은 한 가지뿐이었다. 노인이 불시에 나타나서 청소 상태를 점검하는 거였다.

열심히 한다고 했지만 노동에 익숙하지 않은 몸은 부지런히 움직인 것에 비해 성과가 적었다. 월급을 선불로 받았는데, 어떻게 해서든 노인에게 약점을 잡히고 싶지 않았다. 연신 긴장 상태를 유지해야 했다. 내 우려와는 달리 노인은 한번도 별장에 들어오지 않았다. 내가 필요로 하는 물건만 안나 편으로 보냈다. 노인은 매번 아주 중요한 일을 놔두고 온 것처럼 잼싸게 가버렸다. 노인과는 전화로 대화하는 것이 고작이었다.

시간이 흐르자 조금씩 일에 더 익숙해졌다. 가끔 요령 있는 게으름도 피웠다. 점점 마음의 여유가 생겼다. 더 이상 카드 빚 천만 원은 그리 큰 문제가 되지 않았다. 6개월 일하면 천팔백만 원이고 천만 원을 제외하고도 팔백만 원이 남았다. 그동안 작품은 완성될 것이고 어느 공모전에 당선될 것이다. 가능하면 오래 일하고 싶었다. 노인이 이곳에서 살고 싶을 거라고 했던 말이 시간이 갈수록 이해가 되었다. 오래 있을수록 남는 장사였다. 결론을 내리자 목구멍에 걸린 사과 조각이 내려가는 것처럼 시원했다.

밤마다 창문으로 흘러들어오는 등대 빛을 등으로 받았다. 손가락은 열심히 키보드를 향해 춤을 추었다. 동그란 눈은 모니터를 뚫어지게 보았다. 간혹 막힐 때는 시선을 아래로 떨어뜨렸다. 발치로 펼쳐지는 어둠 속에서 아른거리는 그림자를 노려봤다. 마음속에 정한 양을 다 채웠을 때는 창문 가로 갔다. 나무 사이사이에 어린, 짙은 그림자를 보면서 다음 소설 속 상황을 그려보았다. 불쑥 혼자라는 외로움이 몰려왔다. 양팔을 벌려 기지개를 켜면서 콧노래를 흥얼거렸다. 안나가 흥얼거리던 거였다. 안나를 잠깐 생각했다가 재빨리 창문을 열고 야호, 라고 외쳤다. 지금은 일과 소설이 먼저였다. 매서운 공기도 뺨을 어루만지는 산들바람과 같았다. 고함을 질러도 벌거벗고 춤을 추어도 비난할 사람이 없었다. 별장 주인도 섬 주인도 '나'였다. 세상을 다 가진 남자가 바로 '설지원'이었다. 착각인 줄 알면서도 기분이 좋았다.

기분 좋은 시간이 한 달, 두 달이 지나고 세 달이 되어갔다. 세 달이 되는 마지막 날 아침, 노인이 어김없이 모닝콜을 넣어주었다. 뜬금없이 축하한다고 하더니 흥분된 목소리로 아무 탈 없이 세 달을 견뎌준 것은 젊은이가 처음이라고 말했다. 노인의 과한 인사에 제가 한 것도 없는데요, 라는 말로 얼버무리며 머리를 긁적거렸다. 노인은 잠깐 숨을 골랐다. 그리고는 이미 계약한 날짜 절반을 보냈으니 나머지 시간을 잘 견뎌내라는 응원 차원에서 음식을 보내주겠다고 했다. 나는 그저 고용주의 칭찬에 어깨를 으쓱하며 연거푸 고맙다는 인사를 했다. 안나 편으로 배달된 음식을 봤을 때는 금세 로맨틱해졌다.

　1층 홀 벽난로에 손수 팬 장작으로 불을 지폈다. 활활 타오르는 불꽃을 보면서 노인이 가져다준 음식을 꺼냈다. 대나무로 된 오목한 바구니에는 벨벳천으로 감싼, 알코올 음료와 튀김이 들어있었다. 튀김은 식감이 상당했다. 튀김옷은 바싹했으며 부드러운 속살은 입안에서 녹아내렸다. 생선일까, 꽃게 속살일까. 드레싱 소스 맛도 독특했다. 노인이 직접 요리했을 것 같지 않은 세련된 음식이었다. 혹시 안나가? 고개를 갸우뚱했지만 괜한 의문으로 흥을 깨고 싶지 않았다.

　음료수는 와인병과 비슷한 투명한 유리병에, 청아한 초록빛 액체가 출렁거렸다. 상표가 없는 것으로 미루어 섬에서 만든 과일주가 아닌가 싶었다. 코르크 마개를 땄을 때 톡 쏘는 박하향이 났다. 맛은 혀를 감싸고 불꽃이 이는 듯 화끈거렸다가 시원하게 목구멍을 타고 내려갔다. 액체가 지나간 자리가 말랐는가 싶을 때는 초콜릿 향이 맴돌았다. 어떤 과일로 담근 것일까. 도수가 상당했다. 싸구려 위스키처럼 거칠지 않고 목 넘김이 부드러웠다. 한 모금을 마셨는데도 금세 몸이 따뜻해지면서 마음이 편안해졌다. 마술 같은 초록빛 액체를 두 잔 정도 마시자 취기가 올라왔다. 초록빛 액체에 물을 조금 탔다. 유백색 물길이 만들어졌다. 유백색 길을 따라 미지의 여행을 떠나는 상상을 하며 향과 색에 흠뻑 젖어들었다. 안나가 흥얼거리던 콧노래를 흉내 내면서 앞으로 점점 장수를 더해갈 소설을 구상했다. 소설을 구상할수록 몸은 나른했지만 정신은 또렷해졌다. 그동안 흩어졌던 에피소드가 스스로 헤쳐 모여서 가닥을 잡아갔다. 재빨리 노트북 앞에 앉아 글을 이어갔다. 막혔던 장면이 풀리고, 기막힌 설정이 떠올랐다. 연거푸 술을 들이켰다. 박하 향은 점점 짙어지고 유백색 물길을 품은 초록빛 알코올이 몸 구석구석을 유랑하면서 들뜨게 했다. 빈번하게 웃음이 터졌다. 현실과 상상의 경계를 넘나들면서 또 다른 영혼이 나를 대신해 글을 쓰는 것 같았다.

시간이 지나자 내장에서 불꽃이 터지는 것처럼 순간순간 참기 힘들 정도로 화끈거렸다. 바깥바람이라도 쐬어야 할 것 같았다.

# 노트 Ⅰ

1943년 12월 말, 매서운 한파가 몰아치는 P 섬 선착장에 배 한 척이 도착했다. 자정이 조금 지난 시간이라 선착장 모든 상점들은 문을 닫았고 선착장을 밝히는 가로등만이 간신히 어둠을 몰아내고 있었다.

흰색 줄무늬 플란넬 양복과 검정 중절모를 쓴 K가 배에서 내렸다. 그는 미국 모 의과대학 교수였다. 희귀병에 걸린 딸이 그의 품 안에 안겨 있었다.

투명할 정도로 파란 눈과 오뚝한 콧날, 풍성한 갈색머리, 유난히 핏기 없는 얼굴과 적포도주 빛 입술. 그녀의 이름은 '안나'였다. 안나는 조금만 걸어도 숨을 헐떡거려 늘 침대에 누워있어야 했다. 어떨 때는 음식 먹을 힘조차 없어서 먹다가 잠들었다. 약간이라도 무리하게 움직이면 코피를 흘렸다. 이곳으로 오는 배 안에서도 한차례 코피가 터져 K의 와이셔츠는 피로 얼룩져 있었다.

안나가 불치병이라는 진단을 받은 것은 3개월 전이었다. 그녀의 주치의이면서 K의 동료였던, 선천성 유전자 이상(異常)을 연구해오던 알버트 박사는 안나의 병을 '알버트 신드롬(Albert's Sydrome)'이라고 명명했다. 알버트 신드롬을 앓은 환자는 첫 번째 증상으로 피부 전체가 하얗게 변하는 백색증을 앓았다. 그러다가 눈동자가 점점 푸른빛으로 변해갔다. 생명에 지장이 있는 것은 아니지만 햇빛을 보는 것 자체가 치명적이었다. 가시광선은 온몸에 붉은 반점을 돋게 하면서 가려움증을 일으켰다. 망막은 가시에 찔리는 것과 같은 통증을 동반했다. 오랫동안 햇빛 아래에 있으면 실명할 수도 있었다. 박사는 백색증의 원인이 안나의 유전적 결함에서 기인한 것이며 이것이 선천성 심장 폐사로 이어진다고 말했다.

선천성 심장 폐사는 폐혈류의 이상으로 발생한다. 시나브로 폐혈류량이 증가하여 마침내 폐동맥고혈압을 일으켜 사춘기에 접어들 무렵 심장이 썩어 들어가면서 피를 토하면서 죽는다. 그 확률이 99%이다. 선천성 심장 폐사만 고칠 수 있다면 백색증도 자연스럽게 치료될 수 있다는 소견을 내놓았지만 현재로서는 불가능하다고 알버트 박사가 K에게 언급했다.

K의 품에 안겨 배에서 내린 안나는 낯선 섬의 환경이 신기한지 푸른 눈을 반짝거리며 두리번거렸다. 그때마다 K가 그녀를 감싸고 있는 포대기 안으로 팔을 넣어주었다. K와 안나 뒤로 뱃사람 둘이 캐리어를 끌고 뒤따랐다.

어둠에 갇힌 맞은편에서 야수의 눈 같은 날카로운 빛 두 개가 천천히 곡선을 그리면서 내려왔다. 빛이 점점 커졌고 마침내 K 앞에서 멈췄다. 검정 지프차였다. 섬사람들은 섬에서 한 대밖에 없는 지프차가 낭떠러지 위, 정신병원원장 차라는 것을 알고 있었다. K는 안나를 조심스럽게 껴안고 뒷좌석에 올랐다. 짐꾼 두 명은 캐리어를 트렁크에 옮겨 실어주고는 정박해 있는 배로 다시 승선했다.

K가 전세 냈던 배는 육지로 출발했고 지프차는 언덕으로 향했다. 가로등 꺼진 선착장에는 매서운 밤바람이 웅성거리며 몰려들었다. 해수면이 서글프게 몸을 뒤챘으며 먼 메아리처럼 지프차 꽁무니를 따라 언덕으로 올라간 바람은 이름 모를 짐승의 하울링을 흉내 냈다.

# 2. 의문의 살인사건과 전도사 어머니

 처음에는 정원에서 바람만 쐬고 들어가려 했다. 걷다 보니 별장 밖이었다. 가까운 인가 근처에서 불빛이 깜박거렸다. 술이 취해서 잘못 본 거라고 생각하면서도 귀신에 홀린 듯 그곳으로 향했다. 발걸음은 가볍기만 했고 번번이 헛웃음이 터졌다. 오랜만에 마셔본 술이었다.

 밤바람은 매서웠지만 달빛에 갇힌 섬은 아름다웠다. 섬 전체를 뒤덮은 자줏빛 한해살이풀은 근사한 양탄자처럼 보였다. 별장 정원에서 뽑아도 금세 자라나는 풀꽃이었다. 달빛에 물든 자줏빛은 정체모를 슬픔을 가슴으로 스며들게 했다. 그래도 실없이 웃음이 터졌다.

 낮은 둔덕에 올라섰을 때 내내 이정표처럼 보고 왔던 불빛이 사라져 버렸다. 잘못 본 것일까. 취기 탓을 또 하면서 담배 한 개비를 꺼내 들고 바위에 앉았다. 불을 붙이고 고개를 들었을 때 불빛이 나타났다. 낚시꾼 뒷모습이 희미하게 보였다. 그의 발아래에 있는 랜턴이 바람에 자꾸 흔들거렸다.

 내가 처음 이곳에 발을 디뎠을 때 노인이 연안 근처에 고기가 많아 낚시꾼들이 가끔 온다고 했다. 생계로는 농사, 약간의 잠업을 하고 인근 지역에서 근무를 한다고 했다. 노인이 운전하는 경운기를 타고 선착장에서 별장으로 향했을 때 단층 콘크리트 건물이 일정한 간격으로 들어앉아 있는 것을 봤다. 주택들이 모여서 마을을 이루는 것이 아니라, 바다를 향해 단층 콘크리트 건물이 한 채씩 들어앉아 있었다. 선착장이 있는 상가도 같은 모양이었다. 바람이 센 이곳에서 견딜 수 있는 주택으로는 튼튼한 콘크리트 건물이 적합할 것이다. 띄엄띄엄 위치한 인가는 낚시꾼들에게 빌려줄 수 있는 낚시 도구, 미끼 및 소형어선을 소유하고 있었다. 으레, 낚시꾼들은 가까운 인가에서 장비를 들고 나왔다.

낚시꾼은 야상점퍼에 귀까지 덮은 털모자를 쓰고 있었다. 그의 모습은 왠지 모를 경계심을 일으켰다. 전혀 추위를 타지 않은 듯한 뒷모습이 동상처럼 보였을 뿐만 아니라 그림자도 없었다. 그래, 내가 술 취해서 그런 거야. 또 술 탓을 하며 눈을 비볐다. 눈을 떴을 때 더 이상한 광경을 목격했다. 하얀 원피스를 입은 여자가 원피스를 살랑거리면서 낚시꾼 쪽으로 가고 있었다. 설마, 저 여자가 안나?

섬이 고향이었던 친구가 말했던 티켓 다방은 이곳에 없었다. 외부에서 온 낚시꾼은 S 선착장 다방에서 간혹 여자를 하루 정도 사서 오기도 한다고 했다. 하지만 익숙한 하얀 원피스였고 '안나'일 확률이 높았다. 낚시꾼과 일행이라면 낚시꾼 차림이거나 등산복 등 아웃도어를 입었을 것이다.

낚시꾼 쪽으로 향하던 걸음이 주춤해졌다. 콧노래가 귀를 간질였다. 2층에서 안나가 흥얼거리던 거였다. 이상스레 호기심이 발동했다. 무릎을 구부리고는 두 눈을 비볐다. 시력이 좋지 않아 눈에 힘을 줄수록 쓸데없이 눈물이 고였다. 원인을 알 수 없는 눈물은 불길한 징조였다.

설마······.

의심과 호기심, 어떤 체념이 동시에 일었다. 안나는 점점 낚시꾼과 가까워졌다. 곧이어 두 실루엣은 이마를 맞대는 형상을 만들었다. 무슨 이야기를 하는 걸까. 이야기할 리가 없었다. 안나는 말을 할 수가 없었다. 나는 어둠이 깔려 정확한 형체를 구분할 수 없지만 실루엣 움직임으로 미루어 짐작했다.

잠시 두 사람의 실루엣이 몇 초간 겹치는가 싶더니 낚시꾼이 안나를 쓰러뜨렸다. 그리고는 그녀 위로 올라타는 것이 아닌가. 안 돼! 속으로는 그렇게 외쳤지만 말이 되어 나오지 않았다. 솔직히 상황을 판단할 수가 없었다. 직업여성이 아니라면 심하게 반항하는 게 맞았다. 간절히 그러기를 바랐다. 그때 달려가도 늦지 않았다. 하지만 누군가가 간지러움을 태울 때 내는, 자지러지는 웃음이 흘러나왔다. 이러지도 저리지도 못한 내 심박동만 큰북을 울렸다.

또 다른 실루엣이 튀어나왔다. 나는 나무 그늘 때문에 다른 실루엣을 미처 보지 못했다. 다른 실루엣은 안나 위에서 거칠게 요동치는 낚시꾼에게 발길질을 했다. 그래도 떨어지지 않자 재빠르게 주위를 두리번거렸다. 사람 머리만한 돌을 양손으로 들어 올리더니 낚시꾼의 뒤통수를 여러 번 가격했다. 가격하는 파열음과 낚시꾼의 외침이 거의 동시에 울렸다. 내 입이 절로 벌어졌다. 비명을 지를 수는 없었다. 쓰러져 있던 원피스가 슬금슬금 뒤로 몸을 뺐다. 다른 실루엣은 낚시꾼의 뒤통수를 연속해서 공격했다. 낚시꾼의 신음은 계속됐다. 더 이상 들리지 않게 되었을 때는 안나의 웃음소리가 잔잔한 바다와 빈 들녘을 가로질렀다. 나는 눈을 감고 귀를 막은 채 도리질을 했다.

사람이라면 저럴 수 없다. 이건 꿈이다. 눈을 뜨면 현실로 돌아와야 한다. 눈을 떴다. 장면은 변하지 않았다. 더 이상 신음도 미동도 하지 않은 낚시꾼이 검은 형체로 누워 있었다. 다른 실루엣도 꿈쩍 하지 않은 낚시꾼을 내려다보았다. 안나는 그 자리를 뱅뱅 돌면서 익숙하게 듣던 콧노래를 흥얼거렸다. 나는 가까스로 벌어진 입을 다물고 볼을 꼬집었다. 분명 꿈은 아닌데 눈앞에서 벌어진 일은 꿈이었다. 술이 덜 깨서 헛것이 보이는 걸까. 허벅지를 꼬집었다. 아팠다. 오한이 들고 오금이 저려왔다. 일어서려는데 두 다리까지 후들거렸다. 악몽이라면 빨리 깼으면 싶었다. 목격자는 살인자에게 또 다른 살해 대상이 될 것이다. 더 늦기 전에 도망쳐야 했다. 숨을 구덩이라도 있으면 빠지고 싶었다. 마음뿐이었다. 몸이 움직여주질 않았다.

꿈쩍 않고 있던 실루엣이 내 쪽으로 몸을 돌렸다.

"젊은이, 다 보고 있었지? 어서, 자네가 앉았던 돌 좀 들고 오게나. 허허."

잘못 들었을 것이다. 살인을 하고 웃는 사람이라면 미친 게 분명하다. 안 나도 마찬가지다. 미친 사람만 있는 곳에서 미치지 않은 사람이 오히려 미친 사람 취급을 받게 마련이다.

나는 오른손으로 뺨을 때렸다. 꿈이다. 제발, 꿈이라면 빨리 깨어나라. 그런데 아팠다.

"허허, 꿈이 아니라네. 젊은이, 이 사람이 자네 눈에 보이나. 보이면 어서, 그 돌멩이 좀 들고 오게나."

노인이 나를 향해 손짓까지 하면서 말을 했다. 꿈이 아니었다. 공포만 살아있는, 심장 없는 마네킹 같은 꿈 속 인간이기를 바랐는데, 노인의 음성은 나를 단번에 살해 현장 목격자로 만들었다. 이제는 공범으로 몰아가고 있었다. 내 심장은 휘모리장단으로 뛰었다. 절로 발기가 되었다. 발기. 공포도 흥분인가.

몇 초나 지났을까.

나를 쳐다보는 노인이 여전히 그 자리에 서 있었다. 노인의 눈은 보이지 않았지만 잇바디를 훤히 드러내고 웃는 표정을 상상할 수 있었다. 도망쳐야지

하면서도 몸을 움직일 수가 없었다.

한줄기 빛이 선명하게 살인 현장을 비추었다. 가까운 인가에서 나타난 또 다른 실루엣이 손전등을 들고 있었다. 손전등이 낚시꾼과 노인을 번갈아 비추었다. 앞니 세 개 빠진 잇바디를 활짝 드러낸 채 역시나 나를 보고 웃고 있었다.

나는 마법에 걸린 사람처럼 노인의 말에 복종했다. 책가방만 한 돌을 들어 올렸다. 이곳에 앉아있으면서도 내가 납작한 돌 위에 앉아있었다는 것을 알지 못했다. 소름이 등골을 훑었다. 별장 쪽으로 고개를 돌렸다. 뛰어갈까. 건물은 보이지 않았다.

장정 세 사람이 전봇대처럼 멀찍이 서 있었다. 오래전부터 나를 감시하고 있었다? 얼굴 표정을 알 수 없는 장정들이 거대한 위압감으로 나를 덮쳤다.

노인은 나를 향해 어서, 가지고 오라는 손짓을 연거푸 했다. 인가에서 나온 사내는 내가 디뎌야 할 곳으로 손전등을 비춰주었다. 안나는 바다를 보고 앉아서 콧노래를 흥얼거렸다. 나를 호위하듯 서 있던 장정들이 내 보폭에 맞춰 따라왔다. 낚시꾼이 쓰러져 있는 곳에 거의 다다랐을 때에야 나를 앞질러갔다.

순식간이었다. 이들은 한마디로 '꾼'이었다. 장정 셋은 낚시꾼의 옷을 벗겨냈다. 속옷은 물론이고 선글라스, 지갑 등 소지품까지 수거해서 인가 남자가 가지고 온 비닐 속에 담았다. 낚시꾼은 알몸이 되었다. 이들은 분담이라도 하듯 한 사람은 치아를 다른 사람들은 각자 손 지문을 돌멩이로 뭉개기 시작했다. 노인과 사내에게 어떤 명령을 받지 않는데도 손발이 척척 맞았다. 그것은 오랫동안 같은 일을 해왔을 때에야 도달할 수 있는 능숙함이었다.

불빛에 드러난 사체는 처참했다. 집중적으로 공격을 당한 낚시꾼의 정수리는 사발 정도 크기로 움푹 꺼져 있었고 풀밭 위로 피 묻은 살점들이 흩어져 있었다. 치아를 뭉개면서 입술과 코까지 망가뜨려, 총알 세례를 받은 좀비 같았다. 나는 끔찍하다, 라고 생각하면서도 두 눈은 낚시꾼의 사체에서 뗄 수 없었다.

"젊은이, 그것 좀 땅에 내려놓게나. 무겁지? 허허."

노인의 말을 듣고서야 돌을 사체 옆에 놓았다. 양팔이 자유로워지자 이번에는 가랑이 사이에서 뜨거운 것이 흘러내렸다. 가랑이 사이로 흘러내리는 것이 진정 그것이라면……. 공포 가운데서도 수치심이 나를 흔들었다. 어느 누구도 내 수치에 관심을 두지 않았다.

일사천리로 작업을 마친 장정 셋이 몸을 일으켰다. 장정들은 손뼉을 치면서 웃어댔다. 일부러 과장된 몸짓을 내게 보여주기라도 하듯 배꼽을 잡고 자지러지다가 서로를 밀치기도 했다. 웃음을 진정시킨 사람은 노인이었다.

"젊은이, 진정하고 일을 도와주어야지, 허허."

노인은 내가 들고 온 돌을 낚시꾼 등에 올렸다. 낚시꾼이 좀 전까지 들고 있던 낚싯대에 걸린 낚싯줄로 사체와 돌을 칭칭 감았다. 웃던 장정들도 노인을 도와서 일을 끝냈다. 사체는 바다로 던져졌다. 이 모든 광경을 방관하듯 보고 있던 안나가 흥얼거리는 콧노래만 잔잔한 수면 위로 떠돌았다.

노인이 내 어깨를 툭 치면서 말했다.

"성폭행은 나쁜 짓이야. 그리 신경 쓰지 말게나. 그동안 물고기를 원 없이 낚아서 회 쳐서 드셨으니, 이제는 저 놈도 고기들한테 보시 좀 해야지. 그리고 이것? 이것은 낚시꾼 수첩이야. 수첩은 젊은이가 가지게나. 소설 쓸 때 도움이 될 거야, 허허."

꿈쩍도 않고 서 있는 내 점퍼 속주머니에 노인이 수첩을 쑤셔 넣었다. 수첩이 낚시꾼의 것이라면, 이것이 증거물이 될 것이다. 아니, 증거물을 나눠 주는 것은 흔적 없이 일을 처리하라는 명령이며 공범자를 의미하는 것이 아닌가. 노인의 알 수 없는 의도에 내 머리는 재빠르게 잇속을 챙기려 했다. 몸은 여전히 움직이지 않았다. 노인이 갑자기 어깨를 툭, 쳤을 때에야 앞으로 넘어질 것처럼 기우뚱했다. 몸이 풀리자 목청도 살아났다. 뒷걸음질하면서 비명을 내질렀다.

"그래, 이제, 별장으로 돌아가게나. 아직 술도 덜 깬 듯한데……, 허허."

노인은 내 비명에 빙그레 웃으면서 다정하게 나를 다독였다. 장정 셋은 안나 옆에 찰싹 붙었다. 셋은 안나 머리를 쓰다듬기도 치맛자락을 추어올렸다가 옷 덜미 속으로 손을 집어넣기도 했다. 그때마다 안나는 간드러지게 웃음을 토해내면서 몸을 흔들어 댔다. 이들은 곧 연인들이 술래잡기 놀이하듯 선착장으로 뛰어갔다. 안나가 치맛자락을 하늘거리면서 앞서 갔고 장정 셋은 시시덕거리며 그녀를 먼저 잡겠다는 듯이 서로 밀치면서 뒤따라갔다. 낚시꾼의 사체가 가라앉고 있을 바다 표면은 아무 일도 없었다는 듯이 잔잔한 파문을 만들었다.

"젊은이, 안나는 결코 이상한 아이가 아니라네. 이 섬에서 맑고 두려움을 모르는 사람은 안나뿐이야. 우리의 희망이지, 허허. 자네도 안나처럼 그러리라고 믿네, 허허."

노인이 혼잣말처럼 중얼거리면서 안나가 사라진 언덕을 봤다. 나는 별장을 향해 뛰었다. 양쪽 발목에 쇠고랑을 차고 있는 듯 더디기만 했다. 찰싹거리는 파도소리가 안나의 멀어지는 웃음소리와 섞여 뒤통수에 거머리처럼 달라붙었다. 하지만 얼마 가지 못해 언덕에서 고꾸라졌다. 정수리가 화끈거렸다. 정수리를 양손으로 움켜쥐고 별장 쪽으로 간신히 고개를 들었다. 별장 불빛이 희미해지면서 완전히 꺼졌다. 어둠뿐이었다. 이마에서 흘러내린 따뜻한 것이 눈 속으로 흘러들어왔다. 정신이 혼미해지기 시작했다. 양팔과 양다리로 기다시피 해서 움직였다. 그러면서도 미친 듯이 나는 웃기 시작했다.

어떻게 별장 정원까지 오게 됐는지 모른다. 기다시피 했지만 잠깐잠깐 정신을 놓기도 했다. 기억들이 구멍 난 헝겊처럼 너덜거렸다. 누군가가 나를 번쩍 든 것도 같았다. 장정들한테 끌려왔을까. 정신을 차리고 주위를 살폈을 때 비너스 조각상 아래 누워있었다. 비너스의 매끈한 몸매가 달빛에 소금처럼 빛났다. 그녀의 몸에 새겨진 저주스런 글귀들도 덩달아 살아났다. 살려주세요, 나는 악마가 아니다, 당장 석방하라, 저주받을 것이다, 개새끼들…….

나와는 무관할 거라고 생각했던, 과거의 외침들이 생생하게, 메아리쳐댔다. 악귀들의 외침이 계속됐다. 도저히 참을 수 없었다. 몸을 일으켰다. 간신히 일어나서는 조각상 목을 양손으로 움켜쥐고 흔들어댔다. 꿈쩍 않은 그것을 여전히 흔들면서 외쳐댔다. 시끄럽단 말이야, 시끄럿! 이곳에서 아무 일도 일어나지 않을 거란 말이얏! 으하핫핫…….

두 눈에 열기가 가득 찼다. 턱이 떨렸다. 정수리뿐만 아니라 편두통이 아귀다툼했다. 한참을 비너스에게 윽박지르던 나는 뒤통수가 당기는 느낌을 받았다. 뒤돌아봤다. 처음 이곳에 들어온 날 하얀 원피스를 입은 안나가 치맛자락을 양쪽으로 벌리면서 환영 인사를 했던 그곳에, 하얀 한복을 입고 머릿기름을 바른 여자가 서 있었다. 그 여자는 나를 보면서 혀를 찼다. 나는 벌린 입을 다물지 못하고 주저앉았다. 양 무릎을 꿇고 손을 비벼댔다. 악몽이다. 지금, 악몽 속을 헤매고 있다. 어머니가 이곳에, 그것도 외딴섬에 올 리가 없다, 젠장할!

*

유복자였던 나는 할머니 손에서 자랐다. 할머니가 돌아가시자 어머니가 전도사로 있는 교회로 보내졌다. 교회는 오십여 가구가 있는 농촌 마을 언덕 위에 있었다.

목사가 없고 전도사가 모든 것을 책임지는 농촌 교회는 작았다. 스무 평 예배당에는 의자 대신 방석이 놓여 있었다. 2면이 통유리로 되어있는 유아실이 정면 옆에 있었다. 유아실 천장은 다락방이었다. 사다리로 올라가야 할 그곳에 자질구레한 비품을 보관했다.

나는 마을 사람들에게 존경받는 어머니가 자랑스러웠다. 어머니는 내가 전도사 어머니라고 부르면 활짝 웃었다. 하지만 같이 산지 한 달이 지났을 무렵부터 조금씩 어머니는 태도를 달리했다. 초등학생인 나를 회개하지 않는다는, 혹은 버릇을 고쳐준다는 명목으로 다락방에 자주 가두었다. 그리고는 사다리를 치워버렸다.

저녁도 굶고 다락방에 갇힐 때면 밤새도록 기도를 해야 했다. 신도들이 몰려나간 예배당은 어둠이 겹겹이 쌓였다. 아이들이 장난을 치며 놀던 유아실은 적막이 고였다. 어둠과 적막에 숨이 막혔다. 간혹 유아실에 귀를 대고 있는, 유일한 보호자인 전도사 어머니를 만족시켜 주기 위해서는 주기도문이라도 쉬지 않고 중얼거려야 했다. 그러다가 잠이 들곤 했는데, 어김없이 잠을 깨운 것은 울음소리였다. 윙윙 거리기도 하고 훌쩍이기도 하고 고함을 지르기도 했다. 깨어나면 속옷은 땀범벅이었다. 그 소리는 새벽 예배시간에 신도들이 내지르는 통성 기도였다. 알아들을 수 없는 소리가 점차 커지면서 웅얼거리는 속도가 빨라졌다. 정점에 이르러서는 울부짖고, 울고, 박수를 치며,

바닥을 발로 구르면서 쿵쿵 소리를 내기도 했다. 남녀 신도가 한꺼번에 내지르는 기도는 보이지 않는 괴성으로 변해 나를 옥죄었다. 불도 켤 수 없는 다락방에 갇혀서 온몸에 돋는 소름에 몸을 떨어야만 했다.

어머니는 다락방에 갇히지 않는 날에는 저녁 식사 후 회개 기도를 해야 무사히 잠자리로 보내주었다. 나는 하루 동안 지은 죄를 꼬박꼬박 기억해야 했다. 지은 죄가 없을 때는 거짓 고백을 했다. 열 살 아이에게 죄라는 것은 손을 씻지 않고 밥을 먹었다거나 부모한테 짜증을 부렸다거나 밥을 먹고 양치질을 안 했다거나 친구들과 사소하게 다퉜다거나 선생 말을 듣지 않은 정도에 불과했다. 하지만 나는 전도사에게 고백해야 하는 죄의 양을 늘려야 했다. 평범한 죄는 죄가 될 수 없었다.

벌거벗고 자는 여자 꿈을 꿨습니다, 선생님 치마 속을 거울로 비쳐봤습니다, 야한 비디오를 친구들과 함께 봤습니다……. 가느다란 가죽 혁대가 일주일에 한 번 이상 여린 등에 흔적을 남겼다. 가느다란 뱀처럼 나 있는 상처가 아물 즈음 또다시 붉은 줄이 아프게 지나갔다. 오히려 다락방에 갇히는 날을 원할 정도였다. 회초리와 다락방에 자는 것은 그렇다 해도 새벽에 듣는 통성 기도는 도저히 익숙해지지 않았다. 처음에는 잔잔하게 웅얼거리다가 고막을 찢을 듯 악다구니로 변해갔다. 가슴을 관통하는 쇠꼬챙이 같은 두려움이었다. 나는 두려움을 잊기 위해 양손으로 귀를 막고 훌쩍거렸다.

고개를 푹 숙이고 한참을 훌쩍거리고는 어머니에게 잘못했다고 빌었다. 회개하지 않아서 그래. 전도사 어머니가 나를 매섭게 다그쳤다. 나는 또 고개를 숙이고 죄송하다면서 두 손으로 빌었다. 훌쩍거리면서도 주기도문을 외웠다. 아니, 훌쩍거릴 때마다 실실 비웃음을 흘렸다. 내 행동에 되레 내가 놀랐다. 혀 차는 소리에 고개를 들었을 때 전도사는 온데간데없었다. 별장 대문으로 나 있는 자갈길로 시선을 돌렸다. 바깥은 서서히 어둠이 옥빛으로 변해가고 있었다. 여전히 침엽수림 그늘은 서슬 퍼런 어둠이 뭉쳐 나를 감시하는 듯했다. 쫓기다시피 문을 열고 방으로 들어갔다. 방문을 잠그고 수화기를 들었다. 몸은 뜨거워질 대로 뜨거워졌고 수화기를 든 손은 덜덜거렸다. 다리도 여태 떨렸다. 엄연한 살인을 목격했다. 누군가에게 알려야 했다. 친구 휴대폰 번호를 눌렀다. 사적인 전화는 이곳에서 해본 적이 없었다. 소설을 위해 스스로 갇히기를 원했다. 누구에게도 위치를 알려주고 싶지 않았다. 일이 끝난 6개월 뒤, 환생한 사람처럼 약간은 유치하지만 짜잔, 하고 사람들 앞에 멋지게 모습을 드러내고 싶었다. 그것은 내가 그렇게 하고자 했을 때에 한해서였다. 지금은, 살해될 위기에 처해있었다.

휴대폰 열한 자리 숫자를 다 누르기 전에 뚜뚜, 거리는 소리가 수화기 너머에서 들려왔다. 다시 눌렀다. 마찬가지였다. 외부 연락을 차단한 것일까. 오기로 112를 눌렀다. 두어 번 신호가 가더니 끊겼다. 자동적으로 끊긴 것보다는 어디선가 버튼을 누른 듯했다. 송화기 너머 윙윙 거리는 잡음이 울렸다. 다시 눌렀다. 마찬가지였다. 긴급전화는 동전을 넣지 않고 공중전화에서도 가능했다. 일반전화가 긴급통화까지 차단하고 있었다. 아니, 이 번호로 사용하는 전화기가 한 대 더 있어서 내가 전화하는 것을 일일이 체크하는 걸까?

처참하게 훼손된 낚시꾼 사체를 보고 나서도 아무렇지 않게 웃던 노인. 충분히 그럴 수 있었다. 수화기를 든 손이 떨렸다. 간신히 은행 ARS 버튼을 눌렀다. 고장 난 것이 아니라면 내 의심이 맞는지 확인해야 했다. 연결이 됐다. 습관적으로 입출금 내역을 확인했다. 오늘 날짜, 그러니깐 3월 9일 날짜로 삼백만 원이 입금됐다는 기계음이 들렸다. 재확인했다. 역시나 입금되어 있었다. 책상 위에 있는 달력을 봤다. 자정이 지난 시간이니 정확히 4개월이 되는 날이었다. 노인이 미리 한 달 치를 입금하는 날짜와 맞아떨어졌다. 이렇게나 치밀하다니……. 나도 모르게 고함을 지르면서 수화기를 집어던졌다.

노인은 이 사건까지 예견하고도 내가 더 일을 할 줄 알았던 것일까. 아니, 아무리 발버둥 쳐도 이 섬을 벗어날 수 없다는 것을 알리기 위한 것일까.

기계음이 들려주는 돈 액수 또한 속이려면 얼마든지 속일 수 있었다. 돈을 인출해서 현금을 세어본 적도, 그렇게 사고 싶었던 테이블 피시를 가져본 적도 없었다. 이곳을 빠져나가야 했다.

뭔가 잘못되어서 탈출해야 한다고 생각하면서도 내 몸은 움직일 수가 없었다. 완벽한 침묵 속에서 들을 수 있는 것은 파도를 스치는 밤바람 소리였다. 무서울 정도로 졸음도 밀려왔다. 빌어먹을, 이곳은 대체 악몽인가, 현실인가. 악몽이라면 또 다른 악몽으로 떨어지지 않기 위해서라도 잠들고 싶지 않았다.

잊었다고 생각한 기억들이 순식간에, 그것도 한꺼번에 불청객처럼 쳐들어올 때 제일 먼저 모습을 드러내는 사람은 하얀 한복을 입은 어머니였다. 암벽 아래 암초를 포말이 순식간에 덮쳤다가 물러나는 것처럼, 내 무의식 속에 내내 웅크리고 있다가 기회가 되면 일시에 공격하는 맹수와 같았다. 언젠가는 악몽이 의식을 점령할 것이다. 앞으로도 과거의 기억들이 어떤 방법으로든 나를 휘어잡을 것이다.

그 중심에 어머니가 구렁이처럼 똬리를 틀고 있었다. 모든 악몽은 어머니로 출발해서 전도사로 끝났다. 고질병처럼 평생 짊어져야 할 병과 같았다.

아, 악몽을 영원히 지우는 방법은 없을까. 과거와 현재가 수많은 줄처럼 연결되어 지금의 나를 만들었을 텐데, 과거가 삭제된 나를 온전한 '나'라고 할 수 있을까. 아니면 다른 존재가 대신 들어와 사는 것일까. 악몽만 지울 수 있다면 다른 존재가 들어와 살아도 좋을 것 같았다. 하얀 백지로 새로 시작하는 삶! 행복한 기억으로 다시 채우는 삶! 그렇다면 과거의 기억을 미련 없이 회상하고 삭제해버려야 했다. 지금, 이 시간이 기억과 재회하는 마지막이리라. 날이 밝으면 아니, 이 섬을 나가면 또 다른 '나'로 거듭나리라.

입술을 앙다물었다.

홀 시계가 여섯 번을 쳤다. 평상시대로라면 두 시간 삼십 분 뒤, 노인이 어김없이 모닝콜을 할 시간이었다. 별 일 없는가, 젊은이? 똑같은 레퍼토리와 말투로 노인이 안부를 물을 것이다. 살인자! 내가 목격한 것이 실제 살인사건이라면?

어머니가 나타났다가 사라졌다.

살인 현장도 내 악몽 속에서 그려낸 것이란 말인가. 절로 웃음이 터졌다. 고약한 술. 웃고 나니 눈물이 고였다. 입도 벌어졌다. 입술을 벌릴 대로 벌리고 하품을 했다. 너는 말이야 술만 취하면 딴 사람이 돼. 지킬 박사와 하이드. 지킬이 하이드가 하는 일을 모르듯 니가 그래. 네 술버릇 알지? 아무나 붙잡고 회개할 일이 없냐고 묻다가 주기도문을 마구 외운다? 너 종교 없잖아, 인마! 친구의 음성이 메아리처럼 울렸다. 잠들어서는 안 돼! 아니, 옷가지들을 챙겨야 한다. 이도 저도 때려치우고 그냥, 낭떠러지 밑으로 떨어지면 안 될까. 잠들어서는 안 된다, 잠들어서는……

꿈속인 것 같았다. 흠칫, 하면서 한 발을 잘못 내디뎌 낭떠러지로 떨어졌다. 꿈속에서도 꿈속이라는 것을 알았다. 공포는 생생하게 살아있었다. 몸을 떨면서 외마디 비명을 내질렀다. 이번에는 왼발에 밧줄이 묶여 있었다. 암초에 머리를 처박지는 않았지만 대롱대롱 매달린 몸뚱이는 암초를 삼켰다가 뱉어 내는 파도에 닿을 듯 말 듯했다. 허공에서 몸부림쳤다. 식은땀이 온몸을 덮쳤다. 누군가가 밧줄을 끌어당겼다. 일부러 그런 듯, 끌어당겼다가 놓고 끌어당겼다가 놓았다. 갈증이 일었다.

윗몸을 일으키려고 발버둥 쳤다. 이상하게 암벽 위에만 안개가 있었다. 밧줄을 잡고 있는 사람은 보이지 않았다. 안개가 걷혔다고 생각한 순간, 있는 힘을 다해 고개를 들었다. 동아줄을 잡고 있는 얼굴 일부만 보였다. 입술 꼬리를 올리면서 웃고 있었다.

여전히 나는 밧줄에 발목이 묶인 채 매달려 있었다. 포말이 암초를 덮쳤다. 위에서 밧줄을 잽싸게 당겼다가 놓았다. 곤두박질치면서 비명을 터뜨렸다. 가시가 목구멍에 박혀 있어서 소리가 나오지 않았다. 혀 뒤가 부풀었다. 포말이 깨진 전구처럼 흩어졌다. 두 눈에 눈물이 다시 그렁그렁해졌다.

낭떠러지로 떨어지는 악몽은 다락방에 갇힌 뒤부터 자주 반복해서 꾸는 꿈이었다. 섬에 온 뒤로 별장 뒤, 암벽과 암초라는 배경만 바뀌었을 뿐 여전히 나는 왼발에 밧줄이 묶인 상태로 곤두박질치는 꿈속에서 허우적댔다. 그리고 오늘 살인사건을 목격했다. 헛것이었을까.

꿈을 꾸고 싶지 않았다. 잠들고 싶지도 않았다. 악몽에서 벗어나고만 싶었다.

어떻게든 꿈속에서 벗어나기 위해 눈을 크게 떴다. 마음처럼 되지 않았다. 차가운 뭔가가 두 눈을 누르고 있었다. 손길이 지나간 자리에 열꽃이 사라지면서 시원해졌다. 차갑고 부드러운 손길이 열을 식혀주고 있었다. 느낌으로 꿈속이 아니라는 것을 알았다. 다락방에 갇힌 다음이면 온몸이 열로 들끓었다. 전도사는 몸속에 있던 악귀가 나가는 증거라며 열을 식혀주지 않았다.

전도사는 내가 아파도 악귀가 들어서 그런 것이라고 했다. 오히려 멍이 들도록 때리면서 통성기도를 했다. 그래야 치유가 된다고 했다. 내가 할 수 있는 일은 몸을 둥그렇게 말고 전도사의 통성기도와 손바닥 구타가 그치기를, 이를 악물고 견디는 일뿐이었다.

　중학교 일 학년을 마쳤을 즈음이었다. 나는 오른쪽 아랫배가 아파도 아프다고 말할 수 없었다. 전도사는 아픈 곳을 손바닥으로 때렸다. 그때마다 입술을 깨물고 참아냈다. 처음에는 음식을 잘못 먹어서 소화불량이나 체한 거라고 생각했다. 약 대신 물만 마셨다. 씹을 수 있는 것은 도저히 넘길 수가 없었다. 식은땀을 연신 흘렸다. 사택에 와서는 이불을 덮고 누워서 신음을 내뱉었다. 전도사는 누워있는 내 어깨에 손을 대고 기도를 했다. 다행히 예배당으로 가자는 말은 하지 않았다.

　하루, 이틀, 사흘, 나흘…….　일주일 동안 음식을 먹지 못하고 목만 축인 채 거의 실신 상태로 골방에 누워있었다. 주일이 되었다. 전도사가 나를 일으켜 앉혔다. 자꾸 방바닥으로 쓰러지려는 나를 억지로 세워서 점퍼를 걸치게 한 뒤, 끌다시피 예배당으로 데리고 갔다. 힘을 내서 걸었지만 교회 문턱을 넘지 못하고 기절하고 말았다. 흐릿한 의식 속에 놀란 신도들 눈동자만 아른거렸다.

　눈을 떴을 때는 병원이었다. 맹장이라고 했다. 일주일 동안 어떻게 참을 수 있었는지 의사가 놀라면서 물었다. 그리고는 학생이 학교에서 왕따를 당하고 있을지도 모르니 주의를 기울이라고 하면서 내 등에 나 있는 멍 자국을 가리켰다. 옆에 앉아있던 전도사는 창 쪽으로 시선을 돌렸다. 권사 아주머니만 이 아이는 참을성이 대단한 주님의 자식이라면서 호들갑을 떨었다. 나는 입을 다물고 전도사가 바라보는 반대 방향으로 시선을 돌렸다. 전도사의 손찌검을 신도들에게 함부로 말해서는 안 된다는 것 정도는 알만한 나이였다.

내 시선은 맞은편 환자에게 머물렀다. 몇 시간 전까지만 해도 코에 호스를 끼고 가래 끓는 소리를 내던 노인이었다. 노인은 웬일인지 혈색 좋은 얼굴로 나를 짓궂게 보았다. 전도사의 찬송과 기도소리가 노인을 깨운 모양이었다. 노인은 카랑카랑한 목소리로 나를 꾸짖었다.

고 녀석, 눈이 꼭 고양이 눈빛이야. 밤마다 담뱃불처럼 깜박거려서 내가 밤잠을 다 설쳤다니깐. 이 녀석, 이제 나 갈라니깐 밤에는 눈 좀 감고 있어. 알았지? 어이, 아줌마, 저런 녀석은 일찍 집에서 내보내야 해. 아줌마가 감당 못해.

노인은 나를 꾸짖고는 전도사를 향해 고래고래 고함을 질렀다. 전도사는 바깥으로 고개를 돌린 채 노인에게 아무런 대거리도 하지 않았다.

그 일이 있고 난 뒤, 전도사는 더 이상 내게 회초리를 들지 않았다. 대신 실신한 신앙인이 되어 오래도록 기도를 했다. 악마를 자신의 품으로 보낸 것은 하나님의 또 다른 메시지라고, 주님의 종을 시험하는 중이며 신앙인으로서 나태해지려는 몸과 마음을 정결하게 다지라는 채찍질과 같은 것이라면서 울부짖었다.

내가 망나니가 될수록 전도사는 신앙인으로서 열정적인 모습을 보였다. 신도들은 열정적인 전도사를 추앙했다. 모든 것이 '나'로 인한 것이었지만 전도사는 고마워하기는커녕 은밀히 내게 벌을 주는 방법을 택했다. 차비 외의 용돈을 일절 끊었다. 간신히 시내버스 토큰 값을 주면서 십일조는 꼬박꼬박 떼어 갔다. 나는 어린아이들을 위협해서 돈을 뜯어낼 수밖에 없었다.

내 악행이 점점 시들해진 것은 고등학교를 기숙학교로 간 뒤였다. 사실상 그때 전도사와 이별했다고 할 수 있었다. 전도사가 염원하는, 당신이 가질 수 없었던 목사라는 자격증을 아들이 대신 따주기를 원했지만 나는 '신' 자만

들어도 경기를 일으킬 정도가 되었다. 얼마나 많은 죄를 고백해야 목사가 될 수 있을지 생각만 해도 치가 떨렸다. 소설을 써야겠다고 생각한 것은 고등학교 3학년, 룸메이트가 자살한 사건을 목격한 뒤였다. 다락방에서 홀로 그림을 그리면서 메모를 해나가던 습관은 계속되어 비밀 일기를 쓰기 시작했다. 글을 쓸 때면 하고 싶은 것들을 두서없이 적어도 꾸중 듣지 않았다. 거짓 죄고백을 하지 않아도 되었다. 전도사한테 벗어나는 길이었다.

하지만 글을 쓰고 있는 외딴섬 별장지기인 나는, 여전히 전도사 그늘에서 벗어나지 못한 채 악몽 속을 헤매고 있었다. 낚시꾼의 살인사건이라는 헛것까지 만들어내고야 말았다.

# 노트 2

K가 P 섬에 들어오기 32년 전인 1910년.

선교사 두 명이 P 섬에서 의료봉사를 했다. 일명 '웃음 병'이라고 불리는 이 섬에서만 볼 수 있는 특이한 증상 때문이었다. 웃음 병은 실없이 웃다가 점점 거칠어지면서 폭력적으로 변했다. 결국은 누군가에게 살해당하거나 누군가를 죽였다. 주로 노인들이었지만 간혹 청년들, 중장년층에서도 발병했다. 젊은 사람들이 웃음 병 증상을 보였을 때는 큰 병을 앓고 난 다음이거나 큰 시련을 겪은 뒤였다.

선교사들은 오래전 뉴기니 섬에 있었던 식인 문화 부작용으로 그 지역 사람들이 웃으면서 춤을 추는 무도병을 앓았다는 사실을 잘 알고 있었다. 그래서 이곳 사람들도 식인을 했을 거라는 가설을 세우고 역학조사에 들어갔다. 미리 본국에 정신과 의사 한 명을 호출한 뒤였다.

하지만 이들이 알아낸 것은 놀랍게도 초록빛 한해살이풀이었다. 박하향이 났고 제비꽃과 비슷하게 생겼으며 그 잎을 씹어 즙을 삼킬 때에는 환상적인 페로몬 향으로 탈바꿈했다. 섬사람들은 이 풀을 '영령의 풀'이라고 하면서 신성시했다.

영령의 풀은 오래전부터 섬을 지켜왔던 무녀만 재배할 수 있었다. 섬에서 무녀는 의사이고 예언자이며 안식을 찾지 못한 혼령들의 대변자로 추앙받아 왔다. 선교사들이 오고 나서도 섬사람들은 무녀의 말을 더 믿었다. 그러나 아이와 노인들이 아플 때 무녀의 주술이나 굿보다는 선교사들의 하얀 알약 하나가 더 효과를 발휘하자 차츰 무녀는 그 권위를 잃어가는 듯했다. 무녀는 전혀 바깥 사정에 동요하지 않고 그녀의 오두막에 틀어박혀 영령의 풀을 더욱 애지중지 재배했다. 그 면적을 오두막 밖으로 조금씩 넓혀갔다.

선교사들이 조사한 바로는 이 풀의 뿌리와 꽃은 중추신경을 자극해 흥분 상태를 유지하다 천천히 감각을 무디게 하는 마취효과가 있었다. 무녀가 이런 효과를 활용해서 그동안 섬사람들을 치료하고, 지배하는 수단으로 삼아왔다고 판단했다.

선교사들은 이 풀이 가지고 있는 효용을 안 뒤로 더욱 관심을 기울였다. 영령의 풀을 그들 식대로 '아니마'라고 불렀다. 무녀가 아니마를 어떻게 활용하는지 눈여겨보기 시작했다.

무녀는 큰 병에 걸렸거나 슬픈 일이 닥친 사람들이 오면 환자를 눕게 하고 심신을 편안하게 하라고 주문했다. 깨끗한 수건을 찬샘에서 떠온 차가운 물에 적셔 온몸을 닦아냈다. 그 과정만으로도 사람들은 기력을 회복했다. 그리고 알 수 없는 주문을 계속해서 중얼거렸다. 낭랑한 무녀의 목소리는 아니마를 말려 피운 향불과 섞여 사람들의 몸과 마음으로 스며들었다.

무녀는 아니마의 뿌리와 꽃을 섞어 오랫동안 다려낸 물 한 모금을 사람들에게 처방했다. 보통 이 과정이 2~3일 정도가 걸렸다. 극진하고 정성 어린 간호를 맛본 사람들은 그 과정이 끝나고 나면 훌훌 털고 일어났다. 기력이 지나치게 쇠한 노인들에게는 아니마를 몇 년 동안 담아서 발효시킨 술을 마시게 했다. 생의 마지막이 가까운 그들에게 그 술은 먼저 간 혼령들과 교감하게 하는 효과가 있다고 말했다.

노인들은 술에 취해 비몽사몽 간 편안한 상태에 머물다 생을 마감했다. 아무런 욕심 없는 무표정으로, 때로는 웃으면서 생을 마감한 노인들을 보면서 마을 사람들은 그들이 피안의 세계로 갔다는 것을 믿어 의심치 않았다. 무녀는 여전히 마을 사람들에게 절대적인 신망의 대상이면서 신령한 존재였다.

하지만 더 이상은 아니마가 무녀만 재배하고 다루는 신령한 풀일 수는 없었다. 선교사들이 조사한 바에 의하면 아니마를 과다 복용하거나 장기 복용할 경우에는 부작용이 발생했다. 교감신경과 부교감신경의 질서를 왜곡시켜 지나치게 교감신경만을 자극했다. 한번 어긋난 교감신경과 부교감신경의 질서는 사람들에게 조증을 유발했다. 매사가 즐겁고 적극적이어서 한시도 가만히 앉아서 조용한 상태를 견뎌내지 못했다. 늘 들떠 있으니 웃음이 그치지 않았다. 이런 상태에서 아니마를 더 섭취할 경우에는 폭력적으로 변했다. 선교사들이 보게 된 노인 둘은 무녀가 오랫동안 치료를 해오던 사람들이었다. 어쩌면 무녀 또한 아니마의 부작용을 알지 못했을 것이다.

선교사들에게 아니마의 정확한 성분과 효능 검사는 아주 중요한 문제가 되었다. 섬사람들의 무녀 의존도를 줄이기 위해서도 필요했다. 어떻게 하나님의 전지전능하심이 한낱 풀 따위에 왜곡되고 주술에 걸린 무녀에게 훼손될 수 있단 말인가. 선교사들은 차근차근 그것을 밝혀내면 섬사람들을 전도하는 일은 시간문제라고 확신했다.

선교사는 역학조사로 알게 된 아니마를 본국으로 가지고 가서 연구하고 싶었다. 하지만 아니마는 P 섬 밖에서는 재배 자체가 불가능했고 가지고 가도 대부분 말라죽었다. 신기하게 이 섬에서만 자생했고 효력이 발생했다. 섬의 기후와 습도, 해풍의 영향 등 연구가 더 필요했지만 그들의 영역 밖이었다. 이래저래 시간이 흐르고 선교사들에게 고독감이 찾아왔다. 하나님을 전하기 위해 이 먼 곳까지 자원해 왔지만 이 미개한 사람들에게 하나님보다는 무녀가 더 가까이 있었다.

선교사들은 몰래 무녀의 일거수일투족을 관찰하기 시작했다. 동양의 작은 섬에서 신처럼 추앙받고 있는 젊고 아리따운 여성으로서 무녀는 새롭게 부각

되었다. 아프다는 핑계를 대어 무녀의 집을 찾는 일이 잦아졌다. 무녀는 이들에게도 아니마를 달인 물을 주었고 지극 정성으로 간호하고 몸을 닦아줬다. 선교사들은 점점 자신의 본분을 잊어갔다. 무녀의 치료에 빠져들었다. 아니 어쩌면 아니마에 빠져 들었는지도 모를 일이었다.

P 섬을 떠나기 싫은 선교사들은 본국의 지원을 받아 약초 연구소를 차렸다. 처음부터 연구를 해나간 것은 아니었다. 이들은 먼저 섬사람들의 위생부터 살폈다. 포교활동을 염두에 둔 활동이었지만 선교사들의 관심은 아니마와 무녀에게 더 있었다. 어떻게 하면 아니마 재배 면적을 넓힐지, 무녀가 가진 권한을 어떤 합법적인 방법으로 가지고 올지 등이었다. 섬에서 시간을 보낼수록 선교사들은 두 가지 의문점을 가지게 되었다.

첫째는, 웃음 병에 걸린 사람을 봤을 때였다. 과연 저 사람한테도 영혼이 있을까. 둘째는, 무녀가 혼령들을 위해서 굿하는 것을 보고 나서였다. 과연 기독교가 말하는 천국이 있을까. 불경스러운 의문에서 출발한 선교사들의 조심스러운 연구가 이어졌다. 영혼과 천국에 대한 불신 자체가 그들이 신봉하는 종교에서 이단 행위였기에 모든 것은 비밀리에 진행되어야 했다.


*


정신병원 원장인 야마모토는 전날 P 섬에 도착한 K와 밤늦은 시간까지 이야기를 했다. 야마모토는 선교사가 세운 약초 연구소가 어떻게 정신병원이 되었는지에 대해서 상세하게 말했다. 결국은 약초 때문에 이상 증세를 보인 사람을 연구하다 보니 자연스럽게 약초연구소가 정신병원이 되었다고 했다. 그것은 일본 자본과 전문 의사가 합류한 뒤였다. 주로 야마모토가 이야기를 했고 K가 듣는 입장이었다. 간혹, 미국에서 함께 공부했던 이야기가 나왔을 때만 몇 마디 보태는 정도였다.

야마모토는 한사코 술을 마시지 않겠다는 K에게 이곳에서만 맛볼 수 있다는, 투명한 초록빛 술을 따라주었다. 향이 독특하여 맛만 본다는 것이 K는 벌써 세 잔째 홀짝이고 있었다.

K의 얼굴을 살피던 야마모토는 조심스럽게 입을 떼었다.

"자네가 기부한 돈은 잘 쓰이고 있네, 고맙네."

야마모토는 미국에 있는 K에게 병원 사정이 좋지 않으니 기부할 수 있냐고 물었다. K는 미국 생활을 정리하면 그리 많은 돈이 필요하지 않다면서, 거의 전 재산을 기부하겠다고 말했다. 안나가 희귀병 진단을 받았다는 말을 듣고 야마모토에게 몇 가지 제안을 받은 뒤였다.

선교사들이 세운 약초 연구소. 그 토대 위에서 야마모토는 환자들을 대상으로 다양한 임상시험을 하고 있었다. 전쟁 트라우마를 겪고 있던 환자가 치유된 적도 있었다. 일시적인 현상이었지만 그에게는 획기적이었다. 조만간 불치병을 치료할 수 있을 거라고 K에게 장담까지 했다. 하지만 어떠한 부작용에 대해서는 언급하지 않았다.

안나마 외에도 K를 외딴섬까지 오게 한 것은 안나와 같은 혈액형을 가진 환자가 이 병원에 세 명이나 입원하고 있다는 말 때문이었다. 희귀 혈액형인 안나는 두 달에 한 번씩 완전히 피를 교체해야 했다. 피가 빨리 탁해졌다. 비록 머리는 정상이 아니지만 몸은 정상인 환자들의 피는 건강할 거였다. 그래서 K는 야마모토가 전란 중이라 병원 경영이 어렵다는 말에 선뜻 기부금을 낼 수 있었다. 굳이 말하자면 교환조건이었다.

K는 안나를 낳다가 죽은 아내를 위해서라도 딸의 건강을 되찾아주고 싶었다. 법에 어긋나는 일이라도 기꺼이 시도할 참이었다. 그래서 더욱 P 섬 정신병원에서 근무하려고 했다. K는 심장전문의였다.

K는 곤히 자고 있는 안나를 살피러 가야 한다고 생각하면서도 일어날 수가 없었다. 원장실에 오기 전까지 고민했던 것들이 사그리 사라져 버렸다. 절로 콧노래까지 흥얼거렸다. 야마모토는 기분 좋게 웃더니 큰소리로 물었다.

"어떤가? 이 술맛? 죽이지? 이것이 아니마로 담근 술이라네."

# 3. 다락방 얼굴들

비 오듯 땀을 쏟았다. 이부자리는 점점 눅눅해졌다. 벽 틈새에서 바깥바람이 비집고 들어왔다. 체온이 급격하게 떨어졌다. 연속해서 울음소리와 악몽에 시달렸다. 악몽은 선명한 의식 속에서 광선의 색깔로 나타난다면, 그렇다면 새빨간 핏빛이라야 맞았다. 그래, 핏빛이어야 했다. 핏빛 팔뚝이 내 목을 짓눌렀다. 과거를 넘나들면서 헛소리를 하고 신음을 뱉었다. 귓속에서는 중학생이던 내가 교회 학생들과 성탄절 새벽, 일일이 인가를 돌아다니면서 부르던 찬송 소리가 맴돌았다. 간혹 음 이탈이나 생목이 튀어나올 때도 있었다. 환청이 들릴 때면 바람 소리일 거야, 라며 돌아누웠다. 홀에 있던 괘종시계가 삐거덕, 거리며 녹슨 그네 흔들리는 소리를 냈다. 몇 시나 됐을까. 창문에서 흘러들어오는 빛이 고스란히 두 눈을 가격했다. 눈을 감고 있는 것조차 고통스러웠다. 눈을 떴다. 노인의 모닝콜을 2시간 30분 정도 남겨두고 잤는데, 벌써 정오가 지난 것 같았다. 몸이 무거웠다. 간신히 윗몸을 일으키고 방을 둘러봤다. 불이 훤히 켜져 있었다. 전혀 예기치 못한 광경이 눈앞에 펼쳐졌다.

싱크대 아래에서 안나가 이불을 걷어차고 가랑이를 벌린 채, 코까지 골면서 자고 있었다. 도대체 어젯밤 무슨 일이 일어났던가. 기억들이 조각조각 부서졌다. 분명, 이곳에서 3개월을 무사히 보낸 것을 자축하며 노인이 보내온 술을 마셨다. 그런 다음 글 작업을 하다가 잠이 들었던가. 정수리가 쑤셔오고 무릎이 아려왔다. 무릎에 상처까지 나 있었다.

안나가 몸을 뒤채었다. 목에 걸린 목걸이가 바닥으로 떨어졌다. 펜던트는 정교하게 다듬어진 열쇠였다. 나는 펜던트 쪽으로 손을 뻗었다. 전화벨이 시끄럽게 울렸다. 흠칫, 하며 시계를 보았다. 8시 30분이었다.

"젊은이, 잘 주무셨는가? 허허."

노인은 어제와 다름없이 호쾌하게 아침 인사를 건넸다.

도둑질을 하다가 들킨 사람 마냥 머리를 긁적거리면서 간신히 대답했다.

"아, 예."

"안나는 여태 자겠지?"

"……."

"전혀 기억이 없다는 말이지? 자네 술을 너무 마셨어. 생각보다 술이 약한 모양이야. 취해서 언덕을 구르다니. 허허, 그것 참. 안나가 발견하지 않았다면 비명횡사했을 거야. 열에 들떠서 일주일이나 누워있었지 뭔가?"

"일주일이라뇨? 지금 농담하시는 거죠?"

도저히 믿지 못한 나는 팔을 뻗어 노트북을 켜서 날짜를 확인했다. 일주일이나 지나 있었다.

"아……."

"안나를 어서 깨우게나. 이제 슬슬 안나가 바빠질 때야. 하지에 중요한 축제가 있다네. 그 준비를 미리 해야 하거든. 거의 밤을 새우다시피 자네 수발을 들었단 말이지, 허허."

"그런데, 그런데⋯⋯."

"그렇지, 안나의 행동에 대해서 너무 신경 쓰지 말게나. 자네가 무슨 말을 하려는지 짐작해. 젊은이가 머무르기 전에 그곳이 안나 방이었어. 주인의 총애를 받은 몸이야. 그래서 2층 청소를 맡고 있는 거라네. 그 버릇이 아직 남아 있어서 그곳에서 잠을 잘 때면 아무런 경계심 없이 잘 것이네. 안나는 정신연령이 열두 살 정도밖에 되지 않아. 그 나이 때 부모가 죽어서 이 섬에 온 거거든. 그때부터 말을 잃었어. 하지만 유일하게 두려움이 없고 맑은 아이야. 별장 주인이 안나를 제일 아끼지. 그러니 어린애라 생각하고 별 다른 생각하지 말게나, 허허."

안나에 대해서 말을 아끼던 노인이 갑작스럽게 그녀의 과거사를 풀어놨다. 난데없이 뒤통수를 맞은 것 같았다. 정수리가 아려왔다. 나는 몸이 아픈 줄도 모르고 연달아 질문을 던졌다. 질문하는 것이 실례인지에 대해서는 생각할 겨를이 없었다. 지금이 아니면 물어볼 기회가 없을 것 같아 용기를 냈다. 안나의 부모는 무슨 사고를 당했는지, 학교에는 다녔는지, 안나 이름이 처음부터 안나였는지⋯⋯. 두서없는 질문에 노인은 싫은 내색 없이 웃음으로 먼저 응대했다.

"허허, 질문이 많네 그려. 어느 사이 안나한테 그렇게 관심이 많아졌지? 무슨 사고를 당했는지는 확실히 알지 못하지만 한꺼번에 부모가 세상을 떠났다고 들었네. 고아원 원장도 안나의 친부모에 대해서 자세하게 알려주지 않았어. 세상 과거사가 뭐 그리 중요하다고 그러나? 내가 고아원에 갔을 때 그 아이는 충격에 모든 것을 잃은 뒤였고 학습 능력이 현저히 떨어져서 학교에 다니지 않고 있었다네. 나는 세상 교육을 그리 중요하게 생각하지 않아. 이곳에서 생활하자면 더욱 그렇지. 그래서 이름도 새로 지어야 했어. 그저 내 뒤꽁무니를 졸졸 따라다니면서 해맑게 웃는 모습이 너무 사랑스러워서 같이 살기로 결심한 거라네. 별장 주인도 안나를 예쁘게 봤지. 더 궁금한 것이 있나, 젊은이?"

"……."

"그럼, 오늘까지만 쉬고 내일부터 일을 다시 시작하시게."

나는 노인의 말을 들으면서 아이처럼 아무런 부끄럼 없이 자고 있는 안나를 보았다. 처음 봤을 때 내 얼굴을 거리낌 없이 만졌던 것도 같은 이유에서일까. 자세한 내막은 알 수 없지만 이 섬에서 아이들을 찾아볼 수 없었다. 초등학교 등 교육기관도 마찬가지였다. 안나가 제일 어린 축에 속한 것 같았다.

나는 안나에게 이불을 덮어주고는 싱크대 위에서 먹을 것을 찾았다. 노인이 오늘까지 쉬라는 말에 긴장이 풀리면서 허기가 돌았다. 몸도 아직 열이 있었다. 자줏빛 미음을 먹었다. 배가 부르자 졸음이 밀려왔다. CCTV와 노트북이 있는 책상 앞, 의자에 앉아서 온풍기까지 틀어놓고 꼬박꼬박 졸았다. 열과 졸음 사이에서 노인의 해피, 해피, 라고 연거푸 읊조리는 음성과 안나의 미소가 희미해졌다가 선명 해졌다가를 반복했다. 노인의 음성이 테이프가 늘어나듯 잔뜩 일그러지고 안나의 미소가 기괴한 웃음소리로 변했을 때에야 눈을 떴다.

'젊은이, 다 보고 있었는가, 히히, 허허, 하하…….'

아니야, 아니야……. 조각난 기억들이 제자리를 찾으려고 했다. 찾지 말라고 또 다른 내가 명령하고 있었다. 머리를 흔들었다. 헛것을 현실로 들이고 싶지 않았다. 재빠르게 주위를 훑었다. 안나는 없었다. 싱크대에는 수건이 담긴 세수 대야가, 가스레인지에는 새 미음이 담긴 자기 그릇이 있었다. 이마에 손을 올려서 열을 재보았다. 식은땀도 열도 더 이상 나지 않았다.

몸이 예전 상태로 돌아오자 확실하게 기억할 수 없지만 내가 무슨 일을 서두르다가 그만둔 기분이었다. 뭘까. 애써 무시했는데, 뭔가가, 자꾸만, 신경이 쓰였다. 아니다, 나는 취했을 뿐이다. 쓸데없이 과거의 악몽을 재현할 필요는 없었다. 보이는 것이 전부일 뿐이다.

몸을 일으켜서 홀로 나갔다. 한결 서늘해진 공기가 피부를 감쌌다. 가벼운 현기증이 일었다. 살이 많이 빠진 것처럼 악몽이 빠져나간 자리에 조금 더 가벼워진 영혼이 들어앉은 것 같았다.

나는 어둠에 묻힌 2층 계단을 보았다. 다락으로 올라가려는 나를 안나가 한사코 붙들었던 곳이다. 저곳에 무엇이 있을까. 조각 난 기억 중에 노인이 기어코 내 점퍼 안주머니에 넣어주었던 것이 생각났다.

\*

다음날, 나는 안나가 내는 일련의 소리에 예민하게 반응했다. 그녀의 기척이 들리기만 하면 기계적으로 홀로 나갔다. 안나는 여전히 손을 뻗어 내 볼과 입술을 만지려 했다. 그녀가 손을 내밀려고 하면 몸을 뒤로 살짝 뺐다. 그녀처럼 따라 웃었다. 웃는 내 입술에 기어코 손을 갖다 대고 목젖이 보일 정도로 웃다가 2층으로 달아나듯 올라갔다. 뒤따라갈 수는 없었다. 단지 그녀의 흥얼거리는 콧노래가 사라질 때까지 꼼짝 않고 서 있다가 1층 홀을 느리게 돌아다니면서 먼지를 닦아내는 척했다. 간혹 콧노래가 들리지 않을 때는 살금살금 2층 계단을 밟았다. 안나가 이 시간에 무엇을 하는지 언제 즈음 방심하는지 알고 싶었다. 기억할 수 없는 기억을 되찾기 위해서는 미지의 이곳 건물부터 확인하는 것이 순서였다. 안나도 노인도 심지어 이 건물까지 비밀스러웠다. 내게 뭔가를 단단히 숨기고 있었다.

2층은 여전히 금지 구역이었다. 1층과 2층 계단에 쇠창살문이 있었다. 처음, 안나가 이곳을 안내했을 때에는 잠그지 않아서 있는 줄도 몰랐다. 내가 다락방으로 올라가려 한 뒤부터 문단속을 한 것 같았다. 나는 첫날과 달리 다락에 그다지 관심을 두지 않았다. 처음 하는 노동에 빨리 지치기도 했지만 다락 외에도 이 건물 자체에 매료되었다. 정원 구석구석을 돌아다니는 데만도 반나절은 족히 걸렸다.

나는 쇠창살 사이로 2층 거실을 오래도록 봤다. 양쪽 방을 분주히 오가던 안나의 모습이 더 이상 보이지도 콧노래도 들리지 않았다. 용기를 내서 문을 밀었다. 열렸다.

안나가 퇴근한 밤이면 어김없이 벽 어디 즈음에서 울리는 울음소리에 다시 신경이 날카로워졌다. 비바람이 몰아치면 천장에서 군화 신은 무리들이 돌아다니는 발자국 소리로 어수선했다. 먼 곳에서 시작됐다가 바로 머리 위에서 찰박찰박거렸다. 찰박거리는 소리가 커지면 창문이 연이어 몸 트림을 했다. 그에 화답하듯 바깥 어딘가에서 바람을 잔뜩 몰아 담은 천막이 견딜 수 없어하며 털어내는 소리가 이어졌다. 숨 가쁘게 펄럭이는 소리가 끝나면 꼭 후렴구처럼 케겡, 하는 강아지 소리가 뒤따랐다. 그것은 작은 구멍이 뚫린 말랑말랑한 고무공을 손아귀에 쥐고 눌렀을 때의 소리와 비슷했다. 이곳에서 고양이나 개를 본 적이 없었다. 바람이 요사를 부리며 소리를 흉내 내는 것이라고 생각하면서도 궂은날에 강아지가 바깥에 있으면 안 되는데 하는 안타까움이 앞섰다. 애써 담담함을 가장하며 노트북에 저장된 음악 파일을 열었다. 하지만 울음소리와 덜컹거리는 소리는 계속해서 잡생각을 키웠다.

대학교 1학년 때였다. 진실을 파헤치는 형식으로 단편소설을 완성해서 학과 여 교수에게 보여준 적이 있었다. 굳이 그 교수를 택한 것은 나를 잠 못 이루게 했던 비너스를 닮아서였다. 머리를 한쪽으로 기울이며 살포시 미소 짓는, 좁고 둥근 어깨와 긴 팔다리……. 그 모습이 내가 이때껏 숨겨왔던 것들을 소설에 담아냈을 때, 나를 이해해 줄 것 같았다. 착각이었다. 소설을 읽고 난 여 교수는 내게 따끔하게 충고했다.

너무 식상하지 않나요? 젊은 학생인데 좀 더 신선한 소재를 찾아보는 게 어때요?

신선한 소재. 신선한 소재를 어디에서 찾는단 말인가. 나는 내 나이 또래의 연애와 문화생활, 수다에 관심이 없었다. 술을 마시지 않은 날에는 도서관에 틀어박혀 사진첩을 뒤적였다. 모두 죽음에 관한 거였다. 죄와 죽음, 진실과 죽음은 상통한 듯했다. 죄를 지어도 죽어야 했지만 진실을 밝히려 해도 죽어야 하는 경우가 많았다. 한 사람의 진실은 다른 사람의 목숨을 위협할 수가 있었다. 진실은 진실로 남기보다는 살아남은 사람의 위선일 경우가 많았다. 수많은 죽음은 진실과 함께 묻히고 살아남은 자에게 자극적인 양념으로 범벅이 된 '만찬'을 제공할 뿐이었다.

그렇다면 나는 지금, 누구의 만찬일까. 결국은 누군가의 만찬이 되지 않기 위해서 발버둥 치며 살아가는 것일까. 발버둥 칠수록 죄를 지어도 죄라고 여기지 않게 되고 진실을 알아도 파헤칠 필요를 느끼지 않게 되는, 위선자가 되는 길일까. 그렇다면 최고의 위선자는 처음부터 진실이란 것이 존재하지 않는다는 것을 알아버린 자일까.

불쑥, 내가 아팠을 때 밤낮으로 간호했던 안나를 떠올렸다. 이목구비를 차례대로 어루만져줄 때의 느낌까지 생생하게 재생되었다. 그것은 진실일 수도 다른 무언가를 가리기 위한 거짓일 수도 있었다.

그리고 내가 목격했던 사건. 해안가의 살인 사건. 아직까지 그것이 술 취한 악몽인지 정말로 일어난 사건인지조차 헷갈렸다. 조각조각 쪼개진 기억들을 맞추는 데만도 열흘이 걸렸다. 한순간에 맞춰진 기억에 또 당황했다. 혹시 망각과 망각 사이에 환상이 끼어든 것이 아닐까. 직접 현장으로 가서 확인하는 것이 순서였다. 하지만 두 다리가 여전히 후들거렸다.

살인자들은 목격자가 신고할 것을 두려워한다? 그것은 맞지 않았다. 지금 나는, 무사하고 극진한 보살핌을 받고 있었다. 그들은 또 다른 속셈을 숨기고 있는 것일까. 이곳에 올 때 어느 누구에게도 행선지를 알리지 않았다. 친구가 말했던 '억울한 그녀'와 비슷한 처지가 될 수도 있었다.

괜스레 눈물이 나면서 시야가 탁해졌다. 시야가 탁해진들 건물 어디에서 들리는 울음소리를 멈추게 할 수는 없었다. 섬사람들의 웃음소리는 승리자의 여유였다. 진실을 알아도 진실이라고 말하지 못하고 환청에 시달리고 있는 나는 악몽의 포로였다. 그렇다면 내가 흘리고 있는 눈물은 섬까지 들어오게 된 무능함, 즉 이제껏 살아온 삶에 대한 연민일까.

갑자기 키들키들 웃음이 터졌다. 고맙긴 했다. 내 목숨이 여태껏 붙어 있는 것을 고마워해야 했다. 살인사건 현장에서 얼굴 표정 하나 바꾸지 않고 콧노래를 흥얼거릴 수 있는 여자에게, 웃으면서 나를 끌어들이는 노인에게 끔찍할 정도로 혐오감을 일으켜야 했다. 그런데 이런 감정보다 더 우선시되는 것은 왜, 라는 질문이었다.

왜, 노인은 내게 수첩을 건넸을까? 왜, 여태 나를 살려둔 것일까?

아랫입술을 잘근잘근 씹으면서 눈을 감았다. 밑도 끝도 없는 암벽 아래,

안개가 펼쳐졌다. 낮 동안 줄곧 낭떠러지 아래를 내려다보고 있었으니, 망막에 각인된 게 분명했다. 긴 동아줄이 흡사 뱀이 허물을 벗듯, 안개 바다로 꿈틀꿈틀 내려갔다. 동아줄 끝에는 무엇이 매달려 있는지 알 수 없었다. 선명한 의식 속에서 꿈을 꾼다면 안개바다처럼 뿌옇게 보일까. 꿈이라는 것은 형체도 실체도 가늠할 수 없어서 광선의 색과 같은 한낮의 색일까. 동아줄을 애써 머릿속에서 지워냈다. 그것이 내 깊은 무의식에서 꿈틀거리는, 아직 기억해낼 수 없는 정체 모를 음험함 같은 것을 끌어올릴 것 같았다. 나는 잠을 자야 된다고 생각하면서 잠이 들었지만 꿈속에서도 계속 자야 한다는 압박감에 짓눌렸다. 짓눌림은 숨죽인 울음소리로 변했다.

통성 기도하면서 울부짖는 신도들의 눈물은 가식덩어리였다. 끊임없이 보이지 않는 그들의 주인에게 갈구하는 욕망의 기도였다. 내 습작품을 난도질했던 학과 지도교수였던 그녀는 신도들보다 더 단단한 지식이라는 위장 껍질 속에 들어앉아서 좀처럼 빈틈을 보여주지 않으려 했다.

소설 평을 듣고 난 뒤부터 여 교수 강의에 더 이상 나가지 않았다. 우연히 자취방 근처에서 그녀를 보게 되리라고는 상상도 못 했다.

싼 자취방이 다닥다닥 붙어 있는 그곳 인근에는 '방석집'이라고 불리는 유흥업소와 사주 집들이 즐비했다. 그 모퉁이에 순대집과 보신탕집이 있었다. 나는 가끔 순대를 먹으러 가곤 했다. 여 교수를 목격한 곳은 순대집이 아니라 보신탕집이었다. 평소에도 노린내가 나서 피해 다니는 식당 구석에, 그녀는 남색 점퍼 차림의 남자와 함께 수육을 게걸스럽게 먹고 있었다. 그 모습을 기름때 낀 지저분한 유리 너머로 본다는 것은…….

땅에 발을 디딜 때마다 꽃이 피고 몸에 묻어있던 물방울이 떨어질 때마다 진주로 변하게 했다던 비너스. 비너스를 닮은 그녀가 입술에 개기름이 묻어나는 것도 개의치 않고 초고추장이 발라진 부추에 수육을 얹어 입 안으로 들이밀고 있었다. 그동안 먹었던 개들이 그녀의 뱃속에서 허기를 참지 못하고 짖어댈 것만 같았다. 마침내 그녀는 뾰족한 턱과 삼각형 귀, 아치형 등 곡선, 근육 잡힌 뒷다리를 가진 개로 변해서 자신의 동족을 먹고 있었다.

갑자기 물컹물컹한 것이 목구멍을 타고 올라왔다. 침대 바닥에 대고 컥컥, 거렸다. 목구멍에서 신물이 올라올 뿐, 토사물은 나오지 않았다. 열은 내렸지만 오늘 내내 안나가 가져온 음식, 초록빛 약초가 든 전복죽을 조금 먹다가 말았다. 뱃속은 지금, 여 교수의 뱃속에 있던 허기진 개들이 들어앉아서 입을 벌리고 음식을 달라고 울부짖고 있었다. 굶주림으로 인한 고민의 단순화. 단순할 대로 단순화된 내 머릿속에서 떠나지 않은 한 가지가 있었다.

울음소리는 어디서 시작된 것일까.

머리 위에서 들리는 군홧발 소리는 더 거칠어지고 케겡, 소리는 숨 가빠지고 바람을 잔뜩 몰아넣고 있던 천막은 굉음으로 바람을 털어내고 있었다. 소리는 한결같이 않고 순서가 바뀌기도 했다. 날카로운 휘파람 소리로 변했다가, 고양이 울음소리로, 가느다랗게 흐느끼는 연인의 숨죽인 울음소리로 잦아들었다. 간헐적인 채찍질 소리, 아이들이 달음질하듯 와, 하는 함성 소리가 난데없이 끼어들기도 했다.

나는 무의식적으로 키보드를 눌렀다. 내가 내는 유일한 소리인 키보드 소리에 귀를 기울이며 집중하려고 애썼다. 집중할 때에는 바람 소리와 섞인 울음소리가 쌔근쌔근 잠든 아기의 숨소리처럼 들렸다. 환청일지도 모른다며 고개를 여러 번 저었지만 소리는 들렸다가 잠잠했다가를 반복하면서 존재를 분명하게 각인시켰다.

어깨가 서늘해져 이불을 뒤집어썼다. 기억이든 울음소리든 방어할 힘이 점점 빠져나가고 있었다. 온몸으로 이 악몽을 이겨내든가, 악몽 속으로 아예 잠수해버려야 했다. 날이 밝으려면 몇 시간을 더 견뎌야 한다. 그전에 내 이야기가 바닥을 드러내서는 안 된다. 양손을 모았다. 주기도문이라도 외워야 할까. 그동안 회개 기도를 하지 않았는데, 낱낱이 죄를 고해야 할까. 시간이 지나면 아침이 올 것이고 통성기도가 끝나면 다락방에 사다리가 놓일 것이다. 그러면 악몽에서 벗어날 수 있을까.

노인에게 전화해서 따지고 싶었다. 호소하고 싶었다. 건물이 울어요, 누군가가 갇혀 있는 것 같아요, 무서워요, 제발 와 주세요, 설령 당신이 살인을 저질렀다 해도 이 밤을 함께 보내준다면 용서할 수 있어요. 어린 내가 다락방에 갇혀 울부짖어도 전도사가 대답하지 않았듯 노인 또한 이 상황을 즐기고 있을 것만 같았다. 그렇다면 나도 즐겨야 한다. 이불을 걷어내고 수첩을 꺼냈다.

남색 레자 커버로 된 손바닥만 한 수첩 앞면에 '1993'이라는 연도가 금박으로 새겨져 있었다. 20년 전이었다. 연도 아래에는 'K 프로덕션'이라고 적혀있었다. 노인이 낚시꾼의 수첩을 건네면서 소설을 쓰는 데에 도움이 될 거라고 했다. 내용은 이미 읽어서 알고 있었다. 모두 섬에 관한 내용이었다. 활자는 급하게 흘겨 썼지만 묘사와 설명이 구체적이었다. 글쓴이의 역량이 보였다.

진짜 이 수첩을 노인이 건넨 것일까. 내가 주운 것이 아닐까. 아니, 오래전부터 소설을 쓰기 위해서 지니고 있었던 것일까.

출처가 의심스러운 수첩을 한 손에 들고 펄럭였다. 첫 장에는 회사 로고가, 뒷장에는 93년도 간이 달력이 있었다. 수첩만큼이나 볼펜 잉크 색도 바래 있었다. 수첩 갈피에 1993년 3월 1일 철선 승차권과 명함 한 장이 나왔다. 명함은 수첩과 같은 로고가 찍혔고 '다큐멘터리 PD' 옆에 '김수만'이라는 이름 석 자가 적혀 있었다. 살해된 낚시꾼의 수첩이 아니라면 인가 사내 것일 수도 있었다. 마을 주민들 대부분이 외지 사람이라고 했다. 나는 승차권과 명함을 수첩에 끼워넣고 다시 글을 읽어나갔다. 진짜 살인사건이든, 악몽 속 살인사건이든 분명히 내 악몽과 연결되어 있을 거라는 것을 어렴풋이 확신할 수 있었다.

1993. 3. 1.

섬이 보이기 시작했다. 역시나 제보자 말대로 해무가 연안에 짙게 끼었다. 이 현상은 수십 년 전부터 시작됐으며 하지가 되면 더 심해진다고 했다. 이 섬 해무는 다른 섬과 달리 전문가가 아닌 내가 보더라도 이상했다.

1993. 3. 2.

아무리 생각해도 이상하다.

해무는 수온이 낮아진 바다와 더운 공기가 만나 수증기가 뭉쳐서 생긴다. 그래서 한여름 장마철에 가장 짙은 해무가 발생한다. 영무도의 해무는 계절과 상관없이 일정할 뿐만 아니라 경계선이 매끄럽고 바람을 타고 이동하는 일반 해무와 달리 바람이 불어도 움직이지 않았다. 섬에 별다른 오염물질이 있는 것도, 특별히 수온이 다른 바닷물보다 낮은 것도 아닌 것 같았다. 섬 곳곳을 좀 더 촬영해봐야겠다.

1993. 3. 3.

마을 사람들은 모두들 친절했다. 친절했지만 행동은 경직되어 보였다. 며칠 동안 불편한 잠자리였고 제대로 씻을 수 없어서 내가 예민해진 탓인가. 그들은 질문을 해도 웃기만 할 뿐 시원하게 대답해주지 않았다. 그리고 집 안에 함부로 사람을 들이려 하지 않았다. 섬사람들의 특징인가. 아니면 극도로 나를 경계하는 것인가. 이장님은 예외였다.

홀 시계가 세 번을 쳤다. 고여 있던 적막이 홀 밖으로 빠져나가면서 적막이 시계 소리를 삼켜버렸다. 낮은 자세로 웅크려있던 바람이 갑자기 숨을 죽였다. 간혹, 어떤 소리보다 적막이 더 소름 끼칠 때가 있다. 모든 사고를 정지시켜 버릴 것 같은 두려움과 같았다. 지금도, 젠장할! 어디서 나는지 모를 울음소리가 메아리처럼 울렸다.

담배에 불을 붙였다. 살인사건을 보기 전까지 거짓말처럼 흡연 욕구를 느끼지 않았다. 오랜만에 몸속으로 들어온 연기는 잠자리 날갯짓 같은 현기증을 일으켰다. 담배를 쥐고 있는 손가락이 떨렸다. 입과 코로 뿜어져 나온 연기는 공중으로 날아올라 어딘가로 사라졌다. 담배 연기가 사라지는 방향으로 멍하게 눈길을 주었다. 순간 뇌리를 스쳐가는 뭔가가 있었다. 담배 연기를 연거푸 빨아들였다가 내뱉었다. 벽에 미세한 틈이 있어서 그곳으로 도둑고양이처럼 바람이 드나들다가 소리를 낼 수도 있었다.

꼼꼼하게 벽을 훑어보았다. 침대 머리맡 창문 커튼까지 들춰보았다. 새로 들인 창이라 틈새 하나 발견할 수 없는 섀시였다. 담배 연기가 사라졌던 곳으로 눈길을 돌렸다. 그곳은 싱크대 서랍 벽면이었다. 손바닥으로 벽을 가볍게 쳤다. 오래전에 회칠 한 벽이 손바닥이 내리치는 강도를 이기지 못하고 들

떴다. 좀 더 세게 치자 회벽 한 조각이 떨어져 나갔다. 마저 들뜬 회벽 조각을 뜯어냈다. 내벽은 검지가 들어갈 정도로 틈이 벌어져 있었다. 틈 아래로 회벽이 줄줄이 들떠 있었다. 들뜬 그것을 또 떼어냈다. 떼어낸 자리는 아이가 오줌을 갈긴 것처럼 가느다란 줄이 길게 나 있었다. 그곳에 귀를 갖다 댔다. 서늘한 공기가 귀 언저리에 달라붙었다. 이번에는 눈을 바싹 대보았다. 안개가 드리운 절벽 너머 등대 불빛이 희미하게 빛났다.

꼬박 밤을 새운 나는 날이 밝자마자 제일 먼저 흙을 반죽했다. 벽에 난 틈이라는 틈을 꼼꼼하게 메웠다. 아이보리색 벽은 황토 빛깔로 얼룩졌다. 얼룩진 벽이지만 울음소리만 들리지 않는다면 아무래도 괜찮았다.

날이 저물자 다른 때보다 문단속을 철저히 했다. 바람이 새어 괴상한 소리를 듣지 않아도 될 거라는 안도가 피로를 한꺼번에 몰고 왔다. 일찍 잠자리에 들었다. 설핏 잠이 들었다고 생각할 즈음, 난데없이 바로 옆에서 그릇 깨지는 소리가 들렸다. 화들짝 놀라 불을 켰다. 깨진 접시가 바닥으로 흩어졌고 방향 감각을 잃은 박쥐 한 마리가 갈팡질팡하고 있었다. 나는 꿈속이 아닌가 싶어 양쪽 볼을 꼬집어댔다.

반향정위를 이용하는 박쥐는 근처에 있는 물체에 반사되는 짧고 높은 파장 소리를 이용한다는 것을 너무나 잘 알고 있었다. 박쥐들은 돌아오는 소리를 듣고, 먹이나 장애물 위치를 파악한다. 고도로 예민한 귀와 청각 중추 통합 능력이 있다. 박쥐들의 의사소통 수단이 소리의 파동만으로도 가능한 이유이다. 결코 방향 감각을 잃을 수 없는 짐승이 박쥐다.

도대체 어디서 박쥐가 들어왔고 어떤 소리가 고도로 예민한 귀를 가진 짐승의 방향 감각을 교란시켰을까. 틈이란 틈은 다 메웠지 않은가.

황토를 발라놓은 벽으로 시선을 던졌다. 순간 덜커덩, 거리는 소리가 등 뒤에서 났다. 뒤돌아봤다. 문짝이 바람에 앞뒤로 흔들리면서 기름칠이 덜 된 찜쇠가 삐거덕, 거리며 괴음을 내고 있었다. 열린 방문으로 박쥐가 날아갔다.

침대에 누웠지만 좀처럼 눈을 붙일 수가 없었다. 찍찍, 거리는 새소리에 이어서 늑대의 하울링 같은 울음소리가 들렸다. 눈까지 따끔거렸다. 눈을 깜박거려 눈물을 짜내도, 소금물이 흘러들어 간 것처럼 눈알이 쓰라렸다. 오래전 전도사의 눈길을 맞받지 않고 방바닥에 시선을 고정한 채 눈물을 흘렸다면 어린 나를 용서해줬을까. 고개를 흔들었다. 쓸데없는 반성이었다.

잠이란 잠은 이미 말끔히 달아나버렸다. 지금 어머니가 등장하는 망상을 불청객으로 들이고 싶지 않았다. 하지만 이미 내 과거가 불청객으로 들어와 있었다.

고등학교 3학년 여름방학 때 같은 방을 사용하던 룸메이트가 학교 옥상에서 뛰어내렸다. 커다란 머리통에 곱슬곱슬한 털, 납처럼 창백한 얼굴과 얇은 입술을 가진 그는 전교 1, 2등을 다퉜다. 자살 전조도 유서도 없었다. 모두들 대입 스트레스 우울증으로 자살했다고 했다. 학교에서는 쉬쉬했다.

나는 현장에 있었다. 우리는 함께 늦게까지 공부했다. 바람이라도 쐬러 가자며 몰래 숨겨둔 담배를 챙겨 들고 옥상으로 올라갈 때가 자정 무렵이었다. 이상하게 그다음부터는 기억이 없었다.

사건이 터지고, 한 달 동안 정신병원에 입원한 뒤부터였다. 약 때문인지도 모르겠다. 매사에 무덤덤해졌으며 기억까지 가물거렸다. 어떤 일을 하더라도 죄의식을 가지지 않으려고 애썼을 뿐이다. 죄를 지어도 회개하지 않아도 되고, 거짓 죄를 읊조리지 않아도 되는 삶을 살고 싶었다. 룸메이트가 자살한 것에 대한 죄책감을 떨치려는 방편이었지만 내가 간절하게 원하던 삶이었다.

복잡한 문제가 생기면 남의 눈에 띄지 않는 곳으로 가서 곡기를 끊었다. 굶주림에 지친 몸과 마음은 한 가지 욕구로 집중됐다.

먹고 싶다!

복잡한 문제들이 아주 단순한 한 가지로 압축됐다. 굳이 교회에 가서 회개하지 않아도 됐다. 죄에서 자유롭고 싶었다. 일탈 행위가 나를 자연스럽게 교회와 어머니로부터 멀어지게 했다. 그것은 나의 자유의지였다.

그것은 나의 자유의지였다? 나는 한동안 좀비처럼 멍한 상태였다는 것을 알고 있었다. 기억이란 기억을 모조리 지워버리는 약물들. 불행한 기억이 지워진 나는 불쑥불쑥 조각처럼 떠오르는 것들에 대처할 능력이 없었다. 조각난 기억은 내 것이면서 내 것이 아니었다. 나는 그 기억이 어디에서부터 기인하는 것인지를 알기 위해서라도 또 다른 기억을 되살려야 했다. 내가 기억을 전부 되살린 것은 아니다. 지금도 어떤 미지의 것들이 내 속에서 언젠가 허약한 의식의 틈을 타서 빠져나오겠다고 아우성을 치고 있었다. 지금도 나는, 내 악몽과 대면하기보다는 방구석에 처박혀 이 복잡한 것들이 그냥 지나가기만을 바라고 있었다.

일찍 군대에 입대한 것도 마찬가지였다. 가급적 어머니를 만나고 싶지 않았다. 당신 앞에서는 늘 거짓되고 위축되어야 했다. 군대에 있을 때에도 휴가 한번 나가지 않았다. 제대 3개월을 남겨두고 있을 때 당신이 면회 온 것은 뜻밖이었다.


몇 년 만에 보는 당신의 얼굴은 살이 빠져 광대뼈가 불거졌고 피부는 더욱 까매졌으며 눈 주위로는 다크서클이 있었다. 눈과 입에 잔주름까지 자글거려서 십 년이라는 세월을 한꺼번에 얼굴로 먹어버린 듯했다. 나는 애써 놀란 표정을 감추고는 유격 훈련을 가야하기 때문에 시간이 넉넉하지 않다고 했다. 어머니는 웃으면서 주소가 바뀌었다고 말했다.

제대하고 그곳에 가긴 했다. 당신이 일러 준 대로 언덕 위, 교회 승강장에서 시내 쪽으로 두 블록 더 가서 버스에서 내렸다. 마을 입구에 어머니가 말한 '햇살 기도원'이라는 푯말이 있었다. 푯말이 있는 곳에서 산 쪽으로 한 시간 십 분을 걸었다. 산속으로 이십여 분을 더 들어가자 한적하고 조용한 기도원 건물이 나왔다. 어머니의 얼굴은 보고 싶지 않았다. 제대해서 한번 즈음 들러야겠다는 의무감이었다. 면회 온 당신의 행색으로 미루어 짐작컨대 몸이 좋아 보이지 않았다. 몸이 아파도 악귀가 빠져나가는 증거라며 병원에 가지 않을 전도사였다.

산속에 있는 기도원은 하얀색 페인트칠이 된 건물 두 채였다. 커다란 강당은 신도들이 모여서 예배를 드리는 곳이었다. 그 옆 건물은 샤워장이 갖춰진 단체 숙소였다. 인적이 드물어선지 대문도 건물 문도 잠그지 않고 활짝 열어둔 채였다. 언뜻 보면 잠깐 외출한 것처럼 보였다. 전도사 사택은 건물 안쪽에 있는 조립식 건물이었다.

기도원이 있는 숲은 녹음이 짙었다. 나무 잎 사이로 모습을 가린 매미들이 귀청이 떨어져 나갈 정도로 울어댔다. 그늘이 없는 기도원 마당은 햇살이 한껏 쏟아졌다. 영원한 안식이 그곳에 머물러 있는 것 같았다.

사택으로 향했다. 어머니가 없더라도 왔다간 흔적이라도 남기려 했다. 알로에 음료 세트를 들고 조립식 건물 쪽으로 발걸음을 옮겼다.

방문 바로 앞에 수돗가가 있었다. 수도꼭지에 연결된 호수가 고무 통에 담겨있었다. 가두리를 넘긴 물이 흘러내려가면서 시원한 소리를 내고 있었다. 나는 얼굴에 흐르는 땀을 씻어내려고 수돗가로 갔다.

고무 통 안에 고깃덩어리가 있었다. 날렵한 다리가 붙어 있는 개고기였다. 칼질된 부분 근육이 풀어져 하늘거렸다. 그곳에서 조금씩 빠져나온 피가 물과 섞여 흘러내려가고 있었다. 살 속에 박힌 피를 **빼려고** 흐르는 찬물에 담가 둔 거였다. 붉은 고무 통에서 흘러나오는 핏물을 보는 순간 헛구역질이 나왔다. 신물이 목구멍을 타고 올라왔다.

나는 끊임없이 투덜거렸다. 여름, 더위, 기도원, 기도, 죄……. 어머니는 기도를 할 때 무슨 죄를 회개할까. 아무리 생각해도 어머니의 죄를 나열할 수가 없었다. 그 많은 죄 중, 당신의 아들을 구박한 것도 포함될까. 신께 용서를 빌었을까. 용서를 빌기 때문에 매번 구박하는 걸까. 아니, 지은 죄가 없어서 그렇게 열성적으로 신을 붙드는 것일까.

방문이 살짝 열려있었다. 아무도 없을 거라는 예상과 달리 어머니가 있었다. 하얀 한복을 입고 까만 염색 머리에 머릿기름을 바른 전도사는 손바닥으로 사정없이 어린 여자 아이의 어깻죽지를 내리치고 있었다. 아이의 엄마인 듯 수심이 가득 찬 여자가 눈을 감고 고개를 연신 위아래로 흔들면서 중얼거렸다. 어머니의 광기 묻은 음성이 들렸다. 여자 아이의 어깻죽지를 내리치는 손바닥 마찰음이 장단을 맞췄다. 아이의 속울음은 그 소리에 묻혔다.

물러가랏, 찰싹! 마귀야, 찰싹! 예수님 이름으로, 찰싹! 명하노니, 찰싹! 물러가랏, 찰싹……, 죄 많은, 찰싹! 저희들을 용서하시고, 찰싹! 피로써 저희 죄를, 찰싹! 갚으신 하나님의, 찰싹! 독생자이신, 찰싹…….

나는 수돗가에 알로에 음료 세트를 내려놓았다. 누군가가 나를 볼까, 서둘러 기도원을 빠져나왔다.

모닝콜이 울렸다. 노인이 먼저 안부를 묻기 전에 내가 흥분해서 외쳤다.

"이장님, 이곳에 늑대가 사는 것 같아요. 며칠 째 울음소리를 들었어요."

"허허, 자네가 잘못 들었겠지. 전에도 말했다시피 이곳은 야생동물이 살지 않아. 수십 년을 살았지만 늑대 새끼 한 마리 본 적이 없었어. 혹시 담력이 약해진 것 아닌가?"

"그게 아니고요, 이장님이 이곳에서 주무시면 알 게 될 겁니다. 어젯밤엔 박쥐가 어디선가 날아들었다가 사라졌거든요."

나는 피식, 소리 나지 않게 웃으면서 말했다. 노인은 별장 건물 안으로 들어오는 것을 꺼려했다. 어떤 이유가 있겠지 싶지만 알 수 없었다. 들어올 수 없기에 이곳에서 잘 수도 없을 것 같았다. 은근히 비꼬면서 그것을 지적했는데 아니나 다를까 노인이 딴청을 피웠다.

"허허, 가끔 몸이 허해지면 악몽이 되살아나기도 하지……."

나는 뭔가 더 따지려다가 입술을 깨물었다. 갑자기 노인의 말이 맞을 수도 있겠다는 생각을 했다. 요즘 계속 과거를 불청객으로 들이고 있었다. 노인의 말처럼 몸이 허해서 자꾸 헛소리를 듣는 거라면……. 차분하게 전날을 되새겨봤다.

문단속을 했지만 어젯밤에 방문이 열려 있었다. 어쩌면 문단속을 했다고 착각했을 수도 있었다. 흙 벽 어딘가, 구멍이 뚫려있어서 바람이 새어 들어온 것이 아닐까. 먼저 확인하는 것이 순서였다. 선참 별장지기처럼 약골이라는 것을 스스로 인정할 필요는 없었다.

"그게 제가 잘못 들었을 수도 있으니……. 그나저나 이장님, 이곳 전화기로 시외 전화를 할 수 있나요? 혼자 계시는 어머니 안부도 궁금하고……."

나는 얼른 내 잘못을 인정했다가 어머니 안부를 핑계 삼아 차단 장치가 설치된 전화기를 들먹였다. 노인은 뜸을 들이지 않고 즉시 답변했다.

"그래그래, 어머니 안부도 챙겨야지. 젊은이, 그렇다면 내가 안나를 데려다주고 데려오는 오전 오후에 어머니께 안부를 전하게나. 내 휴대폰으로 말일세. 전 별장지기가 외로워선지 밤마다 시외 전화를 해대는 통에 전화세가 별장지기 월급만큼이나 나온 적이 있었다네. 그래서 시외전화를 차단할 수밖에 없었어. 미리 양해를 구했어야 했는데, 늦었네 그려, 허허."

노인은 말을 이었다.

"안나 편으로 음식 좀 보내주겠네. 몸이 회복된 지 얼마 되지 않았지 않나. 전처럼 술은 많이 드시지 말게나. 몸조리하시게. 그럼 오늘도 해피, 해피, 허허."

노인은 허허, 웃으면서 해피, 라는 단어로 마무리했다. 나는 노인의 웃음소리와 해피라는 단어를 되새기면서 쓸쓸하게 미소 지었다. 결코 내가 어머니한테 전화를 하지 않을 거라는 것을 알고 하는, 배려였다. 노인은 늘 나보다 한 수 위였다. 어떤 질문이 던져질지 미리 가정하고 연습하는 것처럼 전혀 당황하지 않으면서도 논리 정연했다. 그래선지 더욱 뭔가를 숨기기 위해서 친절을 가장하며 연기하는 것처럼 보였다. 음식과 술은 옵션이었다. 나는 노인을 상대할 때마다 그에 상응할 만한 연기를 해야지 하면서도 노인의 화법에 내가 먼저 나가떨어졌다.

나는 안나가 별장 건물로 들어서자 퇴근할 때 2층 모든 문을 잘 닫아주라는 몸짓을 했다. 몸이 허해서 듣는 악몽이 아니라는 것을 증명하고 싶었다. 안나가 싱글거렸다. 그녀가 나가고 마침내 별장에 혼자 남았다. 손전등을 들고 홀 여기저기를 꼼꼼하게 비춰보았다. 벽에 틈이 생긴 것처럼 넓은 홀 어딘가에도 주먹보다 더 큰 구멍이 뚫려 있을 것 같았다. 그곳을 드나드는 바람이 울음과 흡사한 소리를 냈을 것이다. 꼼꼼하게 벽 여기저기를 손전등으로 비추어봤지만 새끼손가락 크기의 구멍조차 찾을 수 없었다. 내 방과 달리 바닥과 벽이 대리석으로 마감된 곳은 세월이 흘러도 잘 닦인 구두처럼 광택이 났다. 그렇다 해도 물러설 수 없었다.

나는 안나 몰래 정원에서 준비한 것을 가지고 들어왔다. 낮 동안 숯을 만들고 드럼통에 구멍을 뚫었다. 다행히 창고 안에는 별장을 보수할 때 사용했을, 사각 바퀴 달린 카트가 있었다. 숯에 불을 붙여 드럼통 안에 넣은 다음 카트에 실어 홀로 가지고 왔다. 사이프러스 낙엽을 드럼통 안에 얹었다. 불이 붙기 전에 구멍 사이로 연기가 빠져나왔다. 불이 붙으면 뚜껑을 닫았다. 연기가 약해진다 싶으면 생잎을 더 얹었다. 사그라지던 연기가 뭉텅이로 빠져나왔다. 홀 여기저기를 밀면서 연기로 가득 채웠다. 차츰 연기가 한군데로 방향을 잡으면서 이동했다.

2층이었다. 계단 아래에 아예 드럼통을 두고 생잎을 넣었다. 짙은 연기는 어김없이 위층으로 빨려 들어갔다. 자물쇠가 달린 쇠창살문으로 재빨리 자취를 감춰버렸다. 다락으로 향하는 철 계단을 가리고 있는 벨벳 커튼은 살랑거리지도 않았다. 어둠 속에 연기를 마시는 괴물이 아귀를 벌리고 있는 것 같았다.

미세하게 울리는 문풍지에서 바람 새는 소리가 났다. 그 소리는 고양이 울음소리로 바뀌었다가 볼륨이 갑작스럽게 올라간 스테레오처럼 두 귀를 공격했다. 순간 2층 거실에서 쓱, 누군가가 지나갔다. 내 입에서 외마디 비명이 터졌다. 털썩, 주저앉았다. 기다시피 방으로 들어가 문을 잠갔다. 전화 버튼을 눌렀다.

"2층, 2층에 귀신이……."

뚜뚜, 소리만 날 뿐 어느 누구도 전화를 받지 않았다.

*

안나가 노인이 보낸 음식을 들고 왔다. 나는 음식을 먹는 둥 마는 둥 하면서 2층 창문을 볼 수 있는 호수 주변을 청소하는 척했다. 이틀 째 거의 뜬눈으로 밤을 새우다시피 했다. 충혈된 눈으로 2층 창문을 수시로 올려다보았다. 안나가 그곳에서 나를 감시할 수도 있었다.

한 시간 정도 시간이 지났을 때 들어왔다. 소리의 근원지를 찾아야 했다. 어젯밤 연기가 2층으로 다 몰려갔다. 안나는 2층에 비밀스러운 인물을 숨겨두고, 나에게 들어오지 말라고 하는 것일까. 그곳에 있는 사람이 밤사이 우는 것이라면? 두 눈으로 똑똑히 확인해야 했다.

2층으로 잠입하기 전에 만반의 준비를 했다. 내가 알지 못하는 것이 이 건물에 있다는 것을 가정하면서도 막상 그것과 대면하면 당황할 거였다. 어제도 2층에 뭔가가 지나가자 얼마나 겁을 집어 먹었던가. 그나저나 그것은 무엇이었지? 아니 누구였지? 설마 별장 주인 딸? 사람들에게 보일 수 없는 불치병에 걸려 숨어 사는 것일까? 낮 동안 안나는 2층을 청소한다는 명분으로 그녀를 돌보고 있는 것이 아닐까?

나는 손전등과 담배, 노인이 보낸 음식을 쌌다. 노인은 예전에 마셨던 음료까지 보내는 성의를 보였다. 만취만 하지 않는다면 밤 시간을 견뎌야 하는 내게 알코올은 힘이 되어 줄 거였다. 마지막으로 밧줄을 몸에 두르고 점퍼를 걸쳤다. 일을 마친 다음 2층 창문틀에 밧줄을 매달고 내려올 계획이었다. 모든 준비를 다 마치자 위층 기척에 잔뜩 귀를 기울이면서 시간을 쟀다. 시간을 재고 있으려니 일 분이 한 시간 마냥 느리게 갔다.

안나의 콧노래가 들리지 않게 되자 계단을 조심스럽게 디뎠다. 진즉 보려고 마음먹었다면 봤을 수도 있었다. 6개월 동안 근무해야 한다는 사실이 심리적인 유예의 시간을 만들었다. 하지만 더 이상 미룰 수는 없었다.

2층 거실로 나 있는 쇠창살문을 밀었다. 자물통이 걸려 있었지만 잠겨있지 않았다. 소리를 죽여 가며 거실로 들어갔다. 호수가 내려다보이는 거실 창문은 열려있었다. 정오 햇살이 카펫 위로 쏟아졌다. 먼지 하나 없는 가구들이 햇살에 반짝였다. 그동안 안나가 얼마나 성실하게 일을 하고 있었는지 알 수 있었다. 그녀의 기척은 없었다.

제일 먼저 눈에 들어온 것은 다락으로 향하는 철 계단이었다. 살금살금 계단 쪽으로 가서 난간을 붙들었다. 위에서 달그락 거리는 소리가 났다. 청소하고 있는 걸까. 저곳은 자질구레한 물건들로 꽉 차 있겠지? 나는 교회 다락방과 별장 다락방을 동일선상에서 생각하고 있었다. 별장 다락방은 어린아이가 기도하면서 우는 장소여서는 아니 되었다.

나는 계단에 발을 올려놓았다. 머리 위에서 발소리가 소란스럽게 났다. 바람이 불 때 군홧발 같은 소리는 저곳에서 났던 것일까. 들키지 않으려고 문이 열려 있는 서쪽 침실 쪽으로 숨었다.

서쪽 침실 문고리는 쇠로 되어 있었다. 쇠로 된 문고리 위에는 머리만 있는 청동 올빼미 눈빛이 대문에서 봤던 것처럼 매섭게 나를 쏘아봤다.

문을 밀었다. 열린 문틈으로 발뒤꿈치를 들고 들어갔다. 벽난로가 있는 작은 거실이 나왔다. 벽난로 위에는 사슴 머리가 박제되어 있었다. 고풍스럽게 뻗은 사슴뿔은 위협적이었다. 그 옆에는 동물 뿔로 추정되는 장식물 세 개가 더 걸려 있었다.

실내는 생각보다 화려하지 않았다. 벽난로 맞은편에는 낡은 줄무늬 소파와 소파 뒤에는 먼지 앉은 고서가 꽂혀 있었다. 벽은 결이 고스란히 드러나는 나무로 마감되어 있었다. 거실을 지나 침실로 향했다. 침실은 사면이 대리석이고 침대 머리맡에는 성모 마리아 스테인드글라스가 장식되어 있었다. 그것은 인공 빛을 품으며 침실 채도를 조절했다. 벽에는 초상화와 가면이 걸려있었다.

초상화의 주인은 푸른 눈의 외동딸이었다. 정면을 바라보는 그녀의 두 눈은 에메랄드빛으로 눈부셨다. 오뚝한 콧날과 웃을 듯 말 듯 치켜 올라 간 입술 꼬리, 긴 갈색 머리카락이 어깨에서 찰랑거렸다. 쇄골이 보일 정도로 깊게 파인 파란 드레스를 입은 모습이 중세시대 귀족처럼 보였다. 가면무도회에 가는 것처럼 오른손에 흰색 가면을 들고 있는 것이 특이했다. 가면은 마스크 팩처럼 모양이 없는, 두 눈과 입 부분에 구멍이 뚫리고 콧구멍 쪽에 약간 칼집을 넣은, 평범한 것이었다. 가면은 그녀의 오른쪽 뺨을 가리고 있었다. 오페라 극장 지하에 사는 팬텀을 떠올렸다가 이내 지웠다. 외동딸은 한쪽 얼굴이 일그러지지 않은 아름다운 여인이었다.

그녀가 들고 있는 가면과 같은 모양의 것들이 온통 사방 벽을 장식하고 있었다. 크기가 약간 다르긴 해도 디자인이 같았다. 미농지처럼 얇아 보였지만 오래된 듯 가장자리 색이 더 짙었다. 고가의 작품이라면 자칫 잘못하다 파손될 수 있었다. 그래서 2층 출입을 금했을까. 가면을 섣불리 만질 수가 없었다.

외동딸의 침실로 추정되는 이곳은 냉기가 심했다. 외부로 향하는 창문이 없는데도 찬바람이 들어왔다. 오른쪽에 있는 대리석 욕탕과 화려하게 장식되어 있는 화장실을 둘러봤지만 그곳에도 없었다. 선풍기나 에어컨이 설치된 것도 아니었다. 몇 분 지나지 않았는데도 양팔에 소름이 돋았다. 양팔을 엇갈려서 쓰다듬었다. 이곳도 알 수 없는 장소였지만 울음소리의 근원지는 아닌 듯했다. 출입구로 돌아섰다. 몸을 돌리는 몸짓이 컸을까. 벽에 걸려 있던 가면 하나가 떨어졌다.

가면은 곡선을 그리면서 느리게 낙하했다. 나비의 날개처럼 거의 중량감이 없어 보이는 백색의 얇고 부드러운 실크 가면이었다. 예술품일까. 외동딸의 취향은 선친과 달리 모던한 형상의 작품을 수집하는 걸까. 아니면 미용 도구일까. 그런데 그녀는 몇 살이나 됐을까. 초상화는 전부 앳된 얼굴이지만 몸매는 성숙했다.

발아래에 떨어진 가면을 주워들었다. 제자리에 걸어두어야 했다. 이곳에 들어왔던 흔적을 남겨서는 안됐다. 손으로 만지자 눈으로 봤을 때보다 더 얇았다. 물 묻은 한지처럼 촉감이 부드러웠다. 부드러운 이것을 얼굴에 대보고 싶은 충동이 일었다. 바깥에서 다급하게 뛰어 내려가는 소리만 들리지 않았다면 그렇게 했을 것이다.

나는 가면을 걸어놓고는 침대 아래로 들어갔다. 안나가 퇴근할 때까지 침대 밑에서 숨어있어야 했다. 2층에 무엇이 있는지 더 알아봐야 했다. 지금이 바로 그 기회였다.

시간이 얼마나 흘렀을까. 2층 자물통에 열쇠 채우는 소리, 곧이어 현관문을 열고 나가는 소리가 들렸다. 침대에서 슬그머니 기어 나왔다. 오늘 밤은 면접을 볼 때 노인에게 말한 것처럼 귀신과 인터뷰를 해야 할지도 모른다. 몸에 감았던 밧줄을 풀어냈다.

어둠이 실내를 짓눌렀다. 제일 먼저 창문을 열고 밧줄을 바깥으로 내려뜨렸다. 먼저 출구를 확보해놓아야 했다. 안나가 오기 전에 창고에서 사다리를 가지고 와서 밧줄까지 완벽하게 걷어낼 수 있을 거였다.

느긋하게 노인이 보내 준 음식과 음료를 마셨다. 약간의 취기는 이곳에 대한 두려움을 없애주면서 들뜨게 했다. 담배 한 개비까지 여유롭게 피우고는 손전등을 꺼내 들었다. 외동딸 방과 맞은편에 있는 곳으로 발걸음을 옮겼다.

어두움이 내리자 스위치를 찾는 데만도 시간이 걸렸다. 간신히 스위치를 찾아 눌렀을 때는 고개를 갸웃했다. 모든 가구에 천이 씌워져 있었다. 그곳에 동전 두께만큼이나 먼지가 쌓여 있었다. 오랫동안 사람의 손을 타지 않은 듯 천을 만지기만 해도 먼지가 뿌옇게 일었다.

나는 원목 책상, 책과 비디오테이프가 빽빽하게 꽂힌 책꽂이, 아래층과 비슷한 박제된 동물들을 지나 안쪽으로 계속해서 들어갔다. 안쪽 벽에 천으로 덮여있는 거대한 액자가 나왔다. 들춰보았다. 아래층에 걸려 있는 것과 같은 별장 주인 초상화였다. 날카로운 나이프로 갈기갈기 찢겨있어서 뭔가 못 볼 것을 본 것 같아 덮어버렸다. 이곳은 별장 주인의 공간인 듯했다. 그는 독서광에 영화광인 듯했다.

초상화가 세워진 바닥 옆에는 벽과 같은 원목으로 된 낡은 아치형 나무문이 달려있었다. 갈퀴 같은 치마폭 형상을 한 검은 원피스 모양의 조각이 문 위에 장식되어 있었다. 다른 각도에서 보면 검은 독수리가 앉아서 사냥감을 매섭게 노려보는 것처럼 보였다. 문턱이 높아 흡사 벽장으로 올라가는 기분이었다. 문을 밀자 삐걱거리며 열렸다. 잠시 어둠에 눈을 감았다가 떴다. 사방 벽에 웃음소리가 두서없이 튀어나왔다. 도대체 무슨 조화란 말인가. 울음소리에 버금가는 웃음소리라니……. 정면에서 빛이 쏟아졌다. 혹시 누가 있을까 싶어 벽에 드리워진 벨벳 커튼 뒤로 몸을 숨겼다. 수 분이 흘러도 웃음소리 외에 사람 기척은 없었다. 빛은 스크린에서 나왔다. 영화가 상영되고 있었다. 어둠 속에서 당황한 내가 스위치를 잘못 눌렀을 수도 있었다. 아니면 안나가 깜빡 잊고 영화를 틀어놓은 채 퇴근했을 수도 있었다. 애써 침착함을 가장하며 커튼 뒤에서 나왔다.

실내는 생각보다 넓었다. 천장과 벽을 휘감고 있는 것은 벨벳 휘장이었다. 미라(mirra)를 감고 있는 천처럼 완전히 휘감겨 있었고 그것은 같은 천으로 된 양탄자 위로 육중하게 보를 드리우듯 떨어져 내렸다. 휘장이 드리우지 않은 곳은 정면에 걸려 있는 스크린뿐이었다. 아무도 없는데 빛줄기가 스크린으로 향했다. 턱시도를 입고 나비넥타이를 맨 후리후리한 가면 신사가 사다리로 올라가는 장면을 내보내고 있었다.

가면 신사가 사다리에서 떨어졌다. 방청객이 까르르 웃음을 쏟아냈다. 방음장치가 된 벽에 사방 스피커가 설치되어 있었다. 흡사 웃음소리가 온 방안을 헤집고 다니는 것 같았다. 스크린과 단 하나뿐인 의자. 영화를 볼 수 있을 정도의 전자 기계 장치. 실내는 그 외의 일체의 장식을 허용하지 않았다. 누군가가 방금 전까지 영화를 감상하고 나간 것처럼 흔들의자가 흔들리고 있었다.

나는 어둠이 켜켜이 쌓여있는, 빛이 비껴간 곳을 재빠르게 훑었다. 내가 들어오는 기척에 사각지대로 몸을 숨긴 미지의 인물이 여전히 나를 지켜보는 것 같았다. 전등을 켰다. 어둠이 물러간 자리에 벨벳 천만 육중하게 드리워져 있었다. 쫓기듯 그곳을 빠져나와 다락방으로 향했다.

다락방은 보지 않은 만 못했다. 스크린이 있는 방처럼 벨벳 천이 사방 벽에 드리워졌지만, 천장과 구석진 곳에는 거미줄로 도배되다시피 했고 먼지가 켜켜이 쌓여 있었다. 다락 한가운데에는 덩그러니 낡은 베틀이 천으로 덮여 있었다. 군홧발 소리를 내는 어떤 사람도, 불치병에 걸려 몰래 돌봐줘야 하는 별장 주인 외동딸도 없었다. 도대체 무엇이 중요해서 올라가지 못하도록 막았을까. 별장 다락은 특별한 뭔가가 있을 것 같았다.

낡은 베틀을 천으로 도로 덮었다. 스위치를 내리고 손전등을 다시 켰다. 이제 2층에서 철수해야 했다. 더 이상 둘러볼 곳이 없었다.

철 계단 앞에 섰다. 그런데 이상했다. 좀 전까지 있던 철 계단이 없었다. 눈을 비비고 다시 아래를 내려다봤다. 없었다! 오래전 전도사가 다락방에 나를 감금하고 사다리를 치워버린 것처럼 어디에도 보이지 않았다.

그 사이 전도사가 왔다 갔나? 아니, 이곳은 교회가 아니라 별장이었다. 서늘한 손길이 정수리를 어루만졌다. 전도사? 잽싸게 뒤돌아서서 손전등으로 여기저기 닥치는 대로 비춰보았다. 얼룩진 천장, 거미줄 쳐진 하늘거리는 벨벳 커튼……, 바람도 불지 않는데…….

연기가 2층으로 올라가면서 순식간에 사라졌다. 저곳이 바깥과 통하는 통로일까. 살랑거리는 커튼 쪽으로 몸을 틀었다. 툭, 벨벳 천이 거치대 째 한쪽이 떨어져 나갔다. 벽에 걸려있는 액자가 드러났다.

액자 하나는 비어 있었다. 다른 것은 검정 승마 모자를 쓴 별장 주인 초상화였다. 불빛에 반질거리는 초상화는 먼지 하나 없이 깨끗했다. 오른손에 들고 있는 말채찍도 매끈했다. 별장 주인은 마치 살아 있는 듯 나를 향해 푸른 눈을 치켜뜨고 있었다.

바람이 벽 틈으로 새어 들어왔다. 벨벳 커튼이 물결을 만들면서 쉬쉬, 소리를 냈다. 양 손바닥으로 벽을 처대 듯 탁탁거렸다. 간헐적으로 훌쩍이는 여자 울음소리가 튀어나왔다. 두 귀를 막고 눈을 감았다. 아니야, 환청일 뿐이야. 귀를 막았지만 허공을 가르는 채찍질 소리는 막을 수 없었다. 앗! 외마디 비명을 터트렸다. 정수리를 감싼 채 몸을 웅크렸다. 환상이 아니었다. 정수리와 등줄기로 통증이 일었다. 손전등이 아래로 굴러 떨어졌다.

가까스로 정신을 차린 나는 철 계단 입구에 쪼그리고 앉아서 애타게 아래를 내려다보았다. 2층 거실은 손전등이 만들어 내는 삼각형 불빛 안에, 화선지에 먹물 번지듯 어둠이 시나브로 몰려오고 있었다. 또다시 채찍질 소리가 허공을 갈랐다. 섬광 같은 채찍질이 등을 훑었다. 통증이 급습했다. 누군가가 실제로 내 등에 채찍질을 해대고 있었다. 다시 채찍질이 등을 가로질렀을 때 중심을 잃었다. 고함도 지르지 못하고 떨어졌다. 뒤통수가 벼린 칼로 베인 듯 통증이 일면서 의식이 몽롱해졌다. 희멀겋게 뜬 눈 속으로 다락방 검은 구멍이 나를 빨아들일 듯 점점이 커졌다. 또다시 섬광 같은 채찍이 보였다가 사라졌다. 그곳에서 스멀스멀 얼굴들이 고개를 내밀며 아래를 내려다보고 있었다. 어디선가 본 듯한 얼굴들이었다. 좀 전까지 내가 그렇게 찾으려고 했던 미지의 인물들.

누굴까. 얼굴들이 다시 다락방 어둠 속으로 자취를 감췄다. 나는 뒤통수를 만지작거리며 창문에 걸쳐놓은 밧줄을 향해 엉금엉금 기었다. 또 술을 많이 마신 것이다. 그래서 헛것을 본 것이다.

애써 침착함을 가장하면서 두어 번 기었다. 덜컹, 소리가 나서 뒤돌아봤다. 다락 구멍에서 피 묻은 팔이 빠져나왔다. 순식간이었다, 목을 매단 사내가 대롱대롱 매달려서 나를 혼겁하게 한 것이. 끈은 다락 구멍과 연결되어 있었다. 그의 빳빳하게 퍼진 발가락이 바닥에 닿을락 말락하며 흔들렸다.

나는 창문틀에 매달아 놓은 밧줄을 향해 필사적으로 기었다. 왼쪽 동맥이 끊긴 여자가 목에서 분수처럼 피를 뿜어내며 사내를 뒤따랐다. 연이어 가르 릉 가래 끓는 소리를 내는 노인이, 으깨진 커다란 곱슬머리 남학생이 담배를 피우면서 목을 매단 사내를 사다리 삼아 내려왔다.

나는 무릎걸음으로 창문에 간신히 닿을 수 있었다. 목구멍이 공포로 막 혀 어떤 소리도 낼 수 없었다. 발목은 쇠스랑이 달린 것처럼 무거워 창문을 넘을 수도 없었다. 바닥으로 내려선 여자와 노인, 곱슬머리가 한꺼번에 나를 향해 기어 왔다. 나는 제대로 고함조차 지르지 못했다. 놀랍게도 입에서 튀 어나온 것은 미친 듯한 웃음소리였다. 한순간에 몸이 솜털처럼 가벼워져 창 문틀로 올라갔다.

때를 같이 해서 목을 매단 사내가 바닥에 발을 디디더니 끈을 걷어냈다. 유 일하게 걸어서 내게 올 수 있는 그는 끈을 공중에 빙빙 돌리더니 내게 던졌 다. 목이 축 늘어져 균형 감각이 없어선지 자꾸 헛손질을 했다.

제기랄! 나는 연속해서 욕지거리를 내뱉었다. 아래로 뻗어있는 밧줄을 잡았 다. 어떻게든 살아야 했다. 내 손바닥을, 우물 안 두레박과 연결된 밧줄이 통과 하는 도르래처럼 만들었다. 두레박이 된 내 몸뚱이는 손바닥 도르래에 밧줄을 통과시키면서 아래로 향했다. 끔찍한 마찰음, 피부 껍질이 사정없이 벗겨지는 통증을 느낄 겨를이 없었다. 바깥으로 나올 수 없는 그것들이 창문에서 얼굴 만 내민 채 내가 타고 내려가는 밧줄을 끌어올렸다. 사내는 내게 올가미를 씌 우려고 계속해서 나를 향해 끈을 던졌다. 매번 헛손질이었지만 나는 올가미에 걸린 것처럼 경기를 일으켰다. 비명인지 탄성인지 축복인지 모를 웃음을 터트리 며 내려가기에 급급했다. 마침내 땅에 발을 디뎠을 때 어디선가 나무십자가 합 창단이 부르는 맑은 코러스가 울렸다. 얼굴들이 하나둘 건물 안으로 사라졌다.

# 노트 3

K는 야마모토의 배려로 섬 생활에 적응해갔다. 입원해 있는 환자들을 성심 성의껏 돌보는 것은 물론이고 마을로 내려가 일일이 주민들을 진찰하면서 혈액 샘플을 만들어갔다. 섬사람들은 K의 호의를 마냥 좋게 받아들이지 않았다. 그동안 정신병원에서 근무한 직원들의 행태 때문이었다. 겁을 먹고 방 안으로 들어가 문을 잠그고 나오지 않은 사람이 절반 이상이었다.

K는 꾀를 내었다. 육지에서 미리 쌀을 주문했다. 흰쌀 1kg을 일일이 봉투에 담아 두 번째 방문하는 집마다 선물로 돌리고는 혈액 검사를 하고 난 결과에 대해 상세하게 설명해주었다. 소문이 삽시간에 돌아 너도나도 피를 빼가라며 팔뚝을 내놓았다. K는 섬사람들의 혈액을 전보다 쉽게 채취할 수 있었지만 병원에 입원한 환자 몇 외에는 안나와 일치하는 혈액형을 발견할 수 없었다. 대신 섬 역사에 대해서 야마모토가 이야기해준 것과 다른 이야기를 들을 수 있었다.

선교사들이 세운 약초 연구소가 지금처럼 콘크리트 건물 두 동이 세워지고 병상 50개를 갖추게 된 것은 섬사람들과 환자들의 노동력을 기반으로 한 거였다. 강제 노동이었다. 해마다 농사를 잘 짓지 못해서 수확이 좋지 않았지만 보상은 전혀 없었다. 또한 한해살이를 재배하기 위해서 공용 농지를 내놓아야 했고 부여된 할당량만큼 재배를 해야 했다. 농부이자 어부였던 이들에게 그 일이 어렵지는 않았다. 하지만 무녀만 재배할 수 있는 신성한 약초를 다루어야 한다는 부담감이 컸다. 그래서 처음에는 재배할 수 없다고 거절했다. 병원 사람들은 거절한 주민들을 정신병원으로 끌고 갔고 반병신으로 되돌려 보냈다.

또한 오래전 약초 연구소를 세웠던 선교사들의 최후에 대해서도 들었다. 선교사들은 웃음 병에 걸린 노인들을 종교로 완쾌시킨다면서 감금하다시피 치료를 했지만 결과는 좋지 않았다. 아니, 몇 십 년이 지나도 생사를 알 수 없었다. 그저 죽었을 거라고 짐작할 뿐이었다.

섬사람들은 웃음 병에 걸린 노인들이 낯설거나 두려운 존재가 아니었다. 그것은 일반 수명보다 장수한 사람한테서 나타나는 자연스러운 현상이었다. 어떤 상황에서든 미친 듯이 웃을 수 있다는 것은 영혼과 대화가 가능하기 때문이라고 생각했다. 그렇게 보면 선교사들이 말년에 웃음 병에 걸린 것과 같았다. 이들은 일본군이 와서 약초 연구소를 접수했을 때 낭떠러지 아래로 뛰어내렸다. 타살인지 자살인지 확실치 않지만 그들은 떨어지면서까지 미친 듯이 웃었다고 했다. 그들도 영혼과 이야기할 수 있는 비법을 터득했기 때문이라고 섬사람들은 수군댔다.


병원으로 돌아온 K는 웃음 병에 대해 생각해보았다. 그것은 아니마의 저주일 수도 있었다. 웃다가 끝내 죽게 되는 병. 야마모토는 아니마에 관한 것은 전혀 부작용이 없다고 했다. K도 진행되는 임상 시험 단계를 관찰했을 때 특별한 부작용을 발견할 수 없었다. 섬사람들의 말은 단지 침략 국가를 향한 반발심, 무지가 낳은 샤머니즘에 대한 광적인 의존에서 나온 것일 수도 있었다. 그래도 어린 안나에게 투여할 때에는 더욱 신중해야 했다. 환자들을 대상으로 임상시험을 거친 뒤에 치료약으로 사용해도 늦지 않을 거였다.

안나는 숙소에서 거의 나오지 않았다. 침엽수림이 햇빛을 가려주어서 다행이었다. 조금만 걸어도 기력이 쇠진하여 졸도하는 일이 빈번했는데 이곳에 온 뒤로 조금씩 기력을 되찾아갔다. 정기적으로 수혈을 하고 아니마 가루를 넣은 음료를 복용하고 있어서일 것이다. 더 이상 아니마 가루를 먹게 할 수는 없었다. 대신 2개월에 한 번 하던 수혈을 한 달에 한 번으로 해야겠다고 생각했다. 야마모토가 승인해 줄 것이다.

K는 생각이 많아져서 머릿속이 복잡해졌다. 습관적으로 야마모토가 선물한 술을 마셨다. 그의 말대로 이 술은 중독성이 있었다. 특히 머릿속이 복잡할 때는 효과가 컸다. 입안에 박하사탕을 깨문 것처럼 한잔만 마셔도 효과가 바로 나타났다. 하지만 술보다 말동무가 더 그리웠다. 스스럼없이 말을 터놓을 친구가 있었으면 싶었다.

의사는 K포함 다섯 명이었다. 야마모토와 또 다른 정신과 의사 두 명, 내·외과 의사 각각 한 명씩이었다. K를 제외한 네 사람은 일본인이었다. 정신병원이라는 상호가 걸렸지만 실질적으로는 종합병원 역할을 했다. 사실상 K도 외과를 담당해야 할 정도로 이곳은 분주했다. 따로 전공의를 찾을 만한 형편이 아니었다.

한 두어 달에 한 번 군함이 섬으로 왔다. 군함에는 전장에서 부상당한 병사들이 대부분이었다. 부족한 의사 수에 비해 환자가 많았다. 간호사들이 들어오는 병사들에게 각자 아니마 음료를 마시게 해서 그나마 혼란을 막을 수 있었다. 간혹 다친 병사들 틈에 건장한 포로들이 섞여 있었다. 포로들은 섬사람 대신 공사현장에 동원되었다. 강제 노역에서 벗어난 사람들은 병원 환자수가 많아질수록 곡물을 더 내놓아야 했다. 그것도 한계가 있었다. 섬은 온통 아니마 재배지가 되어 농사지을 땅이 부족했다. 그렇다고 아니마 재배를 줄일 수는 없었다. 약품이 절대적으로 부족한 곳에서 아니마는 심신을 안정시키는 효과가 있었다. 섬 밖으로 나가면 약효가 떨어지는 데도 도둑질하는 사람까지 생겼다. 병원에서는 섬 주위로 초소를 만들었다. 콘크리트로 집을 짓고 경비병을 주둔시켰다. 경비병은 병원에서 탈출하려는 환자들뿐만 아니라 섬사람들까지 감시했다.

K가 이곳에 근무한 뒤로 두 번째 군함이 섬에 들어온 날, 야마모토가 K의 집무실로 찾아왔다.

"이번 수술에 자네도 참여했으면 싶네. 아니, 자네 도움이 전적으로 필요한 일이야. 도와주게."

야마모토는 말이 끝나자마자 K앞에 무릎을 꿇었다. 기겁한 K는 야마모토와 같은 행동을 취했다. 그리고 그를 일으켜 세웠다. 속으로는 드디어 올 것이 왔구나, 라는 생각을 했다. 야마모토가 무릎까지 꿇으며 부탁할 일이란, 비밀스러운 수술이 분명했다. 그렇다면 합법적인 수술이 아니라는 말이었다.

K가 권하는 의자에 앉은 야마모토는 이번 수술에 대해 이야기를 했다.

지휘관 중 한 명이 저격당했다, 심장을 관통하지는 않았지만 일부 손상을 당해 출혈이 심하다, 심장을 이식하지 않은 한 곧 죽게 될 것이다, 그는 죽더라도 심장 이식 수술을 받고 싶어 한다, 다행히 정확히 유전자가 일치하는 포로가 있다……. 야마모토는 심장이식 수술을 K에게 해줄 것을 부탁하고 있었다.

야마모토의 부탁은 K에게 아주 달콤한 유혹이었다. 얼마나 이런 기회를 엿보고 있었던가. 아내가 지금 안나가 앓고 있는 병과 같은 증상으로 죽어갈 때 그는 아내를 살리는 길은 제대로 된 심장을 만드는 것밖에 없다는 결론을 내렸다. 알버트 박사가 예견한 것과 달리 아내의 증상은 사춘기가 훨씬 지나서 발병했지만 심장이 서서히 썩어 들어가서 결국은 피를 토하고 죽었다. 아예 '새 것'으로 교체하지 않는 한, 어떻게 해볼 수 없는 노릇이었다. 장기이식밖에 없었다. 장기 제공자도 없을뿐더러 그 의술 또한 부족했다. K는 미국에서 비밀 실험을 했다.

유기견 심장 이식 수술이었다. 셀 수 없을 정도로 시도를 했지만 모두 실패했다. 그래서 더욱, 동물이 아닌 사람을 상대로 하는 수술은 그 자체만으로도 그를 흥분시키기에 충분했다.

P 섬 선착장에 내려서 안나를 껴안고 낡은 상점가를 돌아봤을 때도, 섬사람들을 만나 일일이 피를 뽑으며 그들의 멍청한 눈빛을 대면했을 때도, 병실에 거의 감금되다시피 치료를 받고 있는 정신병자들을 봤을 때도 그는 한 가지 생각만 했다. 아, 이곳이 거대한 내 실험실이구나.

이곳은 섬이었다. 전란 중이라 일일이 관리당국에 보고할 필요도 없었다. 외진 정신병원이었지만 병실 수에 비해 환자가 많았다. 계속해서 포로들을 섬으로 데리고 왔다. 뱃삯만 지불한다면 의사가 요청한 수만큼 얼마든지 그들을 받을 수 있었다. 하지만 섬에 생존하는 포로들 수는 늘 일정했다.

이곳에 약초 연구소를 세운 최초의 선교사 둘도 비밀리에 수술을 진행했다고 했다. 어떤 결론인지 알 수 없지만 그들의 최후는 알 수 있었다. 수술 기록을 불태워버린 그들은 낭떠러지에서 뛰어내렸다. 나는 성공해야 한다, 안나를 위해서라도……. K는 두 주먹을 쥐었다. 그렇다고 덥석, 야마모토의 제안을 물어서는 안 된다는 것 또한 알고 있었다. 안나가 아프긴 해도 그것 때문에 야마모토에게 발목을 잡히고 싶지 않았다. 약점을 이용할 수 있다고 생각하면 또 다른 요구를 할 거였다. 무엇보다도 수술이 잘못되었을 경우, 누가 책임질 것인지도 중요했다.

K는 양손을 비비며 나직하게 말했다.

"그게 말이지, 나도 참여하고 싶네만, 안나 때문에……."

K는 안나의 병을 법이 허용하는 한도 밖에서 치료하려고 왔으면서도 또 안나 때문에 가급적 피를 보지 않으려는 이중적인 태도를 취했다.

야마모토는 사람 속을 빨리 읽어내는 능력이 있었다.

"안나 때문에 내가 자네하고 함께 참여하고 싶은 거라네. 생각해보게. 이번 수술만 잘 되면, 얼마든지 그다음 수술도 성공할 수 있지 않나. 자네 딸을 위해서도 좋은 일이야. 그리고 책임질 일은 아무것도 없어. 비밀리에 진행되고 우리끼리 이야기지만 어차피 죽을 목숨이지 않나. 솔직히 말하면 정부에서 지시한 일이기도 해. 앞으로의 의료발전을 위해서 시도할 수 있는 것은 전부 시도하라는 명령이야. 성공은 무수한 실패 다음에 오는 거라는 것 정도는 알고 있지?"

K가 아무 말도 하지 않고 있자 야마모토는 들고 온 가방에서 뭔가를 조심스럽게 꺼냈다. 가면이었다.

"자네 마음 다 아니 아무 걱정하지 마시게. 이것에 대해 알고 있나? 선교사들은 이 가면의 효력을 알지 못했어. 지휘관도 이 가면을 쓸 거고 우리도 그럴 거야. 그는 수술대에 올라가고 우리는 수술을 하는 거지. 이것을 쓰고 오늘 밤 고요하게 잠들어 보게나."

야마모토는 K를 보면서 싱긋 웃었다. K는 야마모토 손에서 하늘거리는 미농지처럼 하얀 가면으로 시선을 돌렸다.

# 4. 황토지하방

신발 신을 겨를도 없었다. 맨발로 필사적으로 달렸다. 뒤돌아볼 여력도 없었다. 바로 등 뒤에서 그것들이 웃고 있을 것 같았다. 이 미친 건물에서 가능하면 멀리 도망쳐야 했다. 얼마나 달렸는지 모른다. 숨이 차오르면서 발바닥이 끔찍할 정도로 통증이 일었다. 맨발바닥으로 달려왔으니 찢어지고 피가 나는 것은 당연했다. 별장에서 멀어지고 바닷가 인가 불빛이 보였을 때에야 뜀박질을 멈췄다. 셔츠를 벗어 양쪽으로 찢었다. 손바닥도 찢어지고 피가 났지만 그곳에 두를 만한 헝겊이 없었다. 일단 발만 돌돌 말아서 묶었다. 담배에 불을 붙이고 주위를 살폈다.

자줏빛 꽃이 뒤덮인 언덕은 은은한 향을 머금고 있었다. 바람은 잠들었는지 파도 소리가 자장가처럼 지척에서 들렸다. 해무는 연안 암벽을 따라 둥그렇게 띠를 만들었다. 아름다운 밤 풍경과 달리 얼마 전에 살인사건을 이곳에서 목격했다. 오른쪽 인가 불빛을 봤을 때에야 확실해졌다.

악몽을 피해 달아난 곳이 악몽이 시작된 곳이라는 것을, 산 사람을 살해할 수는 있어도 죽은 사람을 살릴 수는 없는 노릇인데도 이곳은 산 사람을 살해하고 죽은 사람이 살아났다. 별장 건물뿐만 아니라 섬 전체가 제정신이 아니었다. 이것 또한 악몽인가. 나도 헛것을 보니 미친 것일까.

그날, 어머니의 모습을 본 것은 진짜였을까. 노인은 면접을 볼 때 어머니의 안부를 물었다. 그리고 허허, 웃었다. 어머니와 노인은 진즉부터 알고 지내던 사이였을까. 고등학교 때 정신병원에 강제로 입원시켰듯이, 육 개월 기간으로 이 섬에 나를 감금시킨 것일까. 내 사정이야 탁자 위 숟가락 보듯 뻔히 아는 당신이 이곳에 들어오도록 덫을 만들기는 쉬운 일이었다. 회개하지 않는다는 이유로 섬사람들에게 내 악몽을 재현시키면서 역할극을 지시하는 것이 아닐까. 옛날에 정신병원이었던 이곳 구조를 십분 활용하는 것이 아닐까. 나는 정신병자도 아닐뿐더러 강제로 회개기도를 하고 다락방에 갇혀야 하는 어린아이도 아니었다. 한숨이 절로 터졌다. 어머니의 그늘에서 벗어나기 위해 발버둥 칠수록 그 품으로 들어가는 꼴이었다. 마냥 당할 수만은 없었다. 이곳에서 탈출해야 했다.

일어서서 주변을 훑었다. 인가 불빛에 비친 해무, 그 너머로 조각배가 떠 있었다. 유일하게 바다를 건널 수 있는 것은 조각배밖에 없었다. 인가마다 배 한 척씩 묶여 있었다. 저것만 훔칠 수 있으면 인근 선착장에 어떻게든 닿을 수 있었다. 오늘따라 바람까지 잠잠했다. 날이 밝으면 어부나 해양경찰이 나를 발견할 것이다.

물 없이 표류하는 난민들 영상이 떠올랐지만 깡그리 무시했다. 생각이 많으면 행동이 둔해졌다. 어떻게 해서든 인가 남자한테 들키지 않고 조각배를 훔쳐야 했다. 몸싸움이라도 벌어진다면 당해낼 재간이 없었다.

나는 아픈 발을 조심스럽게 디디며 인가 뒤, 비닐하우스에 다다랐다. 전등 빛으로 환한 안과 달리 바깥은 어둠이 짙어 몸을 숨기기가 용이했다. 사내가 등을 구부리고 일하는 모습이 비닐 너머로 보였다. 비닐하우스에서 일을 하고 있으니 내게는 행운이었다. 조각배를 탈취하기에 수월했다.

비닐하우스에 시선을 고정한 채 조심조심 그곳을 지나갔다. 사내가 조금이라도 고개를 들면 바닥에 바짝 엎드렸다. 열린 문틈으로 비닐하우스 안을 들여다보았다.

하우스에는 1미터 높이 좌대 위에 자줏빛 꽃잎이 수북하게 쌓여 있었다. 사내가 꽃잎을 흩뿌리고 있었다. 꽃잎이 스르르 움직였다. 나는 잔뜩 몸을 움츠린 채 유심히 지켜보았다. 수많은 애벌레가 꿈틀거리며 꽃잎 사이를 드나들면서 갉아대고 있는 모양이 꽃잎이 움직이는 것처럼 착각하게 했다.

저것이 노인이 말한 잠업? 뭔가 이상했다. 누에가 뽕잎만 먹는 것은 일반적인 상식이다. 이 섬 누에는 뽕잎이 아닌 자줏빛 꽃잎을 먹는다? 그게 가능한 일인가? 만약 그렇다면 언덕에 자줏빛 꽃이 피면 오전 열 시가 되기 전에 사그리 없어지는 것이 이해가 되었다. 꽃잎을 채취하기 때문이다. 햇살이 쏟아지기 전의 꽃잎이 더 싱싱할 테니깐.

사내는 마르거나 상한 것을 치우고 싱싱한 꽃잎으로 대체하고 있었다. 누에는 각 칸마다 각기 다른 성장한 애벌레로 분류되어 있었다. 작은 것, 중간 것, 큰 것, 고치를 만들고 있는 누에, 고치……

조심스럽게 비닐하우스와 인가를 지나쳤다. 인가에 불이 켜져 있었고 마당 한쪽에는 깜부기불이 있었다. 합성섬유를 태웠을 때와 같은 지독한 냄새가 났다. 한층 발소리를 죽이며 깜부기불을 방향 지표 삼아 돌아섰다.

해무가 짙었지만 파도는 예상대로 조용했다. 조각배는 암벽 아래 갯벌에 걸려 있었다. 빠졌던 물이 들어차고 있었다. 배 안에서 한 시간 정도만 기다리면 물살에 배가 움직일 것이다. 쇠사슬을 풀어야 했다. 쇠사슬은 암벽 위말뚝에 묶여 있었다. 쇠사슬을 풀고 암벽 아래에 걸쳐진 줄사다리를 타고 내려갔다. 내 키 두 배 정도 높이였다.

하지만 나는 갯벌에 대해 너무 무지했다. 밀물 때면 펄 아래에 있던 생물들이 활발하게 활동해서 이스트를 넣은 빵처럼 부풀어 오른다는 것을, 진흙 펄이 늪처럼 변할 수 있다는 것을, 배 근처 펄에 다리가 빨려 들어갔을 때에야 알았다. 이 섬사람들도 만조 때가 아니면 배를 띄우지 않는다는 것 또한 알 길이 없었다.

처음에 오른발이 빠졌다. 간신히 발을 빼서 왼발을 디뎠다. 왼발이 더 깊이 빨려 들어갔다. 왼발을 빼기 위해 오른발을 앞으로 디뎠지만 더 이상 왼발이 펄에 박혀 빠지지 않았다. 양손을 짚고 양발을 빼려 했지만 양손을 짚은 곳도 깊이를 알 수 없는 펄이었다. 졸지에 거미줄에 걸린 파리가 되었다. 물은 시나브로 몰려오고 있었다.

나는 소리쳤다. 사람, 살려, 사람……, 나 좀 살려주란 말이야…….

*

손전등이 내 쪽을 비추기까지 수십 분이 걸리지 않았다. 내 목소리를 듣고 달려왔는지, 일을 끝내고 집으로 오는 길에 고함소리를 들었는지 알 수 없었다. 나는 허벅지까지 펄에 묻혀 양손바닥으로 빠져나가려고 바닥을 짚었지만 허방만 쳤다. 두 손과 얼굴은 진흙으로 범벅이 되었다. 내 심각한 상황을 전혀 고려하지 않은 무심하고 짧은 음성이 들렸다.

"누구요?"

"저 별장에, 별장에서 일하는……."

"거기서 지금 뭣하오?"

물어볼 것을 물어봐야 했다. 내 몰골을 보고도 지금 뭐하는지 물어보면 도대체 어쩌란 말인가. 그는 나를 구해줄 생각이 없었다. 조각배를 훔치려 했다는 것을 알아버렸다.

나는 밑으로 빨려 들어가고 있었다. 밀물은 몇 분 뒤면 나를 덮칠 것이다. 이대로 가다가는 꼼짝없이…….

"저, 잘, 잘못했어……."

"젊은이, 거기서 뭐하나? 아무리 술이 취해도 그렇지. 그곳은 이곳 사람들도 들어가지 않은 곳이야. 잘못하다가는 꼴까닥, 하거든, 히히."

노인이었다. 노인이 어떻게 해서 알고 왔을까. 인가 사내 옆에서 밧줄을 들고 실실거리고 있었다. 인가 사내가 노인이 올 동안 시간을 벌기 위해서 무심하게 서 있었던 것일까.

"저, 저, 자알 잘못했어요……."

"알아. 이곳 섬 특징을 모르는 사람이 간혹 실수를 저지르지. 이곳은 특별한 곳이거든. 잠시만 기다려보게나, 허허."

노인은 그렇게 말했으면서도 쭈그리고 앉아 인가 사내와 담배를 피우기 시작했다. 노인이 담배를 피우는 동안 펄은 내 엉덩이까지 잡아먹었다. 물살은 지척에서 출렁거렸다. 양다리를 달음질하듯 흉내 냈지만 상황은 더 나빠지기만 했다. 노인과 마을 사람들은 산송장인 채로 나를 매장시키려 하고 있었다. 이대로 내가 죽는다 해도 그들은 살인자가 아니다. 살인을 목격했고 조각배까지 훔치려다가 이 꼴이 되었으니 이들에게는 환영할 만한 일일 것이다.

"아, 나 좀 꺼내 주란 말이야, 시팔 좆같이! 이 살인자들, 위선자들아!"

내내 참았던 두려움과 울분이 폭발해버렸다. 죽어가던 마당에 하고 싶은 말은 해야 했다. 어쩌면 이 아래에 낚시꾼의 사체가 가라앉아있는지도 모를 일이다.

나는 나오려고 발버둥 쳤지만 허탕만 쳤다. 그들은 내 쌍욕을 들었어도 같이 담배를 피우면서 웃기만 했다. 나는 좀 더 욕을 해댔다. 그들은 내 욕지거리에 전혀 대거리를 하지 않았다.

조금 있으니 노인 뒤로 장정 몇이 섰다. 노인은 장정들에게 밧줄을 건네주면서 몇 마디를 지시했다. 그중 한 명이 밧줄을 던졌다.

"젊은이, 이것 잡게나. 아니 겨드랑이 아래에 끼워. 이 집 주인장은 공장에서 일하다가 손목이 잘렸어. 보이지? 의수잖아. 그런 뒤 생계를 이을 수 없어서 이 섬에 들어온 거라네. 그래서 밧줄을 끌어당길 수 없어. 나도 나이가 많아서 쉬이 힘을 쓸 수가 없지. 펄에 빠지면 젊은이 몸무게보다 서너 배 정도 되는 사람이 잡아당겨야 겨우 끄집어낼 수 있거든. 많이 기다렸지? 어서 잡게나, 허허."

노인의 말을 듣는 순간 눈물이 핑 돌았다. 저 사람이 진짜 살인을 저질렀을까. 처음으로 노인을 두둔하는 마음이 생겼다. 그래서 장정들이 오기까지 기다렸단 말이지? 젠장할, 그런 말을 미리 해줄 수도 있지. 나를 단단히 물 먹이려고 작정한 것이 아니라면 말이다. 어머니와 계약을 했으면 당연한 일일 것이다. 나를 죽이지 않는 대신 죽일 만큼만 괴롭힌다? 그렇다면 노인과 이 마을 사람들도 전부 어머니가 믿는, 신자들일까.

"젊은이, 단단히 똥줄이 탔나 봐. 그렇게 막말을 하면 안 되지. 다들 자네보다 나이가 많은 사람들이라네, 허허."

노인의 말을 듣고 장정들이 까르르 웃어댔다. 장정 중 한 명이 내 쪽으로 밧줄을 던졌다. 밀려온 물에 밧줄이 안쪽으로 되돌아갔다. 나는 밧줄을 잡으려고 양손을 허우적거리다가 물만 마셨다. 짰다! 그 사이 펄은 허리를 잡아챘다. 조급해졌다. 정말 죽을 수도 있었다. 네 번째 밧줄이 왔을 때에야 간신히 잡을 수 있었다. 살기 위해서 밧줄을 몸에 둘렀다. 조금 전, 악몽 속 다락방 사내가 나를 향해 올가미를 던졌다. 그것에 걸렸다면 어떻게 됐을까. 그것들은 죽었으면서도 살아있는 것일까. 아니다, 그저 마을 사람들이 내 악몽을 흉내 낸 것뿐이다. 더 이상 뭔가를 생각한다는 것이 무의미해졌다. 장정두 명이 밧줄을 끌기 시작하자 긴장이 풀렸다. 몸에 힘이 빠져나갔고 정신이 혼미해졌다. 입술을 바르르 떨면서도 주기도문을 외웠다.

어느 사이 정신을 잃었던가, 깨었던가. 발바닥이 시리고 겨드랑이 사이로 오소소 소름이 돋았다. 갑자기 주위 온도가 내려가면서 황금빛이 쏟아졌다. 눈을 떴다. 할머니는 잔잔한 미소를 지으면서 어린 내게 말했다.

두려워하지 마라. 낯선 사람들이 눈앞에 나타났을 때에도 다른 사람이 보지 못한 것을 볼 때에도. 어느 존재든 다 존재 이유가 있단다. 그때는 가만히 귀를 기울여라.

중학생인 내가 맹장수술을 받았을 때 어머니가 병문안을 왔다. 나는 그녀가 바라보는 반대 방향으로 시선을 돌렸다. 맞은편에 나이 든 환자가 누워있었다. 내 시선은 그 환자에게 머물렀다. 호스를 끼우고 약에 취해 내내 가래 끓는 소리를 내던 노인은 그날따라 혈색 좋은 얼굴로 나를 돌아봤다. 카랑카랑한 목소리로 꾸짖기까지 했다.

고 녀석, 눈이 꼭 고양이 눈빛이더구먼. 밤마다 담뱃불처럼 깜박거려서 내가 밤잠을 다 설쳤다니깐. 이 녀석, 이제 나 갈라니깐, 밤에는 눈 좀 감고 있어. 알았지? 어이, 아줌마 저런 녀석은 일찍 집에서 쫓아내야 해. 아줌마가 감당 못한다니깐.

　노인 환자는 나를 꾸짖고는 어머니를 향해 고래고래 고함을 질렀다. 어머니는 바깥으로 고개를 돌린 채 아무런 대거리도 하지 않았다. 곧 병실이 소란스러워졌다. 담당 의사와 간호사가 달려왔다. 맞은편 환자 팔에서 링거 주사를 빼고 코에서 호스를 거두었다. 담당 의사가 간호사를 추궁했다.

　5분 전부터 심전계가 직선을 그었는데, 그동안 뭐했나? 어서 영안실로 모셔!

　선생님……. 저는 어떤 알람도 듣지 못했어요.

　간호사가 울먹이면서 변명을 했다.

　지하 장례식장에서 올라온 직원 둘이, 숨을 거둔 환자를 시트로 덮고 침대 째 밀고 나갔다. 막 병실 밖으로 사라질 즈음, 고인이 된 노인이 자신의 얼굴을 덮고 있는 시트를 끌어내리고는 내게 마지막으로 웃어 보였다. 나는 노인에게 잘 가라는 손짓을 했다.

　병원에서 퇴원한 일주일 뒤, 다시 다락방에 갇혔다. 다락방은 더 이상 중학생인 내게 공포의 대상이 아니었다. 사다리가 없어도 마음만 먹으면 뛰어내릴 수 있었다. 주기도문 대신 유행가를 흥얼거렸다. 담배도 배우기 시작했다. 늘 호주머니에 넣고 다니던 라이터를 꺼내 라이터돌을 돌렸다. 내 흥얼거림에 맞춰 하얀색 성가대 가운이 하늘거렸다. 하나둘 다락방으로 올라왔다. 다리도 머리도 손도 없는, 그저 공중에 둥둥 떠 있는 성가복이었다. 가까이 다가온 성가복이 내게 속삭였다. 불을 붙여 버려. 다 태워버려. 이곳이 어떤 곳인 줄 아니? 공동묘지야. 이 아래에 아직도 이장하지 못한 뼈다귀들이 흩어져 있어. 이 옷에다 붙여 버려. 어서!

　다락방에서 불이 났다. 다행히 교회가 타지도 내가 다치지도 않았다. 전도사는 더 이상 나를 다락방에 가두지 않았다. 대신 오랫동안 기도를 했다. 기도 중에 악마를 자기 품으로 보낸 하나님의 의도가 무엇인지 가르쳐달라고 울먹였다. 시험에서 이길 수 있도록 용기를 달라고도 했다. 기도가 길어질수록, 교회에서는 전도사를 칭송하고 칭송했다.

고등학교 3학년 여름방학 때였다. 시험이 며칠 남지 않은 날, 룸메이트와 함께 옥상으로 올라갔다. 전교 1, 2등을 다투던 녀석과 담배를 나눠 피웠다. 녀석은 내 담배를 피우면서 고맙다는 말도 하지 않고 요점 정리한 노트에서 눈을 떼지 않았다. 룸메이트의 옆구리를 장난스럽게 푹 찔렀다. 깜짝 놀란 그는 얼굴을 찡그렸다.

말 좀 해봐, 인마. 공부도 중요하지만. 입에 본드 칠했냐?

미안. 나, 나는 입을 열면 똑, 똑같은 말만 되풀이할 것 같아.

뭔데? 판사 된다는 말?

아니야, 죽, 죽고 싶다는 말······.

나는 히죽거리면서 그럼 죽어 버려, 라고 놀렸다. 다른 아이들은 성적을 올리지 못해서 죽고 싶다고 하는데 늘 상위권을 유지하던 녀석이 죽고 싶다고 했다. 어이가 없었다. 계속해서 죽어버려, 라는 말을 구령처럼 외치며 손뼉으로 박자까지 넣었다.

계속된 구호에 새파랗게 질려가던 녀석은 땀을 쏟아냈고 노트를 들고 있던 손까지 떨어댔다. 두려움에 가득 차서 내 눈을 보던 녀석이 무엇에 홀린 듯 옥상 난간으로 올라갔다. 나는 계속해서 같은 말을 반복해서 외쳤다. 멈추려고 해도 멈출 수가 없었다.

녀석은 난간에 서서 나를 봤다. 뭔가에 잔뜩 겁을 집어 먹고 있었다. 녀석이 유일하게 보고 있는 상대는 나뿐이었다. 나는 구호를 멈췄다. 녀석이 위험

했다. 붙들어야 했다. 손을 내밀었다.

그는 겁에 질려 나를 피하려 했지만 더 이상 피할 공간이 없었다. 뒤로 나가떨어졌다. 나는 비명소리와 둔탁하게 부딪치는 소리를 들었다. 아래를 내려다볼 엄두는 내지 못했다. 그만 정신을 잃고 말았다.

정신을 차렸을 때는 숙직 선생이 나를 내려다보고 있었다. 나는 경찰의 질문에 아무런 대답도 할 수 없었다. 기억이 없었다.

하지만 그것으로 끝난 것이 아니었다. 기숙사로 돌아왔을 때 머리가 으깨진 녀석이 책상에 고개를 숙이고 필기 노트를 펼친 채 외우고 있었다. 내 기척에 고개만 돌려 씩, 웃고는 다시 입속으로 중얼거렸다. 다음날도 마찬가지였다. 나는 한 달 동안 정신병원에 입원했다. 그 뒤로 사람들이 말하는 '헛것'을 보지는 않았지만 모든 일에 무덤덤해졌다.

애써 잊고 있었던 과거 속 헛것들이 지금 생생하게 살아나고 있었다. 어쩌면 그 '헛것'의 세상에 내가 발을 들여놓았는지도 모른다. 그럼, 누가 헛것이고 헛것이 아닌가. 노인과 안나는? 처음 섬에 들어왔을 때 본 사냥꾼은? 그리고 살해당한 낚시꾼은? 나는 내 악몽 속의 포로가 되어 끌려가고 있었다.

그런데 어디로 끌려가고 있는가.


*


홀에 있는 괘종시계가 열두 번을 쳤다. 벽이 흔들렸다. 벌어진 곳을 막기 위해 발라놓은 흙이 조금씩 떨어져 나갔다. 틈이 벌어졌다. 틈에서 바람이 새어 들어왔다. 황금빛이 은은하게 바닥을 비추었다. 싱크대가 있던 자리에 커튼이 하늘거렸다. 처음 보는 커튼 앞에 행거가, 승마용 유니폼과 채찍이 걸려 있었다. 눈이 부셔 눈을 깜박거렸다.

원룸으로 개조하기 전 풍경인 듯했다. 드디어 헛것의 세계에 발을 들여놓은 것이다. 가슴이 두근거렸다. 하이힐 굽 소리에 이어 고무 밑창 소리가 조심스럽게 들렸다. 나는 침대 아래로 몸을 숨겼다. 몸을 움츠리고는 숨을 죽였다. 방문이 열렸다. 아로마 향이 방안을 급습했다. 호흡이 난무했다. 하이힐, 흰색 드레스와 속옷 등이 침대 아래로 떨어졌다. 사랑을 나누는 모양대로 매트리스는 굴곡을 만들면서 삐걱거렸다. 숨죽인 교성이 끼어들었다.

나는 팬티 속으로 손을 넣었다. 거대해진 것을 주체할 수가 없었다. 손바닥으로 야무지게 감싸고는 움직여댔다. 침대 위 남녀와 박자를 같이해 숨 가쁜 오르가슴을 만끽했다. 텅 빈 허전함으로 눈을 떴을 때, 눈 속에 안나가, 안나의 웃는 낯이 들어왔다. 마른 비명을 지르면서 몸을 한껏 말았다. 몸을 움직이자 통증이 날을 세웠다. 대체 어떻게 이곳으로 다시 왔단 말인가. 분명 조각배를 훔치기 위해 갔다가…….

숙소 침대였다. 주위를 두리번거렸다. 예전에 아팠을 때 안나가 간호한 것처럼 세숫대야에 물과 수건, 자줏빛 가루가 든 미음이 머리맡에 놓여 있었다. 진흙 묻은 옷가지들도 방바닥에 쌓여 있었다. 안나가 나를 발가벗긴 채 일일이 진흙을 닦아내고 있었다.

전화벨이 울렸다. 안나는 일어서서 가만히 나를 내려다보았다. 나는 안나를 흘끔거리면서 그녀와 일정한 간격을 유지하며 사타구니를 가린 채 전화기 쪽으로 갔다. 수화기를 들었다.

"젊은이, 몸은 좀 어떠나? 허허."

"……."

"다들 그러면서 이 섬을 배우는 거라네. 다른 몇 사람도 그곳에 빠졌지. 한 명은 안타깝게 목숨을 잃었어. 외지에서 온 지 얼마 되지 않은 사람이었거든."

나는 노인의 말을 다 듣지 않고 수화기를 안나 쪽으로 던져버렸다. 어제 갯벌에 빠진 것이 생생하게 떠올랐다. 거의 죽음 직전에 구해주고는 누군가 죽었다고 말하고 있었다. 수화기를 집어 든 안나가 나를 보며 웃었다.

"미쳤어, 미쳤어, 미친년!"

버럭 고함을 질렀다. 이제 더 이상 연극을 하고 싶지 않았다. 모두들 가면을 벗어야 했다. 안나가 여전히 웃으면서 내 팔을 붙들었다. 기겁하며 팔을 뺐다. 펄 묻은 옷을 그대로 입었다. 현관 계단을 구르듯 내려가서 자갈길로 뛰었다. 갈 곳이 정해진 것은 아니었다. 단지 별장을 벗어나고 싶었다. 밤이 되면 악몽에 또 시달릴 것이며 얼굴들이 내 피를 바짝 말릴 것이다. 무엇보다 이 미친 사람들 틈에서 미치고 싶지 않았다. 이 섬을 빠져나가야 했다.

대문이 보이는 모퉁이까지 냅다 달렸다가 멈췄다. 대문 밖에서 노인이 웃으면서 나를 보고 있었다. 언제부터 저곳을 지키고 있었을까. 내가 도망칠 거라는 것을 알고 있었던 것일까. 너무 급하게 나오느라 대문 밖을 비추는 모니터를 확인하지 않았다. 별장 쪽을 돌아봤다. 안나가 원피스를 하늘거리면서 걸어오고 있었다.

나는 별장으로 돌아가지도 대문 밖으로 나가지도 못하고 섰다. 우선 노인의 얼굴을 살폈다. 표정으로는 어떤 적의도 없는 것처럼 보였다. 그저 웃을 뿐이었다. 내가 탈출하려는 것이 아니라 뭔가 그곳에 놓고 온 것이 있어서 찾으러 갔다고 거짓말을 해도 믿어줄 낯이었다. 죽이지 않고 별장으로 돌려보낸 것은 사용가치가 있든지, 아니면 죽이는 수고조차 아까울 정도로 사용가

치가 없든지, 둘 중 하나였다. 후자이기를 바랐다. 그렇다면 섬을 나갈 수도 있을 것 같았다. 그런데 둘 다 아니었다. 나라는 존재가, 아무 의미도 없는 그저 나무토막과 같은 존재일 수도 있었다.

노인 뒤로 장정 셋과 인가 사내가 차례대로 모습을 드러냈다. 그들 각자 오른손에 도끼를 들고 있었다. 이제, 이것저것 생각할 겨를이 없었다. 낚시꾼처럼 나를 죽이려고 한꺼번에 몰려온 것이 분명했다.

나는 침착하게 주위를 살폈다. 별장 밖으로 나갈 수 없다면 다시 건물 안으로 들어가야 했다. 별장에는 들어가고 싶지 않았다. 다락방 구멍 속 얼굴들이 엉금엉금 내 숙소까지 밤마다 기어 올 것만 같았다. 또한 괴기스런 소리로 나를 괴롭히는 형체 없는 괴물을 더 이상 견뎌낼 기력이 없었다. 어디든 가야 했다. 두리번거리는 내 눈에 지붕이 무너져 내린 황토집이 보였다. 그쪽으로 뛰었다. 문을 열고 들어가자마자 구멍 속으로 곤두박질쳤다.


\*


태풍에 쓰러진 나무가 지붕을 덮쳤다. 지붕 흙이 식탁으로 쏟아졌다. 진흙 쌓인 식탁으로 내가 넘어졌을 때 빗물에 썩은 마룻바닥은 더 이상 내 무게를 견뎌내지 못하고 푹 꺼졌다. 나는 식탁과 함께 지하로 내동댕이쳐졌다. 다행히 식탁 흙이 완충작용을 했다. 크게 다치지는 않았지만 삭은 식탁 다리 하나가 지하 바닥에 부딪쳐 부러지면서 내 허리를 강타했다.

나는 별장에서 일한 지 며칠 지나지 않아 지붕을 덮친 나무를 잘라내고 구멍 난 지붕에는 임시방편으로 비닐을 쳐놨다. 하지만 실내로 들어가지는 않앉다. 별장에서 흐느끼는 울음소리를 들어서가 아니었다. 빈집을 볼 때마다 느끼는 감정 때문이었다. 그곳에 '영령' 같은 존재가 머물러 있다고 생각했다. 누군가가 죽어 나갔건, 이사를 가서 당분간 아무도 살지 않건 간에 살았던 사람이 미처 걷어가지 못한 '기' 같은 것을 어렴풋이 느낄 수 있었다.

황토집도 철거되면 나무기둥과 흙, 짚 등이 나올 것이다. 철거하기 전까지는 무한한 상상력으로 빈집에 존재하는 것들을 그릴 수 있었다. 저곳에 누가 있을까. 그들이 미처 거둬가지 못한 것들이 어떤 모양으로 빈집에서 생활할까. 눈에 보이지 않지만 내가 들어가는 것만으로도 방해가 될 수 있을 것 같아서 가급적 들어가지 않으려고 했다. 하지만 별장 건물 울음소리는 한꺼번에 그것도 강제로 주입시키는 암기과목처럼 모든 감각 구멍을 두려움으로 틀어막아버렸다. 영령에 대한 배려도 동정심도 느낄 수 없을 정도로 나를 마비시켰다.

정신이 좀 돌아오자 허리 통증이 몰려왔다. 깨문 입술 사이로 신음이 흘렀다. 한 손으로는 허리를 다른 손으로는 바닥을 짚고 엉덩이에 힘을 주었다. 일어나려 했지만 도저히 그렇게 할 수 없었다. 두 눈을 굴리면서 사방을 살폈다. 마루 밑이면 지하다. 바닥뿐만 아니라 사방 벽이 페인트칠이 전혀 되어 있지 않았다. 맨 시멘트벽은 낙서로 가득 차 있었다. 필기도구가 아니라 까맣게 변질된, 흡사 핏자국으로 썼을 그것이 절반 정도였다. 하나같이 조상(彫像) 낙서처럼 절규하는 내용이었다.

이곳에서, 도대체, 무슨 일이 벌어졌던 것일까.

누운 채 고개만 들어 위를 올려다보았다. 천장과 맞닿아 있는 벽에 가늘고 긴 창이 있었다. 그곳으로 정오 햇살이 스며들고 있었다. 창문 아래 구석진 곳에 구멍만 뚫린 재래식 변기가 있었다. 구멍 뚫린 변기만 달랑 하나 있는 이곳은 감옥과 같았다. 강제로 육체를 제압해야 할 만큼 폭력적인 정신 병자가 있다는 것 정도는 알고 있었다. 그럴 경우 병실에 감금하지 이런 지하 감옥은 아닐 것이다.

나는 뭔가 더 있나 싶어 사방을 훑었다. 탁자 잔해 뒤, 철문이 있었다. 철문은 녹이 슬었고 아래에는 강아지 한 마리가 지나다닐 수 있는 스윙 도어가 있었다. 철문이 있다면 바로 옆 공간이 있다는 것을 뜻했다. 몸을 움직이려 하자 통증이 요동쳤다. 조금이라도 움직이려 하면 허리부터 발끝까지 칼날로 살점을 후비듯 아팠다. 꼼짝할 수가 없었다. 숨을 거칠게 몰아쉰 채 천장 구멍을 올려다보았다. 노인과 장정들을 피해서 달아난 곳이 이번에도 스스로 무덤을 판 꼴이었다. 헛웃음이 돌았다. 더 이상 움직일 수 없으니 굶어 죽는 것은 시간문제였다. 노인이 일부러 나를 죽이지 않아도 나는 이곳에서 굶어죽을 것이다. 이곳에 지하가 있을 거라고 누가 상상이나 했겠는가. 그래서 그들은 나를 쫓아올 필요가 없었다.

눈만 멀뚱하게 뜬 채 천장을 올려다봤다. 홀 괘종시계가 똑. 딱. 똑. 딱. 마침표를 찍으면서 오히려 건물 안에 있을 때보다 선명하게 들렸다. 초침 소리에 맞춰 정수리와 허리 통증이 규칙적으로 들썩였다. 조금만 참으면 괜찮아질 것이고 그때 출입구를 찾으면 될 것이라고 스스로를 위안했다. 윗몸을 일으키려는 가슴에 못이 박힌 것처럼 아팠다. 가슴을 쓸어내렸다. 볼록한 뭔가가 안주머니에서 만져졌다. 수첩이었다.


## 1993. 3. 4.

오늘, 이장이 나를 찾아와서 언제 갈 거냐고 물었다. 일주일 정도 '섬 환경'을 촬영하고 복귀할 예정이라고 말했다. 텐트를 가지고 와서 잠자리는 해결되었다. 하지만 먹을 것이 문제였다.

이런 내 불만에 이장은 고개를 끄덕이더니 이곳 특산물로 만들었다는 튀김과 음료를 가지고 왔다. 낚시도구까지 챙겨 와서 낚시하는 방법도 알려주었다. 고맙다고 인사하는 내게 환하게 웃으면서 부탁했다.

"내가 간단하게 구상한 시나리오가 있네. 그것을 좀 찍어주겠나? 내가 비용을 지불하지, 허허."

나는 섬 마을 이장이 시나리오를 구상했다는 말 자체가 난센스처럼 들렸다. 하지만 예의상이라도 들어주어야 했다. 의외로 구성과 소재가 신선했다.

일종의 슬랩스틱이었다. 그런대로 내가 가지고 온 장비로 촬영해도 충분할 것 같았다. 이장도 그것을 잘 알고 있었다. 배우가 문제였다. 20대 후반의 후리후리하고 어느 정도 연기를 할 수 있는 남자가 필요했다. 연기를 가르칠만한 시간이 없었다. 이장은 내 우려에 그런 걱정은 하지 말라면서 호쾌하게 말했다. 내일 만나자고 했다.

나는 이장이 주고 간 자줏빛 음료와 튀김을 먹고 낮잠을 잠깐 잤다. 기분이 좋아졌다. 장비를 꾸려서 섬 안쪽으로 촬영하러 갔다. 정확하게 알 수 없는 이유로 자연환경이 변한 섬을 시리즈로 찍어 5월부터 상영할 예정이었다. 이곳은 해무가 짙어 뱃사람들 사이에서 '죽음의 섬'으로 악명이 높았다.


## 1993. 3. 5.

이장은 어제와 같은 시간에 텐트로 찾아왔다. 이장이 말한 후리후리한 체격의 잘 생긴 20대 청년을 대동하고서였다. 청년은 쾌활했다. 연기 후보생이라고 자신을 소개하며 별장지기로 잠깐 아르바이트하러 왔다고 했다. 별장이 어디 있냐고 묻자 청년은 손가락으로 침엽수림 쪽을 가리켰다. 내 눈에는 침엽수림만 우거졌지 건물은 보이지 않았다.

슬랩스틱을 찍기 위해서는 간단한 세트장이 있어야 했다. 세트장 모형을 그림으로 그려서 이장한테 줬다. 이장은 내일 2시부터 촬영이 가능하도록 세트장을 만들어놓겠다고 했다. 그리고는 꼭, 약속을 지켜야 한다면서 손가락까지 걸고 돌아섰다.

나는 이장이 주고 간 시나리오를 꼼꼼하게 훑어보았다. 20대 청년 말고도 방청객 웃음소리와 무언의 말을 하는 여자 입술 역할이 필요했다. 방청객 목소리는 마을 사람들을 모아놓고 웃음소리만 녹음하면 될 것 같았다. 여자 입술은……, 마을 여자들 중 한 명을 택하면 되지 싶었다.

바닷바람이 따뜻했다. 오늘따라 해무가 엷어 낚시도구를 꺼냈다. 낚시는 은근히 중독성이 있었다. 이장이 가르쳐준 포인트에서 월척을 했으면 싶었다.

## 1993. 3. 6.

아침 일찍 일어나서 부지런히 움직여야 했다. 이장이 부탁한 것까지 들어줘야 했기에 섬 촬영을 오전으로 변경했다. 자연현상이야 내가 다 판단할 수 없지만 이 섬 어느 곳에 오염시킬 만한 것이 있는지 찾아봐야 했다. 내일이면 일주일 기한이 끝난다. 하지만 이 섬에 대해서 아는 것이 거의 없다. 그리 큰 섬도 아니다. 이틀이면 지리를 다 파악할 거라고 생각했는데 겉핥기만 하고 있었다. 데스크에 좀 더 체류기간을 연장해야겠다고 말했다. 오후에는 섬 중앙으로 발길을 돌려봐야 할 것 같다.

일정대로 오후에는 섬 안쪽으로 들어갔다. 그곳에서 다 쓰러져가는 초가집을 발견한 것은 행운이었다. 정서적 반응이라고는 눈곱만큼도 느낄 수 없는, 바다로 향한 콘크리트 건물이 아니라 슬레이트 지붕 집이 있었다. 가까이서 본 그곳은 지붕 절반이 내려앉은 폐가와 다름없었다. 예전에 대문이 있었을 그곳에, 낡아빠진 붉은 천과 흰 천을 매달아 놓은 마른 대나무가 비스듬하게 세워져 있었다. 마당은 잡초로 거의 뒤덮이다시피 했다. 사람이 살 만한 곳이 아니었다. 다시 돌아설까 하다가 안에서 기척이 들리는 듯 해 낮은 목소리로 실례합니다, 라고 말했다. 그 말을 기다렸다는 듯이 방문이 열렸다. 무구를 든 노파가 맨발로 나왔다. 열린 방문 사이로 신당이 언뜻 보였다.

노파는 얼굴을 찡그렸다. 앞뒤로 윗몸을 흔들면서 내게 다가왔다. 피할 겨를도 없이 덥석 내 양손을 움켜쥐었다.

"당신이야, 당신은 할 수 있어. 내 베틀을 돌려줘."

노파는 다짜고짜 나를 붙들고 애원하다시피 울부짖었다. 평소 쪽을 졌을 긴 머리카락은 헝클어진 채 늘어뜨리고 있었다. 내가 아무런 대꾸도 하지 않아도 뭔가에 쫓기는 사람처럼 빠른 말투로 말을 쏟아냈다. 앞뒤가 맞지 않았지만 내용은 대강 이러했다.

마을 사람들이 수십 년 전에 베틀을 빼앗아서 가지고 가버렸다, 그래서 무섭다, 나 좀 살려주라, 베틀 좀 가져다주라, 베틀은 저 별장 건물에 있다, 밤마다 그곳에서 귀신들이 돌아다닌다, 너는 귀신이 보이지 않느냐, 섬 사방에 귀신들이 진을 치고 있어서 나를 노려본다, 목숨 줄이 이리 긴데 내가 죽으면 어디에서 평안을 얻을까, 너는 힘이 있다, 너는 외지 사람이니 별장으로 들어갈 수 있다, 할 수 있다, 나를 도와 달라.

노파는 어제 별장지기가 가리켰던 쪽으로 고개를 돌렸다. 그곳을 향해 울부짖으면서 고함을 질렀다.

나는 노파의 돌발행동에 더럭 겁이 났다. 노파의 손아귀에서 손을 빼내려고 했다. 노파라고 하기에는 지나치게 손아귀 악력이 셌다. 이장이 오지 않았다면 그곳에서 빠져나오는데 애를 먹었을 것이다.

노파는 이장을 보자 양 어깨를 벌벌 떨었다. 못 볼 것을 본 양 몸을 움츠리더니 발악을 했다.

"어서 나가라, 이 악마야. 이곳에 들어오지 마라. 니 눈에는 저 귀신들이 보이지 않냐. 바닷가에 죽치고 앉아서 울부짖는 귀신들이 보이지 않냐. 내가 죽어 어찌 그들 얼굴을 볼 수 있을까."

똑같은 말만 되풀이했다. 이장은 나를 대문 밖으로 데리고 갔다. 노파에게 잡혀 있는 동안 내 기가 몽땅 빠져나갔는지 종아리가 후들거렸다.

노파는 오래전 노망이 들어 마을 사람들과 등을 지고 산다고 했다. 마을 사람들이 마당에 발을 들여놓기만 해도 미친 듯이 발악을 한다면서 다음에는 들어가지 말라고 했다. 노파는 이 마을 무녀였다고, 노인은 과거 완료형으로 말했다.

이 섬의 무녀는 산사람을 위해서 존재하는 게 아니었다. 억울하게 물에 빠져 죽은 사람, 배를 타고 돌아오지 못하거나 좌초돼서 제 운명을 다 살지 못해 떠도는 혼령들의 안식을 위해 특별한 효력이 있는 약초를 먹인 누에고치에서 뽑은 실로 가면을 만들 수 있는 사람이었다. 베틀 앞에 앉기 위해서는 순결해야 했다. 그렇지 않으면 부정을 탔다.

사십 년 전, 노파는 순결을 잃었다. 순결 잃은 무녀는 더 이상 베틀 앞에 앉을 수 없었다. 그래서 마을 사람들이 베틀을 다른 곳으로 옮겼다. 그 뒤로 노파가 미쳐버렸다.

"자네가 없어서 혹시나 해서 찾으러 왔는데 내가 없었다면 큰일 날 뻔했어. 허허."

노파한테 벗어난 것은 다행이었지만 슬픈 무녀 이야기를 이장이 웃으면서 하자 나는 곧 기분이 언짢아졌다. 웃으면서 위협하는 표정을 지을 수 있는 사람이 있다면 이장이었다.

하지만 궁금했다. 어제 별장지기도 그렇고 노파도 별장 건물을 언급했다. 별장이 진짜 있냐고 물었다. 내 질문에 이장은 허허, 웃으면서 오래되고 낡은 별장 건물은 있지만 지금은 폐가나 다름없다고 했다.

나는 이장을 따라 세트장이 마련된 선착장 쪽으로 걸어갔다. 이장과 걸어가면서 영화 촬영에 대한 이야기를 했다. 이야기를 나눌수록 이장의 해박한 지식에 솔직히 놀랐다. 오래된 영화 이야기는 나보다 더 많이 알고 있었다. 좀 전의 불쾌한 일은 사그리 사라졌다. 내가 전 직장이 영화 관련 쪽이었냐고 묻자 이장은 호탕하게 웃으면서 말했다.

"그런가? 허허. 아버님이 영화에 관심이 많으셨다네. 좀 오래된 일이긴 하지만, 허허."

선착장에 도착했을 때 나는 준비된 세트장과 방청객을 대신할 마을 사람들이 전부 모여 있는 것을 봤다. 입술 모양을 흉내 낼 여자까지. 내가 생각했던 것 이상으로 완벽했다.

## 1993. 3. 7.

이틀 이곳에 더 머물기로 했다. 데스크에는 오늘 섬에서 나간다고 전화를 했다. S대학 환경전문가를 찾아서 해무에 관한 인터뷰를 한 뒤 이틀 뒤나 회사로 출근하겠다고 했다. 거짓말을 해서라도 시간을 벌어야 했다. 사적으로 아르바이트를 하고 있다고 말할 수는 없었다.

회사에 복귀해서도 찍어온 필름을 편집하고 방송 심의를 거치는 등, 일이 많았다. 회사에서는 가능한 한 빨리 현장 촬영을 마치고 복귀하기를 바랐다.

완벽한 세트장. 배우 또한 나무랄 데가 없었다. 조그마한 섬에서 전문적인 스텝

없이 이 정도까지 준비된 촬영장에서 촬영하리라고는 기대하지 않았다. 잘 길들여진 짐승들처럼 이장의 말에 일사천리로 섬사람들이 움직여서 촬영하기는 편했지만 표정이 한결같아서 아쉬웠다. 흡사 이장과 한 몸처럼 보였다.

나는 넌지시 이장에게 필름을 어디에 사용할 것인지를 물었다.

"허허, 하지 축제 때 사용하려고 그러네."

나는 고개를 끄덕였지만 의문은 꼬리를 물었다. 하지 축제가 어떻게 진행되는지 알 수 없으나 축제에 사용하기에는 내용이 썩 유쾌하지 않았다. 시도 때도 없이 실수를 연발하며 몸이 망가지는 주인공의 행동에 방청객이 웃는다는 설정이 다소 그로테스크했다.

무엇보다도 이 필름을 상영할 만한 곳이 있는지 궁금했다. 기계가 상당히 비싼데 섬에 있을 것 같지도 않았다. 이 질문에도 노인은 아무 걱정하지 말라며 모든 것이 하나에서 열까지 준비되어 있다고 했다. 더빙은 물론이고 편집까지 할 수 있다고 했다. 내 입은 절로 벌어졌다. 내가 근무하는 회사에도 아직 편집 기계가 없어서 방송국에서 빌려 쓰고 있는 입장이었다.

이런저런 내 처지를 노인에게 털어놓으면서 대단하다는 말을 연거푸 했다. 그리고는 편집과 더빙 작업이 남았지만 더빙이야 웃음소리만 넣으면 되기 때문에 특별하게 어렵지도 시간이 많이 걸리지도 않을 거라고 했다. 노인은 허허, 웃기만 했다. 섬 촬영도 전체 섬 형상과 침엽수림 쪽 등대를 찍으면 마무리가 되었다. 빠듯했지만 내일 철선을 탈 수도 있을 것 같았다.

촬영을 마치고 텐트로 돌아가려는데 이장이 내 곁으로 와서 며칠 전에 먹고 마셨던 음료와 음식을 챙겨주었다. 그러면서 물었다.

"이 섬에 대해서 꼭 방송을 해야겠나?"

"그럼 좋지 않을까요? 해무가 신비로워서 관광객이 몰릴 수도 있고……, 그럼 섬

사람들 부수입이 올라가지 않을까요?"

"그러면 더욱 좋지만. 원래 섬이 폐쇄적이어서 말일세. 방송을 내보내더라도 이 섬 이름을 언급하지 않았으면 하는데 말이야."

"그건 제가 결정할 일이 아니라서요. 회사와 의논해 볼게요."

이장이 웃으면서 물었지만 뭔가 불편한 기색이 역력했다. 자꾸 콧잔등을 만졌다. 하지만 섬 이름과 위치를 밝힌 들 이곳에 손해 입힐 일이 무엇 있겠는가. 나는 노인에게 내가 생각한 대로 말했다.

텐트로 돌아와서 낚싯대를 드리워 놓고는 이장이 챙겨다 준 음식을 먹었다. 그런데 이상했다. 침엽수림 쪽에서 황금빛이 흘러나왔다. 등대가 그쪽에 있으니 등대 빛일 수도 있었다. 바람이 불 때마다 노파가 했던 말이 생생하게 재생되었다.

'나 좀 살려줘, 살려주란 말이야…….'

고민이다. 별장에 한번 가봐야 할까. 낼 오전에 촬영할 계획이니 그때 가도 되지 않을까. 생각할수록 별장 건물이 궁금해졌다. 낚시에 집중할 수가 없었다.

카메라를 챙겼다. 미스터리한 것은 밤중에 더 진가를 발휘한다. 대박칠 만한 것이 저곳에 있을지도 모른다. 이틀 늦어진 것을 보상할 만한 풍경을 잡아야 한다.


일기 형식 메모는 여기까지였다. 별장 건물이 어떠했는지 다음 날 무사히 섬에서 나갔는지 알 수 없었다. 별장 주인 침실에서 봤던 슬랩스틱을 수첩 주인이 촬영했다는 것은 확실했다. 그것도 20년 전에 별장지기로 일했던 영화배우 지망생이 주연배우로 출연했고, 이장이 제작지원을 했다. 촬영 감독이 별장 건물 쪽으로 가면서 잃어버렸을 수도 있는 수첩을 지금 내가 가지고 있었다. 아니, 이장이 내게 주었다. 감독이 다음 날 섬을 나갔는지, 그렇지 않은지, 수첩 메모로는 알 수 없지만, 이장의 의도는 알아야 했다. 이장은 수첩 내용을 내가 알기를 원했던 것일까. 그래서 직접 건네준 것일까.

수첩을 다시 꼼꼼하게 살폈다. 보관 상태가 좋았고 세심하게 그날그날을 기록한 글이었다. 일기 형식 메모 뒤에 필체가 다른 간단한 기록도 있었다. 유심히 살폈다. 날짜만 다를 뿐 내용은 같았다.


94. 3. 8.

여전히 같은 시간 같은 장소에서 낚시를 함. 일처리 성공.


94. 6. 14.

다시 돌아옴. 뒤도 돌아보지 않고 별장으로 향함.


95. 3. 8.

여전히 나타남. 일 처리 성공.


95. 6. 14.

두 번째로 돌아옴. 별장으로 향함.


이렇게 메모가 시작되다가 작년에서야 멈췄다.


2012. 3. 8.

다시 돌아옴. 일처리 성공.

2012. 6. 14.

열아홉 번째 돌아옴. 여전히 별장으로 향함.


메모는 여기까지였다. 찢긴 흔적도 탄 흔적도 없었다. 수첩 모서리가 빗물에 젖었지만 읽을 수 없을 정도로 훼손되지는 않았다. 이 수첩이 무엇을 의미하는지 생각하기 위해서 눈을 감았다. 유독 수첩 내용 속 무녀가 했던 말인 베틀과 귀신들이 돌아다닌다는 이야기만 뇌리에 남았다. 베틀은 다락에서 분명히 보았다. 귀신도 보았다? 얼굴들이 진짜 귀신들이었다면? 나는 고개를 저었다. 그럴 리는 없었다. 괜한 추측으로 두려움을 키우고 싶지 않았다. 그렇지 않아도 지하에 감금당하다시피 한 뒤로 해일과 같은 공포가 밀려오려고 했다. 주의를 딴 데로 돌려야 했다. 통증이 되살아났다. 허리에 손을 갖다 댔다가 수첩에 눈길을 주었다. 아니다. 짚고 넘어가야 할 것은 확실하게 짚고 넘어가야 한다. 전도사 어머니가 노인과 내통하여 나를 이 섬에 가둔 것이 아니라면, 몇 가지 의문이 남는다.

첫째, 노인은 왜 직접 이 수첩을 내게 건넨 것일까. 낚시꾼 살해 공모자로 만들기 위해? 이 추측은 너무 단순하다. 섬에서 충분히 마음만 먹으면 나를 없앨 수 있었다. 노인은 수첩 내용을 내가 알기를 원했던 것이다. 김수만 피디와 무녀, 섬에 관한 전반적인 이야기. 그렇다면 둘째, 왜 노인은 김수만 피디가 별장의 존재를 아는 것을 원하지 않았을까. 이것은 내 휴대폰을 가져간 것과 같은 이유에서 일 것이다. 외부로 노출되는 것을 원하지 않았다? 그래서 방송도 내보내려 하지 않았다? 셋째, 노인은 왜 슬랩스틱을 만들었을까. 하지 축제 때 상영하기에는 김수만 피디 말처럼 그로테스크한 면이 있었다. 그 안에 어떤 메시지를 전하기 위해서라면? 아, 나는 아직 그것을 다 보지 못했다. 그래서 어떤 판단도 할 수가 없다. 마지막은 무녀의 존재이다. 무녀가 분명 존재하고 무녀 말이 사실이라면? 이것이야말로 이 섬의 비밀과 관련된 것이 아닐까. 그래서 이장이 극구 김수만 피디와 무녀의 접촉을 막았을지도 모른다. 하지만 무녀는 왜 그토록 노인을 두려워하는 것일까.

천장이 흔들렸다. 수첩을 안주머니에 넣고 잠든 척했다. 이곳을 돌아다닐 사람은 안나뿐이다. 안나뿐이다? 맞다! 유일하게 들어올 수⋯⋯, 아니 들어왔던 사람은 안나와 나였다. 그렇다면 수첩 속 무녀가 김수만 피디를 붙들면서 했던 말에 어느 정도 일리가 있었다. 그녀는, 김수만 피디가 외지 사람인 것을 알고는 베틀을 가져다 달라고 했던 것이다. 나도 외지 사람이다. 마을 사람들이 별장에 들어올 수 없는 이유가 있는 것이다.

생각이 여기까지 미칠 때, 발소리가 바로 머리 위에서 멈췄다. 나는 일부러 신음을 뱉으며 가까스로 눈꺼풀을 올리는 척했다. 구멍으로 안나가 얼굴을 내밀면서 웃었다. 나도 모르게 살았다는 안도감에 얼굴 근육이 이완되었다. 길게 한숨을 내쉬면서 마른 입술을 달싹거렸다.

"안나, 사다리. 사다리 좀 갖다 줘⋯⋯. 창고 안에⋯⋯."

오른손을 위로 뻗어 다급함을 표시했다. 허리와 머리를 번갈아 가리키면서 두 군데가 아프다는 신호로 얼굴을 찡그렸다.

안나는 그녀의 머리와 허리를 손가락으로 가리키더니 사라져 버렸다. 제기랄! 말귀는 알아듣는 게 아니었나? 일말의 희망을 가지고 발자국 소리가 나는지 귀를 기울였다. 사다리는 창고에 있었다. 이중 사다리라 여자 혼자 들기에는 버거웠다. 그것도 십 분 동안 걸어서 올 거리라면? 그래도 어떻게든 해볼 수도 있었다. 나는 옆으로 몸을 세워보려 했다. 유리조각이 몸 곳곳에 박힌 듯 쑤셨다. 천장 구멍과 쇠창살 창문을 간절히 번갈아 보았다.

시간은 달팽이처럼 느리게 기어갔다. 얼마나 흘렀는지 감각조차 없었다. 생생한 통증만 살아있었다. 움직일 수 없어 사지만 벌린 채, 천장 구멍만 봤다. 작은 창문으로 햇살이 기울고 있었다. 안나가 와야 한다. 안나…… 내 목숨이 안나 손에 달려 있었다. 다락방에 갇힐 때는 전도사였고, 지금은 안나다. 제기랄!

젠장할, 그런데 나는 마을 사람들에게 어떤 존재일까. 단순히 별장지기? 유일하게 나와 안나만 별장으로 들어갈 수 있는 존재라고 가정한다면 별장과 마을을 잇는 어떤 역할을 하는 것이 아닐까. 그래서 나를 여러 차례 죽일 수 있었는데도 구해준 것일까. 내가 알지 못하지만 내가 하는 일이, 아니면 앞으로 해야 할 일이 마을 사람들을 위한 것일까.

콧노래가 들렸다. 경쾌한 발걸음 소리도 뒤따랐다. 안나가 사다리를 가지고 온 것이다? 절로 흥분되어 윗몸을 일으키려다가 통증 때문에 바닥에 접착제가 발라진 것처럼 붙어버렸다.

안나가 구멍으로 얼굴을 내밀었다. 사다리 대신, 대바구니가 밧줄에 묶여 천천히 내려오고 있었다. 전에 봤던 바구니였다. 바구니를 보자 허기가 요동쳤다. 거의 이틀째 아무것도 먹지 못했다. 역시나 내가 이 섬에 쓸모 있는 존재?

바구니 안을 손으로 더듬었다. 칡잎에 싸인 주먹밥이 세 덩이, 빨대가 꽂힌 물통이 세 통이었다. 음료 빛깔은 연둣빛이었다.

박하 향과 초콜릿 향이 섞인 음료는 단번에 갈증을 해소시켜주었다. 어른 주먹 크기만 한 주먹밥은 흰쌀밥에 자줏빛 약초가 박혀 있었다. 전에 먹었던 미음에 들어갔던 재료와 똑같았다. 자줏빛 꽃이 달린 한해살이풀로 음료를, 말린 꽃잎을 가루로 빻아서 밥과 섞어 주먹밥을 만든 거였다. 주먹밥 한

개와 물 한 통이 한 끼 식사. 그러니깐 나는 세 끼 식사를 한꺼번에 받았다.

나는 주먹밥을 허겁지겁 먹고 음료를 마신 뒤, 나른한 포만감에 젖어들었다. 졸음이 밀려왔다. 눈을 감자마자 잠 속으로 빠져들었다. 악몽도 울음소리도 없었다. 허기만 살아있었다. 눈을 떴다. 깜깜했다. 손을 뻗어 음료와 주먹밥을 마시고 먹었다. 허기가 가시자 졸음이 또 밀려와서 잠을 잤다. 뱃속에서 굶주린 개들이 아우성을 쳤다. 작은 창문으로 아침햇살이 스며들었다. 습관적으로 주먹밥과 음료수로 손을 뻗었다. 자장가와 같은 멜로디가 몸을 토닥거렸다. 가뿐했다! 느낌만이 아니었다. 정수리와 허리가 아파서 사지를 뻗고 살 속으로 파고드는 거머리처럼 바닥에 붙어서 자야 했는데, 옆으로 웅크린 채 눈을 떴다. 어떤 통증도 없었다. 하루 사이에 이렇게나 몸이 개운해지다니……. 이상했지만 의문보다는 요의를 해결하는 것이 시급했다. 머리맡에 있는 변기로 향했다. 양팔에 힘을 주고 윗몸을 일으켰다. 허리가 뻐근해도 참을 만했다.

앉아서 전날 다친 허리를 살펴보고 있을 때, 흥얼거리는 콧노래와 발소리가 났다. 안나다. 나는 그녀에게 가뿐한 모습을 보이고 싶지 않았다. 사지를 뻗고 누웠다. 눈을 감고 얼굴을 찡그렸다. 안나가 천장을 두드렸다. 이제야 일어났다는 듯이 눈을 떴다.

안나는 나를 향해 손을 흔들었다. 어제처럼, 밧줄이 매달린 음식을 내려주었다. 나는 바구니를 받기 위해 양팔을 벌렸다. 바구니는 정확하게 가슴 위로 내려왔다. 바구니를 잡아서 옆에 두고는 다시 끌어올리려는 밧줄을 잡아당겼다. 그녀가 나처럼 이곳으로 떨어질 필요는 없었다. 탈출구를 발견하지 않은 한, 지하에 있는 안나는 쓸모없었다. 음식 당번을 해야 했다. 내가 원하는 것은 밧줄이었다.

안나는 내 의도를 알아도 모르는 척하는지, 전혀 상관없다는 듯 밧줄을 놓아주었다. 팽팽하게 당겨졌던 밧줄은 일시에 힘을 잃고 가슴으로 와르르 쏟아졌다. 안나를 보면서 말했다.

"안나, 사다리 좀 갖다 줘. 창고에 있는⋯⋯."

밧줄을 손에 넣은 내게 굳이 사다리가 필요하지 않았다. 계속해서 안나에게 아쉬운 소리를 해야 의심받지 않을 것 같았다. 밧줄은 안나의 부주의로 떨어진 것으로 해야 했다.

안나는 여전히 미소를 머금은 채 일어섰다. 콧노래를 흥얼거리면서 밖으로 나갔다. 콧노래가 들리지 않게 되자 몸을 일으켜 바구니 안을 들여다보았다. 어제와 같은 주먹밥 세 개와 음료수 세 통이 들어있었다.

몸을 일으켰다. 출구를 찾아야 했다. 철문으로 향했다. 철문 손잡이를 잡고 돌려보았다. 녹이 손아귀에 묻어날 뿐 돌아가지 않았다. 한쪽 어깨로 밀었다. 꿈쩍도 안 했다. 이번에는 손잡이를 반대로 돌려보았다. 열렸다.

*

지하 옆방은 내가 떨어진 곳보다 세 배나 넓은 공간이었다. 맞은편 벽은 무너져 내렸으며 온통 그을음투성이였다. 바닥은 무너진 벽 잔해와 타다만 종잇조각으로 뒤섞여 있었다. 그을음투성이 천장에 전선줄이 거의 드러난 여러 개의 형광 갓이 절반 정도 내려와 있었다. 수술대로 짐작되는 스테인리스 판과 기이한 기구도 눈에 띄었다. 미니 단두대라고 이름 붙여도 될 정도로, 탁자 크기에 단두대가 설치되어 있었다.

벽이 무너진 곳으로 갔다. 잔해와 뒤섞인 서류가 먼저 눈에 들어왔다. 서류를 급히 태운 것 같았다. 타다만 종이를 뒤져보았지만 일어와 영어로 된 서류여서 시원하게 읽어 내려갈 수 없었다. 서류 사이에 흑백 사진 몇 장과 빈 서류에 그려진 그림이 눈에 띄었다. 사진은 이곳이 어떤 공간이었는지 짐작하게 해 주었다.

첫 번째 사진은 수술대에 누워있는 환자와 수술을 집도하는 의료진들이 찍혀있었다. 환자는 뒤통수가 보이도록 엎드려있었고 양손과 양다리는 묶여 있었다. 마취를 했을까, 싶을 정도로 환자의 얼굴은 고통으로 일그러져 있었다. 의사 중 한 명이 환자의 머리 가죽을 벗기고 뇌를 꺼내는 순간을 기록한 사진이었다. 무엇보다도 환자를 제외한 수술실에 있는 모든 사람들이 가면을 전부 쓰고 있다는 사실이 흥미로웠다. 분명, 푸른 눈의 외동딸 침실에서 보았던 가면이었다. 수첩에 적혀 있는 메모에 따르면 영화배우 지망생이 연기를 하면서 사용했던 소품이기도 했다. 가면의 용도는 '죽은 영령들을 위해서'라고 했다. 그런데 살아있는 의료진들이 가면을 쓴 이유는 뭘까.

다른 사진을 보았다. 그것은 미니 단두대의 용도를 알게 해 주었다. 상체는 구속복이 입혀졌고, 하체는 발가벗겨진 채 탁자에 누워 있는 남자였다. 성기는 뻣뻣하게 서 있었다. 성기 끝에 매달린 고무줄이 팽팽하게 당겨져서 반대편 탁자에 박힌 못에 묶여 있었다. 일본도를 찬 군인 둘이 남자의 양팔을 붙잡고 있었다. 칼날 박힌 단두대가 남자 성기로 금방이라도 떨어질 것처럼 아슬아슬했다. 정면에는 하얀 가운을 입은 의사가 남자 성기를 보고 있었다. 미니 단두대는 '단종대(斷種臺)'처럼 보였다. 두 번째 사진도 환자를 제외한 모두가 가면을 쓰고 있었다.

왜 직원들은 가면을 쓰고 있을까. 얼굴을 가리기 위해서? 그렇다면 그들에게 어떤 죄의식 같은 것이 있었을까? 피시험자들은 그들의 피로 억울함을 호소할 만큼 절박했을 것이다. 마취도 하지 않고 단종대에 섰을 남자, 마취도 하지 않고 수술실에서 머리를 열어젖혀도 반항할 수 없었을⋯⋯. 서류에 적힌 글자를 완벽하게 해석할 수 없었지만 여백에 그려진 그림은 어떻게 '실험'을 해야 하는지에 관한, 크로키처럼 간단한 인상을 그린 것이어서 상상의 여지는 오히려 폭발적이었다.

세 사람을 일렬로 세워놓고 총부리를 겨누고 있는 군인, 머리에 줄 달린 헬멧 같은 것을 쓰고 섹스를 하는 남녀, 중국 사형제도인 참형이나 태형·백각형 등을 실현하는 것처럼 보이는 그림도 있었다. '마루타'가 스쳤다. 이곳은 정신병원이지 731부대가 아니었다. 하지만 그 비슷한 일을 벌였을 가능성은 충분했다. 일제 강점기였고 병원에는 무연고 환자들이 많았다. 독립투사를 정신병 환자로 취급해서 감금·고문을 했을 수도 있었다.

그렇다고 해도 믿을 수가 없었다. 별장 주인은 섬 주민들의 복지를 위해서 평생 동안 헌신했다고 들었다. 내가 찾아낸 신문 스크랩 기사에 나온 내용이었다. 하지만 그들도 욕망을 가진 사람이었다. 자신들의 욕망에서 얼마나 자유로울 수 있었을까. 신에 대한 고민을 하면서 영혼이 있는지 없는지를 알고 싶어 하지 않았을까. 그래서 신조차 모르는 지하를 만들어서 비밀 생체 실험을 한 것이 아닐까.

나는 상상할 수 있는 끔찍한 것들은 모조리 나열하고는 가능성을 타진했다. 두려움보다는 호기심이 앞섰다. 그것은 과거에 일어난 일이었기에 가능했다. 아니, 지금도 생체 실험을 한다면? 그렇다면 나를 살려둔 것은 마루타로 이용하기 위해서였다?

조금 전에 나는 이 섬에 필요한 존재라고 상상했다. 그렇지 않다고 생각하자 두려움이 급습해왔다. 내 감정을 읽은 듯 사방 벽이 통곡을 시작했다. 과거 속 그들이 일말의 동정(同情)이 남아있는 직원들을 향해 살려달라고 애원하면서 흐느끼는 소리와 비명이 메아리가 되어 되돌아왔다. 시공간을 넘어선 울분이 지금, 생생하게 나를 괴롭히고 있었다. 별장 건물에서 듣던 것보다 참혹했다. 내 악몽보다 별장 악몽이 더 크리라.

도대체 왜 여기까지 나를, 오게 만들었는가. 어머니의 모략이 아니라면? 내가 스스로 걸어왔다?

후회해도 이미 늦었다.

당장 지하에서 나가야 한다. 노인에게 큰소리쳤지만 나라는 존재는 울음소리를 견뎌낼 만큼 정신력이 대단한 사람이 아니었다. 계속해서 분명치 않은 것들에 쫓겨 왔고 지금도 쫓기고 있었다. 끊임없이 의심을 하며 나름대로 결론을 내렸지만 어떤 것도 정확하지 않았다. 미스터리한 것들이 내 정신력의 한계를 시험하고 있었다.

막 되돌아나가려 할 때, 발아래로 사진 한 장이 떨어졌다. 다른 사진들과 달리 가면을 쓰지 않은 의사였다. 햇살을 후광처럼 달고 있는 구레나룻 매부리코 중년 남자가 카메라를 향해 웃고 있었다. 건물 안 초상화와 닮은 그. 별장 주인은 말채찍을 쥐고 있었다. 그 뒤로 말안장에 앉아있는 외동딸인 여자아이가, 말 옆에는 키 큰 소년이 멀뚱하게 서 있었다. 순간, 나는 다락방에서 맞았던 채찍질이 등을 후려치는 듯 해 움찔했다. 사진이 파문을 만들었다. 안장에 앉아있던 여자아이가 나를 향해 고개를 돌렸다. 아이의 눈동자는 뭔가 간절하게 애원하는 푸른빛이었다. 아이 뒤에 있는 소년도 내게 시선을 돌렸다. 이목구비가 뚜렷한 소년은 나와 눈이 마주치자 매섭게 노려보았다. 전도사가 죄를 고백하지 않은 어린 내 등을 혁대로 내리칠 때의 반항기 가득한 눈빛이었다. 소년의 얼굴은 어릴 적 나와 닮아 있었다. 나는 소년을 안타깝게 보았다. 소년은 점점 작아지더니 일곱 살 아이가 되었다. 일곱 살 난 아이가 손으로 입을 가리고 울고 있었다. 아이의 숨죽인 울음소리가 등 뒤에서 들렸다. 뒤돌아봤다. 천장과 벽이 모서리를 이루는 부분, 그곳에 가로로 길쭉한 창이 나 있었다. 창밖에서 쪼그리고 앉은 아이가 벌어진 커튼 사이로 안을 내려다보고 있었다. 아이의 시선을 쫓았다.

수술대 위에 여자 둘이 누워 있었다. 줄곧 아이는 한 여자를 보고 있었다. 가면 쓴 의사 다섯 명이 수술을 집도하고 있었다. 한 여자는 마취제를 맞았는지 잠들어 있었다. 아이가 주시하고 있는 여자는 가슴을 제외한 모든 신체에 밧줄이 묶여 있었다. 입에 재갈이 물린 채 공포로 튀어나올 것 같은 두 눈에 눈물이 맺혀 있었다.

여자의 가슴이 곧 열렸고 심장이 꺼내졌다. 나는 창밖 아이를 보았다. 아이가 창문을 두드리며 울부짖고 있었다.

엄마, 살려줘. 우리 엄마 살려줘.

의사 중 키 큰 사내가 아이 쪽으로 고개를 돌렸다. 나는 일부러 수첩을 바닥에 내팽개쳤다. 이번에는 내 쪽으로 고개를 돌렸다. 가면 쓴 얼굴이 나를 빤히 쳐다보았다. 표정을 읽을 수 없지만 광기 어린 푸른 눈은 볼 수 있었다. 푸른 눈이 수술용 메스를 들고 나를 향해 걸어왔다. 그가 걸어온 만큼 나는 뒷걸음질했다.

아이는 벌써 도망치고 없었다. 키 큰 의사를 선두로 나머지 의사들도 메스를 든 채 내게 다가왔다. 도망쳤다. 왔던 곳으로 되돌아갔다. 문을 잠갔다. 닫힌 문이 쿵쾅거리면서 들썩였다. 나는 등으로 문을 밀쳤다. 환상이다, 지랄 같은 환상이다. 나는 중얼거렸다. 내 힘이 부칠 정도로 문이 덜커덩거리면서 조금씩 벌어졌다. 환상 속 인물이 나를 죽인다면?

죽기 살기로 밀었다. 벌어졌던 문이 서서히 닫혔다. 발밑으로 몰린 잿빛 연기들이 나를 도와 문을 밀어붙이고 있었다. 뭉친 그것들은 문을 밀면서 흐느꼈다. 빨리 도망치라고 외쳤다.

허둥지둥 내 허리를 강타한 식탁 다리를 주워 밧줄로 가장자리를 단단하게 묶었다. 밧줄 끝을 잡고 뱅뱅 돌려 천장 구멍을 향해 던졌다. 식탁 다리가 갈고리가 되어 가구 어디 즈음에 걸리기를 바랐다. 다른 출구는 없었다. 이곳에 기거했던 사람도 지하로 왕래하지는 않았을 것이다. 지하에서 위로 올라가는 계단이나 출입구 흔적은 없었다. 예측컨대, 지하 실험실을 감추려고 황토집을 위장용으로 지은 것 같았다. 천장에 뚫린 구멍이 내가 알고 있는 유일한 출구였다. 밧줄을 또 던졌다. 어림잡아 열 번 정도 던졌을 때 식탁 다리가 어딘가에 야무지게 걸렸다. 밧줄을 잡아당겨도 밑으로 끌려오지 않았다. 밧줄을 타고 올라갔다. 잿빛 연기들은 스르르 벽 속으로 스며들었다. 벽이 흔들리면서 우우, 소리를 냈다. 문이 벌컥 열렸다. 가면 쓴 의사들이 감금실로 쏟아져 나와 구석구석 뒤졌다. 푸른 눈만이 나를 올려다보았다. 붙잡을 생각이 없는 듯했다. 팔짱을 낀 채 웃고 있었다.



*



장정들의 웃음소리가 대문 밖에서 들렸다. 그들의 웃음소리는 또 다른 세계였다. 살았다, 라는 안도의 한숨과 어디로 도망쳐야 할지 모를 막막함을 동시에 갖게 했다. 악몽 속의 살아있는 영령들의 영역인지, 현실 속 악몽 같은 사람들 쪽인지 알 수가 없었다. 저들은 별장 악몽 속에 나를 집어넣고 방치했다. 전도사 어머니가 마을 사람들에게 역할극을 시켜서 될 일은 아니었다. 살아 있는 진짜 별장 악몽이었다. 노인이 별장 악몽의 번제물로 나를 택했다. 그래서 그들은 이곳에 발을 들여놓지 않은 것이다. 고약한 곳에서 내 목숨을 담보할 수는 없었다. 나는 이곳 과거와 무관한 사람이다. 어떤 방법을 사용해서라도 탈출해야 한다. 하지만 어디로 간단 말인가. 도끼를 들고 있는 장정들이 대문 밖을 지키고 있는데?

그렇다. 도끼다. 나무를 찍어 쓰러뜨리는 도끼. 뗏목을 만들면 된다. 섬광과 같은 아이디어가 갑자기 떠올랐다. 내게 필요한 것은 발상의 전환이었다. 가장 탈출하기 어려운 곳이 가장 쉬운 탈출구일 수도 있었다. 섬사람들의 감시가 소홀한 곳은 별장 뒤 절벽뿐이었다. 절벽 아래에는 거친 파도와 암초가 버티고 있었다. 톱과 밧줄도 있었다. 이미 베어 놓은 정원수도 상당했다. 하룻밤 잠을 자지 않는다면 뗏목을 그럭저럭 만들어낼 수 있을 것이다. 완성된 뗏목을 낭떠러지 아래로 내리는 게 문제였다. 창고에 밧줄 묶음이 꽤 있었다. 뗏목에 밧줄을 묶고 낭떠러지 근처 나무를 지렛대 삼아 아래로 내리면?

무게를 이기지 못하고 중간에 떨어질 수도 있었다. 그래도 성공할 가능성이 있으면 도전해봐야 했다. 등대가 있는 돌섬까지 어떻게 해서든 가야 했다. 별장 그늘에서 벗어날 수 있는 땅이라면 어디든 상관없었다. 등대에는 육지로 연락할 수 있는 통신 장비가 있을 것이고 설령 그것이 없더라도 등대 불빛으로 구조 신호를 보낼 수 있을 것이다. 등대를 관리하는 직원이 가끔 점검하러 올 것이다. 운 좋으면 직원을 만날 수도 있었다.

심란한 머릿속에 바람이 일었다. 정원수 나무들이 하늘거리더니 무섭게 바람을 따라 뒤채었다. 하늘에는 먹구름이 백 미터 육상선수처럼 몰려들었다. 곧이어 구름이 구겨진 종이처럼 포진했다. 사위는 금세 어두워졌다. 태풍이 불 조짐이다. 불었으면 싶었다. 작업하기에는 다소 힘들지라도 정원수가 쓰러지면서 내는 소리를 태풍이 덮어준다면 더할 나위 없었다. 창고 쪽으로 잽싸게 움직였다. 먹구름이 그림자를 지웠다. 급작스럽게 발동 걸린 바람은 발걸음을 삼켰다. 별장 건물은 어떤 빛도 내뿜지 않았다.

창고에서 톱을 챙겨 절벽으로 향했다. 절벽은 아우성치는 포말을 향해 뻗어 있었다. 바람에 편승한 파도는 암초를 삼켰다가 내뱉었다. 아찔한 현기증이 나를 덮쳤다. 눈짐작이지만 창고에 있는 밧줄은 아래에 닿고도 남았다. 가능성은 충분했다. 멀찍이 물러나 곧 도달할 등대를 바라보았다. 그때였다, 인근 바다에 나타난 낯선 물체를 본 것이.

처음에는 수평선 너머 작은 점으로 보였다. 그것이 섬과 가까워질수록 점점이 커졌다. 커질수록 동력 장치가 내는 굉음도 거세졌다. 섬을 향해 전속력으로 달려오는 보트였다. 홀린 듯 보트를 뚫어지게 보았다. 마침내 등대를 우회할 때 선체에 새겨진 마크를 보았다. 경찰 마크였다. 경찰보트가 파랑(波浪)을 일으키며 빠른 속도로 선착장으로 달려오고 있었다.

나는 환호를 터트렸다. 태풍이 불어도, 장정 셋이 대문 밖을 지켜도 상관 없었다. 섬을 나가야 했고 황금 같은 이 기회를 잡아야 했다. 경찰을 만나면 연기(演技)를 할 수도 있었다. 창고에서 밧줄을 꺼냈다. 가까운 철책에 사다리를 댔다. 사다리가 철책보다 약간 더 길었다. 사다리 맨 꼭대기까지 올라가서 철책 너머 나뭇가지에 밧줄을 묶었다. 밧줄을 타고 내려갔다.

온 힘을 다해서 선착장으로 향했다. 살아야 한다는 일념이 아드레날린을 발산시켰다. 달음박질치면서 스스로의 속도에 놀랐다. 경운기로 삼십 분 가량 올라왔던 거리였다. 선착장까지 어림잡아 십 분이면 도착할 거였다. 다행히 내리막길이었다.

혹시 장정들이 쫓아올까 싶어 뒤돌아봤다. 바람결에 몸을 뒤채는 풀들이 배웅했다. 낮은 언덕을 넘었다. 바닷가로 띄엄띄엄 자리한 물먹은 콘크리트 건물들이 납작하게 눌려 있어 위장한 방범 초소 같았다. 공룡 알처럼 비닐하우스가 반질거렸다. 비바람이 불었다. 파란 조각배가 목화솜 같은 해무를 얹고 사나운 파도에 선체를 좌우로 흔들어대고 있었다. 별천지와 같은 풍광이었지만 주의를 단단히 기울여야 했다. 내 뒷다리를 움켜쥘 복병이 숨어있을 수도 있었다.

# 노트 4

K는 섬에 부임한 3개월이 지난 시점(1943년 3월)부터 해방되던 해인 1945년 6월까지 지하 비밀 실험실에서 심장 이식 수술을 집도한 것만 해도 백여 차례나 된다. 수술대에 오른 대부분의 사람들은 포로들과 연고지 없는 환자들이었다. 시험 삼아 사체로 한 적도 있었다. 수술대에 오른 그들은 손발이 묶인 채 아니마를 다량 복용하게 했다. 중간에 깨어나는 사람도 몇 있었지만 몸이 묶인 상태라 의식이 있는 상태에서 고스란히 고통을 느껴야 했다. 거의 수술 직후 죽었다. 몇 명은 하루 이틀 연명하기도 했다.

1945년 7월. K는 안나와 유전자 조직이 일치한, 그녀에게 피를 제공했던 환자 세 사람 중 마지막 사람의 심장을 안나에게 이식하기로 결심하였다. 전세(戰勢)가 기울고 있다는 정보를 입수한 그의 결단력이었다. 비밀 실험실이 없어지면 생체를 제공할 사람도 구할 수 없다는 말이었다. 혼자서 수술을 집도할 수도 없었다. 야마모토와 다른 의사들의 손이 필요했고 비밀이 보장되어야 했다. 다행히 안나의 수술은 성공적이었다. 해방되기 일주일 전, 비밀 실험 증거를 없애기 위해 건물을 폭파시킨 야마모토와 직원들 그리고 입원해 있던 일본 군인들은 무사히 귀국했다. 야마모토는 혹시나 발견되면 문제될 것들을 K에게 맡겼다. 그 보답으로 병원 명의의 모든 재산을 그에게 위임했다.

해방이 됐어도 섬 분위기는 K에게 불리하게 돌아가지 않았다. 모든 죄는 일본 의사들에게 전가시켰을 뿐만 아니라 그 자신도 명령에 복종해야 했던 피해자라고 주장했다. 지하실험실은 비밀 공간이었다. 어느 누구도 알지 못했다. 무엇보다 섬사람들에게 구제활동을 한 것이 좋은 평판으로 남았다.

K는 안나가 건강을 회복하는 것을 보자 더 이상 피를 보고 싶지 않았다. 수

술도구를 모조리 치워버렸다. 밤마다 그가 심장을 도려냈던 사람들의 울부짖음을 더 이상 듣고 싶지 않았다. 아니마로 만든 술로도 해결할 수 없는 공포였다. 그는 가면이 필요했다. 하지 즈음에 무녀는 소량의 가면만 만들었다. 아니마 재배지를 늘렸지만 누에 치는 것을 소홀히 한 결과였다.

K는 육지에 나가서 잠업을 공부했다. 돌아와서 각 인가마다 비닐하우스를 설치해 주고는 누에를 키우게 했다. 누에에서 뽑은 실로 인부들이 가면을 짰다. 효과는 없었다. 오직 무녀가 짠 것만 효력이 있었다. 일제강점기 때에도 야마모토가 유일하게 비위를 맞췄던 사람이 무녀였다는 것을 이제야 알 것 같았다. K도 무녀에게 아쉬운 소리를 해야 했다.

그래도 안나가 건강하게만 커준다면 바랄 것이 없었다. 그의 악몽을 다스리는 데에는 아쉬운 대로 약간의 아니마와 가면 몇 개면 충분했다.

그로부터 5년 동안 K는 건강을 찾아가는 안나와 섬에서 비교적 평안한 나날을 보냈다.

# 5. 재현

선착장 주변 풍경은 겨울과 달리 생기를 띠었다. 활자가 떨어져 나간 간판은 새 활자를 얻었다. 페인트칠이 벗겨진 상가 건물 벽면은 초록 잎사귀가 가려주었다. 섬사람들도 갑작스러운 비바람에 조각배를 단단히 붙들어 매거나 방파제로 나가서 서성거렸다.

경찰 보트는 선착장에 정박해 있었다. 경찰 둘이 노인과 이야기를 나누었고, 장정 세 명은 우비를 입고 그물을 정리하고 있었다. 어떻게, 이렇게나 빨리 도착할 수 있었을까. 나는 의심스럽게 장정들을 훑어봤지만 눈곱만큼의 긴장감도 찾아볼 수 없었다. 우산도 쓰지 않고 사력을 다해 달려오는 나를 보고도 전혀 신경 쓰는 눈치가 아니었다.

나는 숨을 헐떡거리면서 경찰들 눈치를 살폈다. 노인은 태연하게 웃으면서 그들에게 담배를 건넸다. 그들은 맞담배를 피우면서 점점 수위가 높아가는 파도로 시선을 돌렸다. 어느 사이 바다로 나가 있던 조각배가 선착장 입구로 몰려들었다. 빈 바다는 짙은 해무를 머리에 얹고 요동쳤다.

내가 경찰 품에 안긴 것은 노인과 경찰이 담배를 다 피우고 꽁초를 발로 비벼 끈 뒤였다. 갑작스러운 포옹에 경찰은 무전기를 떨어뜨렸다. 젊은 경찰은 나를 안아 주어야 할지 밀쳐 내야 할지 모르겠다는 표정으로 마을 사람들을 둘러봤다. 경찰의 어색함을 덜어준 것은 노인이었다. 노인은 익숙한 말투로 말했다.

"젊은이, 철선이 오려면 삼십 분이 남았네만. 오늘 간다는 말은 하지 않았지 않나? 안나가 젊은이 몸이 좋지 않다고 했어. 일하다가 떨어졌다지 아마? 별 것 아니었나 보군. 아니면 젊음이 좋던가. 그려, 자네만 좋다면 저 사무실로 가서 물기라도 말리게나. 그러다간 또 감기 들지, 허허……."

노인은 인자한 미소를 띠며 물에 빠진 생쥐가 되어 벌벌 떨고 있는 나를 위로했다. 귀에 들어오지는 않았다. 구세주가 옆에 있었다. 나는 빳빳한 경찰 제복 깃이 뺨에 닿자 그동안 겪었던 두려움을 더 이상 참아낼 수가 없었다. 눈물을 쏟아냈다. 훌쩍거리며 입을 크게 벌리고는 짐승처럼 외쳤다.

"사, 살려주세요!"

"……."

"저 노인하고 저 사람들이 살인을 저질렀어요. 살인자! 제가 똑똑히 봤어요, 흐흑……."

내 손가락이 노인을 가리키면서 또 한번 오열을 터트렸다. 처음에는 경찰한테 불쌍하게 보이려는 의도적인 울부짖음이었지만 울다 보니 이곳에서 벗어나지 않으면 당장이라도 죽을 것 같은 공포가 진짜 오열로 연결되었다. 마침내는 대성통곡으로 바뀌었다. 얼마만의 대성통곡인가. 아득했다. 다락방에 갇혔을 때 이후로 처음이었다. 군대에서 동기들이 휴가를 가거나 애인이나 부모가 면회를 와서 음식물을 한 보따리씩 들고 왔을 때에도 감정에 휩쓸리지 않으려고 했다. 다른 사람 앞에서 울음을 보인다는 것은 이 세상에 지는 것이나 다름없다고 생각했다.

다 큰 어른의 통곡은 사람들의 시선을 끌기에 충분했다. 사람들이 모여들었다. 노인은 화를 내기는커녕 허허, 웃음을 터트리면서 다가왔다. 장정들도 마찬가지였다. 동그랗게 뜬 눈은 호기심으로 가득차 있었다. 전혀 언짢은 기색이 아니었다. 이제 더 이상 속을 내가 아니었다. 이들은 표정과 달리 어떤 일이라도 저지를 수 있는 인간들이었다. 지레 겁을 먹은 것은 나였다. 경찰 옷자락을 잡아당겼다. 경찰들은 이 상황이 웃기는지 손바닥으로 입을 가리고 웃음을 참았다. 장정들은 내 얼굴에 손을 뻗었다. 기겁한 나는 경찰 뒤로 몸을 숨겼다. 하지만 끈질기게 따라와서는 낚시꾼의 치아와 손톱 지문을 망가뜨린 손으로 내 뺨을 어루만졌다. 장정들은 손등에 묻은 눈물을 다른 손가락으로 만지작거리더니 내 어깨를 두드려 주고 나서야 물러났다. 뭔가 새로운 것을 본 경이로움이 서려있었다. 의외의 표정에 내 울음은 잦아들었다. 울음이 잦아들자 곧바로 감정 수습하기에 바빴다. 내가 통곡했다는 게 믿기지 않았다. 통곡은 천박하고 자제력이 붕괴된 하찮은 사람만이 하는 것이라고 생각해왔다.

내 통곡에 당황한 것은 경찰도 마찬가지였다. 경찰은 노인과 나를 번갈아 보면서 어서 이 상황을 설명해주기를 바랐다. 무전기를 든 경찰이 턱으로 나를 가리켰다. 노인에게 어떤 사람인지 묻는 것 같았다.

"별장에서 아르바이트를 하는 젊은이네만, 허허. 요 며칠 많이 아팠거든. 날 보고 살인자라고 하는구려, 허허. 자초지종을 들어봐야 알겠네만. 좀 진정되면 물어보게나, 허허."

노인의 여유에 나는 완전히 울음을 그쳤다. 전혀 예상치 못한 복병이었고 탄복할 만한 연기력이었다. 나는 한순간 감정을 몰아서 넋 놓고 울어버렸다.

좀 더 냉정했어야 했다. 이곳은 섬이다. 고립된 섬에서 이방인은 나 혼자였다. 혼자서 여럿을 상대해야 했다.

무전기를 든 경찰이 나를 일으켜 세웠다.

"도대체 무슨 일입니까?"

무전기에서 찌르륵, 하는 잡음이 들렸다. 나는 최대한 침착함을 유지하려고 애쓰면서 해안가 살인 사건에 대해서 말했다. 내가 섬사람들을 걸고넘어질 것은 그 사건밖에 없었다. 듣고 있던 노인뿐만 아니라 장정들은 내 이야기를 들으면서 거참, 이라고 안타깝게 응수했다. 노인의 태도는 본인이 범인으로 지목되는 상황이 아니라 영화 속 한 장면을 보면서 안타까워하는 제스처였다.

무전기를 든 경찰은 사건 현장을 먼저 보자고 하면서 나를 앞장 세웠다. 노인은 사무실을 향해 외쳤다.

"안나야!"

경찰이 돌아보자 노인이 씩, 웃으면서 말했다.

"안나도 젊은이가 말하는 사건에서 중요한 역할을 했는데 함께 살인 현장으로 가봐야 하지 않겠소? 그렇지, 젊은이? 허허."

나는 노인의 말에 소름이 돋았다. 간신히 평정심을 되찾아서 경찰들을 둘러봤다. 내 시선을 받은 경찰은 사무실에서 나오는 안나에게 시선을 돌렸다.

경찰이 이곳에 온 것은 낚시꾼의 실종 때문이라는, 내 짐작과는 달랐다. 낚시꾼의 실종 때문이 아니라 폭풍 예보로 섬 안전을 점검하기 위해서였다. 경찰들은 섬 주위를 순찰한 뒤 이장을 만나 몇 가지 당부한 다음 돌아갈 예정이었다. 안전 점검을 위한 형식상 절차였다.

나는 한쪽 귀로 경찰과 노인의 이야기를 엿들었다. 그러면서 그날 기억을 더듬어가며 사건 현장으로 앞장서서 걸었다. 출발지점이 별장이 아니고 선착장이라 방향이 약간 헷갈렸다. 내 행동반경은 늘 별장이 중심지였다. 분명하게 기억하는 것은 낮은 언덕과 초소처럼 생긴 첫 번째 인가였다. 고작 섬일 뿐인데 그곳을 못 찾을 리 없었다. 날짜가 많이 지났지만 간절히, 증거물이 하나라도 남아있기를 바랐다.

무전기를 든 경찰이 내게 우산을 받쳐주면서 시시콜콜한 것들을 물었다. 왜 이곳에 왔느냐, 언제 왔느냐, 이곳에서 무슨 일을 하느냐……. 솔직하게 대답했다. 3개월 넘게 일하면서 이상했던 것들도 말했다. 하지만 살인사건을 목격한 뒤로 별장 건물이 울기 시작했다는 것과 2층 이상은 갈 수 없다는 것, 황토집 지하에 감옥과 불법 생체 실험을 했을 것으로 짐작되는 장소가 있다는 말은 하지 않았다. 황토집 지하는 현재라기보다는 역사 속으로 사라진 공간이었다. 살인사건과 관련이 없었다. 내가 생각해도 납득할 수 없는 것을 덧붙인다면 되레 정신 이상자로 취급받을 것이 뻔했다. 수첩까지도 비밀에 부쳤다. 그것은 오늘 이 섬을 떠나도 다음에 올 수 있다는 것을 염두에 둔 것이었다. 그때는 마음먹고 소설 소재로 다루고 싶었다. 무사해야 했다.

나는 사건 현장으로 가면서도 줄곧 고개를 돌려 선착장을 바라봤다. 곧 철선이 도착할 시간이었다. 경찰이 있을 때 철선을 탄다면 이곳 사람들도 대놓고 제지하지는 않을 것이다. 살인 현장으로 가지 않고 철선을 타고 싶은 마음이 굴뚝같았다. 이미 뱉어놓은 말이었다. 노인과 장정들이 낚시꾼을 살해했다는 증거만 찾으면, 경찰은 어떤 방안을 마련해줄 것이다. 경찰 보트를 타고 이 섬을 떠날 수도 있었다.

초조하고 불안한 나와 달리 노인은 내 뒤를 따라오면서 다른 경찰과 섬에 관한 일상적인 이야기를 나누고 있었다. 해수욕장이 없어서 관광객이 없다,

그래서 더욱 이곳은 청정하다, 낚시꾼들이 간혹 와서 낚시를 하고 간다, 자연산 전복이 소량 나오는데 비싸게 팔린다, 태풍이 불면 인가마다 불을 밝혀서 등대 역할을 한다, 그게 연안에 인가가 있는 이유다…….

　노인 뒤로 장정 세 명과 안나가 따라왔다. 이들은 심각한 분위기를 전혀 감지하지 못했다. 장정들은 안나의 머리를 쓰다듬기도 손가락 장난을 하기도 했다. 그녀는 여느 때처럼 장정들의 장난질을 잘 받아주고 있었다. 나를 제외하면 언뜻 비 오는 날, 마을 사람들이 산책하는 분위기였다.


　　　　　　　　　　　　　*


　나는 왔던 길을 이십 분 정도 걸어서 그날 살인을 목격했던 장소에 도착했다. 낮은 둔덕에 어스름이 기름때처럼 얹혀있었지만 확신할 수 있었다. 경찰이 살인을 목격했던 장소가 어디냐고 물었을 때 망설임 없이 둔덕을 가리켰다. 내가 앉았던 돌은 낚시꾼 등에 얹혀 바다 속으로 들어가 버렸다. 돌 없는 그곳은 풀이 자라지 않아 휑하게 흙이 드러나 있을 것이다. 내가 앉았을 법한 곳을 찾았다. 그곳에 앉아있으면 오른쪽에 콘크리트 인가가 보였다. 인가에서 왼쪽으로 오십 미터 떨어진 암벽 위에서 낚시꾼이 낚싯대를 드리웠다. 모든 것을 기억하고 있는 나는 둔덕으로 먼저 올라갔다. 하지만 그곳에 책가방만 한 돌이 그대로 있었다. 내가 그날 들고 갔던, 내 엉덩이보다 조금 더 컸던 그것이…….

　무전기를 든 경찰은 다소 실망한 듯 물었다.

　"이 장소가 확실합니까?"

"분, 분명해요, 이곳이에요."

나는 주변을 두리번거렸다. 그날 피웠던 담배꽁초가 풀숲에 떨어져 있었다.

"낚시꾼 등에 돌을 올려 바닷속에 넣었다고 했는데, 이곳에 그대로 있지 않습니까?"

나는 두리번거리다가 안나와 눈이 마주쳤다. 안나는 나를 외면한 채 콧노래를 흥얼거렸다. 노인은 전날 손전등을 들고 나왔던 인가 사내와 담배를 같이 피우고 있었다.

경찰은 인가 사내에게 물었다.

"그날 낚시꾼이 왔습니까?"

"요 며칠 낚시꾼들의 발길이 전혀 없었습니다. 아시다시피 태풍 때문에 낚시하기가 곤란합니다. 그래서 생계에 지장이 있긴 합니다만. 제 말을 믿지 못하겠다면 철선 CCTV를 확인해보시면 어떨까요? 아니면 매표소 직원과 통화하셔도 되고요."

인가 사내는 의수를 일부러 경찰한테 들이밀며 말했다. 사무적인 말투에 시종일관 미소를 띠었다. 사내도 반듯한 표준말을 사용하고 있었다. 내가 펄에 빠졌을 때와 별반 다르지 않았다. 나는 사내의 말을 듣고 아차, 싶었다. 철선 CCTV를 확인하면 간단하게 끝날 일이었다. 전에 매표소 직원이 말했다. 철선이나 매표소 직원은 이 섬 출신이거나 이곳과 관련된 사람들이라고.

경찰은 무전기를 들고 바로 CCTV를 확인해 달라고 하고는 인가 사내와 낚시 이야기를 했다. 물때가 언제 좋은지, 그때 와서 낚시를 하면 어떤 물고기가 잘 잡히는지, 일상적인 잡담으로 이어졌다. 무전기로 연락이 왔다. 연락받은 경찰은 헛기침을 하고는 나를 돌아봤다.

"선생님, 확인했습니다. 이 분 말처럼 그날뿐만 아니라 몇 주 동안 이 섬에 들어온 사람은 없었다고 합니다."

"네?"

나는 한줄기 의혹을 품고 있었지만 이렇게 완벽하게 CCTV까지 조작할 줄은 몰랐다.

"그런데…… 철선 직원들 모두 이, 이 섬사람……. 그리고 수첩, 증거물, 수첩, 어디 있더라……."

나는 말을 더듬거렸다. 수첩을 찾느라 호주머니를 뒤적거렸다. 없었다. 수첩을 말하지 않으려고 했지만 도저히 경찰들은 내 말을 믿으려 하지 않았다. 살인사건이 일어난 때가 시일이 지나서 증거물이 은폐될 수 있다고 생각했으면서도 살인 전과 전혀 다를 바 없는 현장을 막상 대하니, 나는 허둥거리며 마지막 수단으로 수첩을 언급해버렸다. 뒤늦게 수첩을 황토집 지하에 빠뜨린 것이 생각났다. 노인과 장정 셋과 안나, 인가 사내까지 허둥거리는 나를 보면서 안타까워했다. 나는 이들의 어릿광대가 된 기분이었다. 나를 별장 악몽의 번제물로 바치려는 사람들. 이 진실을 경찰한테 어떻게 해명한단 말인가. 철선이나 매표소 직원들 모두 이 섬과 관련이 있고 이번 살인사건을 저지른 당사자이거나 공범자일 수도 있다는 것을 어떻게 설명한단 말인가. 이들은 모두 한 덩어리처럼 뭉쳐서 나를 모함하고 있었다. 현장 조사를 해야 할 경찰도 섬사람들 편일 수도 있었다. 어떻게 해서든 물증을 찾아야 했다.

경찰은 내가 가리킨 살인 현장을 설렁설렁 뒤지면서 점검했다. 꼼꼼하게만 살핀다면 핏자국도 깨진 이빨 조각 같은 것도 찾을 수 있을 거였다. 비바람까지 불었다. 나는 역방향 지하철을 탄 것처럼 자꾸 엇갈린 기분이었다. 경찰들도 비바람이 거칠어지자 성의 없이 풀밭을 헤쳤다. 빗줄기가 양푼 냄비를 국자로 두들기는 소리를 내면서 떨어졌다. 바람은 뒤통수를 사정없이 할퀴면서 지나갔다. 풀밭을 뒤지던 경찰은 그 짓도 그만두고 노인이 건넨 담배를 받아서 피웠다. 몽글몽글 연기가 피어올랐다.

"이렇게 비 오는 날 뭐하는 짓이람."

체념 섞인 말투였다. 무전기를 든 경찰은 나를 돌아보았다.

"선생님, 이곳이 확실합니까? 아무리 찾아도 증거가 될 만한 것이 없는데요? 어떤 확신이 들면 스쿠버다이버들을 불러서 가라앉았을 사체를 찾겠는데, 워낙 다른 곳에서도 사건이 많이 터져서 말입니다. 태풍은 곧 불어 닥칠 것이고 다른 섬도 안전점검을 위해서 돌아봐야 하거든요."

"허허, 이 젊은이는 소설가 지망생이라네. 이 섬에서 장편소설을 쓸 생각이거든. 젊은이, 확실하게 말해 주게. 소설 진도는 어디까지 나갔나? 섬에서 살인이 일어났지? 살인범은 잡았겠지? 허허."

노인의 말에 경찰 두 명은 미심쩍게 나를 돌아봤다. 인가 사내는 그의 집 앞바다를 봤다. 조각배는 없었다. 안나는 여전히 장정 세 명과 우산을 접었다 폈다 하면서 장난질을 했다. 노인은 웃으면서 요즘, 섬에서 일어나는 흉악 범죄에 관해 아는 대로 말했다. 그리고는 짙은 해무를 가리켰다.

"저게 말이네. 밤에는 요사를 부리는지 사람 형체로 보이기도 한다네. 아마 그것을 젊은이가 잘못 봤지 싶은데 말이야, 허허."

경찰은 노인의 말을 들으면서 무심하게 내가 가리켰던 살인 현장을 봤다. 살인 흔적 하나 없는 그곳에서 곧 의심을 거두었다. 이제는 아무도 내게 관심을 두지 않았다. 연기고 뭐고 때려치웠다. 정말 나 혼자 발악하고 있었다.

나는 내가 앉았던 곳으로 뛰어가서 그날처럼 똑같이 앉았다. 예기치 못한 행동이었다. 몇 초 동안 그렇게 앉아 있다가 낚시꾼이 쓰러진 장소로 달려갔다. 낚시하는 시늉을 했다. 그런 다음 노인의 역할까지 흉내 냈다. 돌멩이를 들어 낚시꾼의 정수리를 내리쳤었다. 노인의 흉내를 내고 나서는 내가 앉았던 곳으로 가서 끙끙 거리며 살인 현장으로 들고 갔다. 사체가 있던 곳이라고 짐작되는 곳에 두고는 낚싯줄로 끙끙 묶는 흉내를 냈다. 혼자서 다섯 사람 역할을 해냈다. 이렇게까지 했는데 믿어주지 않는다면……. 나는 이마에 흘러내리는, 비와 땀을 훔치면서 경찰들을 간절하게 바라봤다.

무전기 신호음이 들렸다. 경찰은 내 시선을 외면하면서 네, 라는 대답만 연거푸 했다. 다른 경찰을 손짓으로 불렀다.

"서 경장, S 앞바다에 배가 전복됐는데 승객 한 명이 실종이라네. 일단 그곳으로 출동해야 할 것 같은데……. 파도가 더 높아지면 수색도 힘들어져."

무전기를 든 경찰 말이 떨어지자마자 그들은 돌아갈 채비를 서둘렀다. 내게 준 우산을 그대로 둔 채 몸을 돌렸다. 나는 다급해졌다. 분명 살인 장소가 확실했다. 하지만 증거는 은폐되었다. 경찰들은 내 말을 상상 속 사건으로 종결지으려 했다. 억울했지만 그래도 괜찮았다, 이 섬을 나갈 수만 있다면. 철선은 이미 수평선에 점으로 박혀 사라지고 있었다. 이곳에 혼자 남는다면, 섬사람들이 내게 어떤 보복을 가할지 알 수 없었다.

나는 막 떠나려는 무전기를 든 경찰 옷자락을 우악스럽게 잡았다. 경찰은 뒤돌아서서 곤란한 표정으로 나를 보았다. 더 다급하게 잡은 옷자락을 잡아당겼다. 노인은 내 돌발행동에 허허, 웃기만 했다. 그러고는 점잖게 경찰에게 부탁했다.

"어이, 이보시게. 이 젊은이 좀 태워 주게나. 이 섬을 떠나고 싶어서 안달인 모양인데……. 철선도 가버리지 않았나?"

나는 노인을 돌아보았다. 내게 선심을 쓰는 노인을 이해할 수 없었지만 경찰들이 노인의 빈말이라도 들어줬으면 싶었다. 경찰 둘은 노인의 말에 더 난처한 표정을 지었다.

"죄송합니다. 지금 급하게 사건 현장으로 출동해야 합니다. 촌각을 다투는 사곱니다. 무엇보다 범죄자나 증인이 아니면 태우지 못하게 되어있습니다. 파도가 높아서 혹 사고라도 생기면 문제가 더 커집니다. 저……, 선생님, 이곳에서 하룻밤 더 주무시고 내일 차분하게 철선을 타시는 것이 나을 듯합니다. 마을 분들도 다들 좋으신 분들 같은데……."

말을 끊은 경찰은 모인 섬사람들을 오히려 송구스럽게 둘러보며, 나를 부탁했다.

"주민들께서 이 소설가 선생님 좀 신경 써 주셨으면 합니다."

경찰 말에 노인은 한 수 더 떴다.

"이렇게 불안해하는데 거기 한 명이라도 남아서 내일 같이 떠나 주면 안 되겠소?"

경찰들은 어정쩡하게 웃으면서 꾸벅, 인사까지 하고는 선착장으로 도망치듯 달려갔다.

나는 바닥에 주저앉았다. 이번에는 울 수조차 없었다. 경찰이 두고 간 우산이 뒤집어져서 목덜미 사이로 고스란히 비바람이 몰아쳤다. 한기까지 겹쳤다. 노인이 서서히 다가왔다. 나는 엉덩이를 뒤로 빼며 몸을 떨었다. 노인은 낚시꾼의 뒤통수를 돌멩이로 여러 번 내리찍었다. 나 또한 무사하지 못할 것이다. 조각배를 탈취하려고 시도했을 뿐만 아니라 섬사람들을 살인자라고 고발까지 했다.

눈을 연신 깜박이며 두 손으로 빌었다. 살, 살려 주세……. 애타는 마음과 달리 목구멍에서는 말이 터져 나오지 않았다.

드디어 노인이 옆에 섰다. 나는 머리를 무릎 사이에 끼우고 양팔로 뒤통수를 감쌌다. 노인은 헛기침을 하면서 꿈지럭거렸다. 고개를 옆으로 돌려 노인을 훔쳐보았다. 노인이 땅으로 허리를 굽혔다. 돌멩이를 주우려는 것인가. 오금이 저려왔다. 낚시꾼의 정수리를 무참하게 내리찍던 노인의 완력을 내 몸은 기억하고 있었다. 하지만 그는 우산을 집어 들었다. 젖혀진 우산살을 원래대로 편 뒤 내게 씌워주었다. 인자한 음성이 뒤따랐다.

"젊은이, 비가 많이 오네. 어서 별장으로 가게나. 또 감기 들면 어떡하려고 그러나. 허리도 좋지 않다면서? 모든 게 한순간의 꿈이라네. 그리고 본 것이 전부가 아닐 때가 있어. 아직 계약이 끝나지 않았잖아. 소설도 완성해야 하고⋯⋯. 보게나. 이 섬을 나갈 수 있는 곳은 저 선착장뿐이야. 자네도 알다시피 별장 뒤는 암벽이고, 바닷가와 인접한 곳에 인가가 있어. 선착장 앞은 부동산이 있고, 섬으로 들어오고 나가는 사람은 다 내 사무실을 거쳐 가야 한다네. 다른 생각하지 말고 이 우산 가지고 별장으로 가시게나. 오늘 말하지 못한, 젊은이가 본 것들을 글로 써 보는 게 어떤가. 허허. 해피, 해피."

노인은 기어코 내 손아귀에 우산 손잡이를 쥐어주었다. 장정들과 안나를 데리고 경찰이 사라진 곳으로 허우적거리며 앞장서서 걸어갔다.


*


어두워지자 빗줄기는 강풍을 동반했다. 정원수들은 몸을 뒤채면서 잎을 떨어뜨렸다. 파도는 미친 듯이 울부짖으면서 암벽을 때렸다. 두려움은 분노로 변했다. 허공을 향해 욕지거리를 내뱉으면서 주먹을 휘둘렀다. 모든 것을 체념하며 질끈 입술을 앙다물었다. 치아를 딱딱 부딪쳤다. 벌거벗고 침대에 누웠다. 백팩 속에 있던 옷가지들이 모두 젖어버렸지만 노트북은 켜졌다. 이렇게 처참하게 당할 수만은 없었다. 경찰이 떠났다. 공중에 대고 욕지거리를 내뱉었다. 직무유기, 무능한 경찰, 게으른 돼지, 철통 밥통……

그러니깐 1990년대부터 우리나라는 한해 2만 명 이상이 실종되고, 작년에는 9만 명이나 생사를 확인할 수 없었다고 했다. 올해도 나와 낚시꾼을 포함, 작년보다 숫자가 더 늘어나면 늘어났지 줄어들지는 않을 것이다. 다 무능한 공무원들 때문이지 어떤 이유가 더 있겠는가.

나는 경찰들을 전부 싸잡아 욕지거리를 했다. 하지만 정말 귀신이 곡할 노릇이었다. 분명히 내가 앉았던 돌은 낚시꾼 등에 묶여 바닷속으로 가라앉았다. 어떻게 그곳에 똑같은 것이 있을 수 있단 말인가. 일부러 놓아둔 것일까. 노인은 내가 배신할 줄 알고 모든 것을 처음으로 되돌려놓았을까. 그럴 수는 없었다. 이 건물이, 아니 이 섬 전체가 커다란 감옥이어서 내 일거수일투족을 감시하고 있는 게 틀림없었다. 나는 내 악몽이 아니라 이 섬 악몽에 붙들려 있었다. 노인이 애초에 미끼를 던져놓고 사냥감을 유인하듯 이곳으로 나를 오게 한 것이다. 별장지기를 구한다는 전단지는 내가 세 들어 사는 대문에만 붙어 있었을 것이다. 하필이면 내가 왜, 사냥감이 되어야 하느냔 말이다. 사냥감이 될 수는 없었다. 정말 그럴 수는 없었다.

모든 것을 포기하거나 화가 너무 치솟을 때, 두려움조차 느낄 수 없는 경우가 있었다. 지금이 그런 상태였다. 전화기를 들고 노인에게 전화를 걸었다. 막판 배짱을 부려야 했다. 따지고 싶은 것은 전부 따져야 했다. 황토집 지하는 도대체 어떤 용도인지, 무엇보다도 앞으로 나를 어떻게 할 것인지, 나를 죽일 기회가 몇 번 있었는데 살려둔 이유는 어떤 속셈인지……

신호음이 갔다. 수화기를 놓아버렸다. 감정적으로 물어보는 것이 능사는 아닐 것이다. 조금 전에 계획한 뗏목 탈출을 시도하기 위해서는 며칠이라도 시간을 벌어야 한다. 안나든 노인이든 신경을 건드려서 나를 옥죄게 할 필요는 없었다.

전화벨이 울렸다. 만약 발신자 번호가 찍혔다면 노인은 내가 전화한 것을 알고 있을 것이다. 벨 소리가 길게 이어질수록 어떤 말을 해야 할지 망설여졌다. 더 이상 견딜 수 없을 정도로 벨소리가 커졌을 때에야 수화기를 들었다. 아무 말도 하지 않고 거친 숨소리를 송수화기 구멍으로 내쏘았다.

"……."

"허허, 젊은이. 전화했는가. 먼저 전화하려고 했다네."

"……."

나는 다리를 꼬았다. 내가 탈출하려는 것도, 경찰한테 고자질하려는 것도 노인은 이미 알고 있었다. 그 사실을 숨기기 위해서 변명할 필요는 없었다. 다만 노인이 무슨 말을 하는지 듣고 싶었다.

노인의 목소리가 귓가에 울렸다.

"젊은 사람이 일하기에 여기가 답답하기도 하지. 조금만 참게나. 너무 서운하게 생각하지도 말고 말이야. 모두들 자네 안부가 궁금해서 갔던 거라네. 도끼가 좀 무섭긴 했나? 허허. 조각배를 만들어야 하지 않겠나. 자네 때문에 떠내려 가버린 조각배 말이야. 이곳은 거의 자급자족이라네. 괜찮은 나무가 별장 주위에 있거든. 그래서 도끼를 들고 그쪽으로 간 것이라네. 그러니 오해는 풀어야 해, 허허."

"……."

"아직도 몸이 많이 불편하지? 허허. 다들 과거는 있지 않나. 과거 없는 사람은 없다네. 자네도 마찬가지가 아닌가 싶네만. 과거를 후회해도 돌이킬 수 없는 불쌍한 사람도 있고 말일세, 허허."

나는 노인이, 나에 대해 넘겨짚어서 하는 이야기가 듣기 싫었다. 무엇보다도 노인의 화법을 경계해야 했다. 이렇게까지 나를 위로해줄 필요는 없었다. 뭔가가 노리는 것이 있다면……. 이왕 이렇게 된 것, 하고 싶은 말은 해야겠다는 오기가 생겼다. 나는 호흡을 가다듬고 눈을 찔끔 감았다.

"저, 저……. 사, 이장님, 저, 저, 몸이 너무 아파서, 더, 더 이상 일, 일을 하지 못할 것 같습……."

"그래, 그래……. 일이 많이 힘들지, 젊은이? 그동안 수고했어. 허허. 조금만 참아 보게. 그래도 다른 사람이 온 뒤에 떠나는 것이 예의지? 허허."

"정, 정말 그럴 수 있는 거죠?"

나는 노인의 말에 한 옥타브 목소리를 높이면서 꼬았던 다리를 풀었다. 윗몸까지 일으켰다.

"그렇지, 허허."

"제가 본 것은 아무것도 없습니다. 그러니 걱정하지 마시고……."

나는 흥분해서 소리쳤다. 노인은 허허, 하고 웃다가 내 말이 끝나기를 차분하게 기다렸다. 그리고는 말을 꺼냈다.

"젊은이, 간혹 환영이 사실처럼 보일 때가 있고 사실이 환영처럼 흐려질 때가 있다네. 진실은 어디에도 있고 어디에도 없을 때가 있거든. 침대 밑을 보게나. 노란 상자가 있을 거야. 그곳에 운동복 한 벌과 트렁크 팬티가 있어. 자네에게 맞을 것이네. 옷이 다 젖어서 입을 것이 없지? 펄에 빠졌을 때 챙겨놓은 것이라네. 입고 따뜻하게 주무시게나. 내일도 비가 온다고 하니 당분간 빨래하기는 틀린 듯해. 쉬는 동안 자네가 이곳에 왜 왔는지 진지하게 생각해봤으면 하네만. 그럼 푹 쉬게나, 허허."

나는 사타구니가 단단하게 긴장된 것을 느꼈다. 기어오르는 벌레를 털어내듯 수화기를 놓았다. 노인은 그야말로 프로 중에 프로였다. 나에 대해서 알 것은 다 알면서 그것을 직접적으로 말하지 않고 돌려 말하면서도 하고 싶은 말은 다했다.

재빨리 침대 아래를 들여다봤다. 노인의 말처럼 노란 상자가 있었다. 상자에는 면으로 된 남색 운동복 한 벌과 흰색 트렁크 팬티가 있었다. 나는 좀 전까지 펄 묻은 옷을 입고 있었다. 노인이 전화한 것은 내가 이곳을 떠나고 싶다는, 내 말을 듣기 위해서가 아니었다. 침대 밑에 여분의 옷이 있다는 것을 알려주기 위해서 듣고 있었을 뿐이다. 그것은 내 행동 하나하나를 주시하고 있다는 통보와 같았다. 앞으로의 행동을 조심하라는 협박이었다.

나는 천장뿐만 아니라 가구에 가려진 벽까지 샅샅이 살폈다. 몰래카메라가 설치되어 있을지도 몰랐다. 없었다. 어떻게 내 행동을 보고 있듯 훤하게 꿰뚫을까.

노인이 이번 일을 예견했다면 정확히 맞아떨어졌다. 입을 옷이 없었다. 상자에서 팬티와 운동복을 꺼냈다. 맨 아래에 종이봉투가 있었다. 노인은 옷 이외의 뭔가가 더 있다고 말하지 않았다. 종이봉투를 열었다. 비디오 콤팩트 디스크 두 장이 들어있었다. 유성 펜으로 각각 숫자 1과 2만 적혀있을 뿐 내용을 추정할 만한 낱말은 없었다. 귀찮은 마음에 침대에 누워서 천장 한 곳만 뚫어지게 봤다. 디스크는 2층에서 봤던 김수만 피디가 작업한 슬랩스틱일 거라는 결론을 내렸다. 수첩에 이어 디스크를 노인이 주었다. 예상한 대로라면 이번에는 그 속 메시지를 내가 찾기를 노인이 원한다? 벌떡 일어나 첫 번째 디스크를 노트북에 밀어 넣었다.

복사된 디스크는 잡음이 많고 화면은 글리치 현상이 심했다. 화면이 흔들릴 때마다 눈 아래 부분, 뾰족한 콧날과 두껍고 주름 잡힌 여자 입술과 갸름한 턱 선이 보였다. 갑작스럽게 화면이 바뀌었다. 중절모자를 쓰고 턱시도를 입은 키 큰 마른 신사가 가면을 쓰고 채플린을 흉내 내고 있었다. 2층 남쪽 침실에서 본 스크린이었다. K 프로덕션 김수만 피디가 촬영한 슬랩스틱이었다.

긴 사다리가 화면 가득 찼다. 사다리 끝은 보이지 않았다. 가면 쓴 신사가 사다리를 오르려고 시도하고 있었다. 매번 실패했다. 실패의 원인은 몇 가지가 있었다. 신발 밑창에 기름칠을 했다거나 갑자기 사다리에 가시가 돋아났다거나 했다. 그때마다 그는 사다리를 타다가 엉덩방아를 찧었다. 손바닥에 피가 맺히기도 했다. 관중을 향해서는 괜찮다는 제스처를 취했다. 가면 신사를 따라 화면에는 보이지 않은 방청객이 죽어라고 따라 웃었다. 웃음은 시도 때도 없이 터졌다. 신사와 방청객이 웃고 난 다음이면 어김없이 보랏빛 입술로 화면이 넘어갔다. 보랏빛 입술은 다른 입술 모양을 만들어냈다. 신사가 사용한 소품은 사다리, 베틀, 비밀의 문, 계단 순서였다. 같은 방식으로 베틀 편에서는 베틀 사용 방식을 몰라 바늘에 찔리기를 여러 차례, 누에고치처럼 실을 몸에 감기도 했다. 비밀의 문은 『알리바바와 40인의 도둑』에서 나오는 주문인, '열려라, 참깨. 닫혀라, 참깨.'를 연상케 했다. 온통 벽일 뿐 문은 보이지 않았다. 신사가 벽을 향해 오른손을 번쩍 들고 주문을 외웠다. 주문은 들리지 않았지만 입술 모양이 그렇게 보였다.

벽은 꿈쩍도 하지 않았다. 신사는 같은 행동을 몇 번 반복하더니, 문이 열리지 않자 벽으로 몸을 날렸다. 그곳에 부딪칠 때마다 방청객은 웃었고 신사의 몸은 피투성이가 되어갔다. 장면이 끝날 때까지 문은 열리지 않았다. 끝이 보이지 않는 계단에서는 신사가 굴러 떨어졌다. 옷이 찢겼지만 몇 초가 지나면 괜찮다는 듯이 엉덩이를 흔들어 보였다. 실수를 연발할 때마다 엉덩이를 흔들었다. 방청객은 그때마다 웃었다. 웃고 나면 보랏빛 입술이 확대되면서 입술 모양이 바뀌었다. 보랏빛 입술은 횟수가 잦을수록 바싹 말라갔다. 거의 끝나갈 무렵에는 거스름 낀 입술이 벌어졌다. 그곳에서 나방이 기어 나왔다. 첫 번째가 끝났다.

두 번째 디스크를 볼까 하다가 노트북 화면을 껐다. 밋밋한 구성이었고 등장인물도 한 사람뿐이었다. 입술 역할까지 하면 두 사람이었다. 시종일관 신사의 과장된 행동은 패턴이 같았다. 엉덩이를 흔드는 횟수가 빈번해질수록 그의 몸은 피투성이가 되어갔다. 처음에는 코믹이겠지 싶었는데 화면을 들여다보면 볼수록 마음이 불편해졌다.

침대에 누워 점퍼 안주머니에서 수첩을 꺼내 들여다보았다. 수첩 모서리가 물에 젖어 펜 잉크가 번져 있었다. 간신히 읽을 수 있었다. 뒤에 간단한 기록 메모에서 날짜를 확인했다.

94년 3월 8일에 여전히 같은 시간과 장소에서 낚시를 한다고 했다. 마지막 날짜는 2013년 3월 8일이었다. 그렇다면 낚시꾼은 20년 동안 매일 같은 날짜에 출몰해서 살해당했다는 말인가. 내가 본 것은 귀신이었다? 아무리 그래도 현실에서는 일어날 수 없는 일이었다. 노인은 환영이 현실처럼 보일 수도, 현실이 환영처럼 흐려질 수도 있다고 했다.

그럼 내가 알고 있는 '사실'만 가지고 정리를 하자면 인가 사내든 낚시꾼의 수첩이든 그 주인이 20년 전에 이곳에 오긴 했다. 승차권이 그 증거였다. 수첩 메모에서 알 수 있는 것은 이장과 가면이었다. 지금 노인이 그때도 이장이었다. 50대의 웃는 얼굴. 잠업. 무녀한테 가지고 온 다락방에 있는 오래된 베틀. 외동딸의 침실에 걸려 있는 영령들을 위한 가면. 별장 건물의 울음소리. 이 모든 것이 연결되어 있다면? 지금까지 내가 겪은 것은 소설을 쓰고자 하는 욕망이 재구성한 것에 불과할까?

오늘 말하지 못했지만 젊은이가 본 것들을 글로 써 보는 게 어떤가, 라는 노인의 말이 자꾸 머릿속을 맴돌았다. 일부러 나를 위해 섬사람들이 미스터리한 상황을 만들어주는 게 아닐까. 엉뚱한 생각을 하면서 수첩을 펴보았다. 수첩 주인인 김수만과 필체가 다른, 간단한 기록 메모를 뚫어지게 봤다. 연도는 다르지만 날짜와 내용이 같았다. 3월 8일은 낚시꾼이 살해된 날이었다. 죽었던 사람이 살아오려면 6월 14일이 되어야 하니 3개월 정도가 남았다. 아니, 그 날에 섬 밖으로 나갔던 사람이 어김없이 돌아온다는 말일 수도 있겠다.

나는 노트북이 있는 책상 앞으로 갔다. 어린 시절 다락방에 갇혔을 때 그 상황과 반대되는 것들을 나열하면서 상상의 나래를 펴곤 했다. 그때처럼 울음소리가 머릿속을 헤집기 전에 보이지 않는 틈과 틈을 연결하는 내용의 글을 써야 했다. 노트북 전원을 켰다. 미스터리로 가득한 이곳, 이 상황을 글로 풀어낼 수 있을까. 의문과 의문 사이에 살을 붙이는 작업은 소설가의 몫이었다.

# 노트5

1957년 봄이었다.

무녀는 새벽 바다를 바라보았다. 먼 곳에서 회오리바람이 몰아쳤다. 다른 날과 달리 온몸이 쑤시고 이마가 화끈거렸다. 이런 날이면 좋지 않은 일이 일어난다는 것을 예감으로 알았다. 오늘, 마을 이장이 육지에서 고아 소녀를 데리고 온다고 했다. 혹, 그 일이 어긋나는 것일까.

무녀는 양녀를 간절히 바라 왔다. 양녀에게 베틀 짜는 일을 물려주는 것은 신성하면서도 그녀의 본분을 다하는 일이었다. 의식을 치르고 난 소녀는 그녀처럼 베를 짜서 가면을 만들 것이다. 그것으로 혼령들을 위로할 것이다. 그 일은 평생 동안 정갈한 마음과 순결을 지켜야 했다. 그렇지 않으면 부정을 탈 것이고 공포가 엄습할 것이다.

무녀는 이 섬에서 언제부터 가면을 만들어서 혼령을 위로했는지 모른다. 그녀의 어머니, 어머니의 어머니……. 아주 오래전부터 해오던 일이었다. 20년 동안 그녀도 베틀 앞에 앉았다. 그녀의 어머니는 그보다 더 오랫동안 가면을 만들었다. 무녀의 어머니는 3년 전에 죽었고 며칠 전에 3년 상을 마쳤다. 이제 양녀를 맞이하는 절차만 남았다. 양녀의 조건은 하나였다.

순결한 여자.

무녀는 다시 먼 바다로 시선을 던졌다. 나룻배가 오려면 한참이나 남았다. 하지만 심상치 않은 몸의 기운이 그녀를 밖으로 내몰고 있었다. 혹, 부정 탈까 싶어 일어나자마자 목욕재계를 하고 기도를 했다.

방으로 들어가려 할 때 대문 밖에서 헛기침 소리가 났다. 이장 외에는 그녀의 집에 올 사람이 없었다. 더군다나 이런 새벽에 방문이라니, 설마 오늘 일이 잘못됐다는 전갈을 전하려고 이렇게 빨리 온 것이 아닐까. 무녀는 애타는 마음에 제대로 신발도 꿰지 못하고 마당으로 나갔다.

뜻밖에도 별장 주인 K가 마당으로 들어서고 있었다. 오른손에는 회중시계를 왼손에는 소녀의 손을 잡고 있었다. 소녀의 탐스러운 갈색 머리, 투명할 정도로 하얀 피부와 푸른 눈이 마치 햇살 좋은 날, 먼 수평선에서 반짝이는 갈치 비늘처럼 어스름 속에서도 빛났다. K가 애지중지 아끼는 외동딸, 그것도 외출을 거의 하지 않아 섬사람들도 그녀의 얼굴을 거의 본 적이 없는 안나였다. 안나 뒤에는 어깨가 떡 벌어진, 양자인 김이 가방을 들고 서 있었다.

김은 예전 병원이 문 닫지 않았을 때, 정신병원 환자 아들이었다. 김의 어머니가 수술을 받다가 죽어서 K가 거뒀다. 김은 별장에서 K의 아들이면서 집사 역할을 했다.

무녀는 예기치 않은 손님의 방문에 어리둥절했다. K는 매부리코 아래 콧수염을 만지작거리더니 찾아온 용건을 말했다.

"양녀를 기다린다는 말을 들었소. 내 딸을 양녀로 삼아주시오."

부탁이 아닌 명령과 같았다. 무녀는 안나의 천진난만한 눈동자를 들여다보면서 조심스럽게 말했다.

"어르신, 양녀가 되면 평생 혼자 살아야 합니다."

그녀는 육지에서 알만한 집안 자식들이 중매쟁이를 통해 안나에게 청혼하고 있다는 소문 정도는 들어서 알고 있었다. 왜 하필이면 무녀의 양녀로 만들려고 하는 걸까. 안나는 부유 했고 아름다웠다. 고행과도 같은 이 일을 해낼 수 있을지 의문이었다. 양녀가 되기 위한 조건인 순결한 여자라는 것은 의심치 않았다.

무녀는 K의 명령조와 같은 부탁에 승낙도 반대도 하지 않았다. 침묵이 흐르자 안나는 무녀를 호기심 어리게 훑어보았다. 나이에 비해 무척 어려 보였다. 그녀는, 자신이 왜, 이곳에 왔는지 모르겠다는 표정이었다. 안나 뒤에 우두커니 서 있는 김은 다소 도전적으로 무녀를 쏘아보았다. 무녀는 김이 K가 안나를 이곳에 왜, 데리고 왔는지 아는 눈치라고 생각했다.

회중시계를 보던 K가 김에게 고개를 돌리면서 말했다.

"애야, 안나 좀 데리고 저기 좀 가 있으렴."

K는 오십 미터 떨어진 나무 아래를 가리켰다. 그들이 그곳으로 향하자 K는 애원하듯 말했다.

"꼭 좀 들어주면 안 되겠소? 내 딸아이가 많이 부족한 것은 나도 잘 알고 있소, 허허. 솔직히 말하면 속죄하는 마음에 그런다오. 저 건물에서 무슨 일이 일어났는지 당신은 알지 않소? 내가 어떤 일을 저질렀는지도 말이오. 나는 이미 늙었소. 내 죄 갚음을 위해 내 딸을 번제물로 바치려 한다는 것을 알고 있지만 내 몸은……. 아니 내 몸과 마음은 속죄하기에 이미 늦었다는 것도 알고 있소. 또한 이 일이 마지막으로 내가 속죄하는 길이라는 것도 알고 있다는 말이오. 제발, 양녀로 받아주시오. 어떻게 하면 그리 해주겠소? 허허."

무녀가 생각한 것보다 K는 간절했다. 간절한 말과 달리 말하는 중간중간에 허허, 라며 웃음 박자를 넣었고 자주 실룩거렸다. 그 이유를 무녀는 알고 있었다. 혼령들의 가면을 살아 있는 사람이 사용한 후유증이었다.

무녀는 당장 결정할 수가 없었다. K의 정신상태가 의심스러울 뿐만 아니라 너무나 간곡했기에 오히려 무서웠다.

어머니가 그녀에게 베틀을 물려주기 전에 당부하듯이 말했다.

아가야, 저 병원 사람들이 가면을 달라고 하거든 절반만 주거라. 하지 축제 때 저들이 힘들게 치료받다가 죽은 혼령들을 달래기 위해서라고 하지만 그게

다 사실은 아닌 것 같더라. 산사람이 가면을 사용한단다.

산사람이 가면을 사용하면 어떻게 되지요, 어머니?

어머니는 먼 산을 올려다보고는 한숨을 내쉬었다.

저 세상으로 떠나야 하는 영령들에게 미련스럽게 이 세상에 남아있는 원한을 잊게 해주는 것이 이 가면이란다. 산사람이 그것을 잘못 사용하면 본래 가지고 있던 두려움까지 빨아들여버린단다.

무녀는 그때 어머니의 말이 무슨 의미인지 몰랐다. 두려움이 없어지면 좋지 않느냐고 반문하고 싶었다. 하지만 얼마 지나지 않아서 두려움이 얼마나 중요한지 알게 되었다.

젊은 의사들이 가끔 탈출한 환자를 잡으러 마을로 내려왔다. 어린 무녀가 선착장에 간 날도, 정신병원을 탈출한 환자가 조각배를 탈 생각을 한 듯했다. 의사 둘이 환자를 붙들었을 때 환자는 그들 손아귀에서 빠져나오려고 몸부림쳤다. 의사들은 마을 사람들이 있는데도 불구하고 손에 잡히는 대로 물건을 집어 들고 환자를 폭행했다. 거의 반죽음 상태가 되자 그를 결박한 채 끌고 갔다.

K도 분명히 가면을 썼을 것이다. 가면을 써야 할 정도로 정신병원에서 행해졌던 실험들은 끔찍했을 것이고, 일본 군인들의 총칼 아래에서 강제로 참여했다 하더라도 정신적 충격은 가히 상상을 뛰어넘었으리라. 그리고 그 효과에 반한 뒤로는 중독에 이르렀을 것이다. 중독이 되면 두려움이 없어졌다. 그것을 끊었을 때는 극심한 공황상태가 찾아온다. 공황상태일 때는 흡사 아수라에 갇힌 기분이었을 것이다. 그렇기에 매년 하지 즈음에 찾아와서 가면을 가져가지 않는가. 하지만 그는 이 섬에 와서는 일본 사람들과 달리 섬사람들을 위해서 남몰래 선행을 해왔다. 직원들뿐만 아니라 마을 주민들까지 그의

인술과 덕을 칭송했다.

그는 아침 일찍 일어나 마을 사람들을 진찰했다. 사고가 날 경우를 대비해 혈액 채취를 하며 헌혈을 강조했다. 마을 사람들의 건강 체크 여부를 도표로 그려 보관했다. 흉년이 든 해에는 육지에서 곡식을 사 가지고 와 구제했다. 외부에서 섬으로 이주하는 사람들도 있었다. 비록 육지에서 적응하지 못하고 마음의 상처를 입거나, 범죄자일 확률이 많은 사람들이었지만 K의 인덕에 감화되어 착실한 어부로 남았다.

무녀는 내내 K가 말한 '속죄'가 가슴에 남았다. 속죄하기 위해서 세상에서 가장 귀한 딸을 번제물로 바친다고 했다. 진실일까. 안나의 맑은 푸른 눈빛이 아른거렸다. 아버지는 죄를 지었을지언정 소녀는 아직 세상 때가 묻지 않았다.

무녀는 K를 보고 고개를 끄덕였지만 조건을 걸었다. 일주일 동안 안나를 데리고 있으면서 과연 이 일을 해낼 수 있을지, 지켜보겠다고 했다. 그 뒤에 결정해도 늦지 않을 것이라고. 무녀의 말에 허허, 웃던 K가 안나와 김을 향해 돌아섰다.

바다는 여전히 회오리바람을 일으켰다. 바람이 무녀의 뼛속에 들어갔는지 시렸다. 하지만 더 가슴이 시린 사람은 자신의 딸을 무녀로 만들 수밖에 없는 K였다. K가 안나의 이상 증세를 알게 된 것은 2년 전, 안나가 열다섯 되던 해였다.

# 6. 보이는 것이 다가 아니다

이틀 동안 강풍을 동반한 빗줄기가 계속됐다. 파도는 성난 짐승처럼 절벽을 때렸다. 인근 바다에 조각배 한 척도 떠 있지 않았다. 연못 위에는 비바람에 군락을 이루던 연들이 뒤집어졌다.

나는 안나가 건물을 나가고 난 다음이면 밤마다 울음소리와 벽 두드리는 소리에 잠을 이룰 수가 없었다. 하지만 다른 때와 달리 마냥 쫓기는 기분에 시달리지는 않았다. 경찰을 붙들고 대성통곡을 한 뒤부터 조급함이 한발 뒤로 물러나면서 여유가 그 자리를 차지했다. 2층 이상은 아예 쳐다보지 않았다. 내 악몽 속 얼굴들이 아래로 내려올 기회만 엿보고 있을 것 같았다. 어두워지면 문단속을 철저히 했고 숙소 문 앞에 나무 십자가를 만들어놓았다. 노트북에 저장된 음악을 크게 틀어놓고 소설을 써 내려갔다. 무섬증이 와락 달려들 때에는 바깥으로 나가 비바람에 나무 쓰러지는 소리를 숨기며 톱질을 했다.

나무를 일정한 간격으로 잘라내는 것도 쓰러뜨린 나무를 별장 뒤까지 끌고 오는 것도 여간 힘든 게 아니었다. 낭떠러지 위에서 아예 작업을 했다. **뗏목**

이 완성되면 혼자 힘으로 운반하기가 힘들 것 같아서였다. 덜 마른나무는 물 위에 뜰까 싶을 정도로 무게가 상당했다. 길이가 일정한 통나무를 가지런히 나열해서 밧줄로 엮었다. TV나 영화에서 본 대로 흉내를 냈다. 그럴싸한 모양이 되기까지 일주일이 걸렸다. 탈출 시기를 잡아야 했다. 무엇보다 시간이 중요했다. 썰물 때가 아닌, 밀물 때인 만조여야 했다. 오늘, 자정이 적기였다.

모닝콜이 울렸다. 일주일 동안 비바람을 맞고 작업을 해서 몸이 제대로 움직여 주질 않았다. 팔을 뻗어 수화기를 들었다.

"젊은이, 별일 없는가. 구인광고를 냈는데, 아직까지 아무 소식이 없네. 미안해서 어쩌나, 허허……."

어제도 노인은 똑같은 말로 안부와 미안함을 대신했다. 내일도 마찬가지일 것이다. 내가 이곳에 있는 한, 새 일꾼이 오는 일은 없을 것이다. 나는 속으로 괜찮습니다, 라고 말할까 하다가 관뒀다. 한층 불쌍하고 두렵게 보여야 했다. 탁, 가라앉고 갈라지는 목소리로 말했다.

"그래도, 그래도……."

"허허, 시간이 지체되네, 그려. 젊은 사람이 이 외진 곳까지 오려고 하지 않으니 말일세."

"그래도……, 저, 저는 몸이 좋지 않아서……. 당분간 별장도 급하게 해야 할 일도 없는 듯하고……. 저, 저는 짐을 다 싸놓았습니다. 며칠 내로 집으로 갈까 합니다. 돈은 돌려드리겠습니다."

"급여가 적어서 그러나? 한 50만 원 더 올려줄까?"

"아니, 그게 아니라, 몸이 정말 좋지 않아서……."

"그런 것 걱정 말게나. 안나가 자네 병간호하느라 얼마나 애썼는지 알지 않나. 그건 그렇고 젊은이가 이곳에 왜 왔는지 진지하게 생각해봤는가?"

"아, 예……, 카드빚……, 아니 소설……. 좋은 소설 한 편을 완성하고 싶었습니다."

나는 다소 엉뚱한 노인의 질문에 진지하게 말했다. 결국은 소설이었다. 소설 쓰는 시간을 벌기 위해 아르바이트도 하지 않고 수업료를 무리하게 납부한 결과 카드빚까지 짊어지고 이곳을 선택했다. 한가한 별장지기를 택한 것도 소설 쓸 시간을 확보하기 위해서였다. 가령 미스터리한 상황과 상황을 객관적으로 생각하다 보면 건물 어느 곳에서 울음소리가 들리더라도 두려움이 희미해질 때가 있었다. 이곳에서 나를 견디게 해주는 것은 소설이었다. 하지만 소설보다 더 중요한 것은 목숨이었다. 죽으면 더 이상 글을 쓸 수 없었다.

"그래서, 자네가 말하지 않았나. 귀신과 인터뷰하면 명작을 완성할 거라고 말일세. 나는 자네를 믿네. 그렇게 꼭 될 걸세."

"무, 무슨 말씀인지……."

노인의 말은 내가 귀신을 만나 꼭 인터뷰를 할 것이라는 말인지, 소설을 잘 써서 대박을 터트릴 것이라는 말인지 헷갈렸다. 아니면 둘 다일까.

노인은 내 의문에 대답하지 않고 웃음으로 얼버무렸다.

"허허. 그럼 두고 보세나. 이만 끊을까 싶네. 안나를 데려다줘야 할 시간이야. 젊은이, 오늘도 해피, 해피. 허허."

노인이 수화기를 놓는 소리를 들으면서 나는 속으로 중얼거렸다. 이장님도 영원히 해피, 해피……. 능글맞게 웃으면서 담배에 불을 붙였다.

혹시나 다른 상황이 벌어질 것을 대비해서 비상식량을 준비했다. 작은 쌀 봉지와 마른오징어, 마른 김, 물병에 물을 담았다. 음식을 담은 봉지는 몇 겹의 비닐로 쌌다. 봉지가 찢어져서 짠물이 들어올 수도 있었다. 며칠 전 안나가 갖다 준 주먹밥과 음료가 있었더라면 더할 나위 없을 것 같았다. 노인이 준 운동복과 트렁크 팬티, 콤팩트디스크 2장은 챙기지 않았다. 이곳 물건은 신기하고 진귀한 것들이 많지만 밖으로 가지고 가면 안 될 것 같았다. 흔히 말하는 귀신 붙은 물건 같다는 인상 때문이었다.

시계를 보았다. 안나가 올 시간이 거의 되었다. 안나는 2층에서 잘 내려오지 않지만 운 나쁘면 뗏목을 볼 수도 있었다. 미리 천막으로 뗏목을 덮어야 했다. 나는 별장 뒤로 휘파람을 불면서 갔다. 누군가가 뗏목에 장난을 쳐놓았다는 것을 짐작조차 하지 못했다.

*

장난이 아니었다. 나는 진짜 과도를 들고 현관문 뒤로 몸을 숨겼다. 과도를 들고 있는 오른손과 밧줄을 들고 있는 왼손이 동시에 떨렸다.

흥얼거리는 소리, 가벼운 발걸음 소리, 현관문을 밀면서 약간 끄응 하는 소리가 연이어 들렸다. 양팔에 손잡이가 달린 네모난 상자를 들고 안나가 나타났다. 문 뒤에 서 있는 나를 보지 못한 그녀는 그냥 지나치려 했다. 나는 안나를 뒤에서 덮쳤다. 그녀는 생각했던 것처럼 놀라지도 두려워하지도 않고 내게 몸을 맡겼다. 나는 동아줄로 그녀의 몸을 묶었다. 만약 저항했다면……. 예측할 수 없는 일이었다. 과도를 내려다봤다. 이것은 단지……, 위협용?

안나는 내 계획에 충실히 따라주었다. 하지만 그녀가 가지고 온 물건을 발로 차 버리자 비웃듯이 한쪽 입술을 올렸다. 참았던 화가 순간 폭발했다. 안나의 빰을 연거푸 때렸다.

철썩!

철썩!

내가 모르는 폭력이 내 내부에 잠재되어 있었고 그것이 마침내 터져버렸다. 내 몸이 그대로 굳어버렸다. 과도가 발밑으로 떨어졌다. 어찌할 줄 몰라, 양손을 멍하게 내려다보았다. 안나는 모든 것을 용서한다는 듯이 미소를 띠면서 나를 올려다보았다. 아무리 그래도 그렇지, 분위기 파악은 눈곱만큼도 못하는 여자였다.

나는 화가 치솟아 버럭 고함을 내질렀다.

"누가, 뗏목을 저 모양으로 만들었지, 너야?"

"흐흐……."

"웃지 말고 말해! 너만 이곳에 들어올 수 있잖아? 왜 모든 밧줄을 끊어놓고 밧줄이란 밧줄은 낭떠러지 밑으로 던져버렸지?"

"흐흐……."

"이런 씨팔, 정말 돌겠네."

안나를 방으로 끌고 갔다. 그녀의 입 속으로 수건을 마구 쑤셔 넣어버렸다. 웃음소리가 듣기 싫었다. 웃을 수 없는 그녀의 눈빛은 애처로웠다. 저 표정이 가면을 벗은 진짜 모습일까. 마지막 탈출 방법으로 뗏목을 생각했다. 이제는 그것도 쓸모없게 되었다. 누군가가 통나무를 엮어놓은 밧줄을 일일이 끊어버렸다. 남은 밧줄 묶음까지 암벽 아래로 던져버렸다. 안나 짓이 틀림없었다. 뗏목을 들 수 없어서 밧줄을 끊고 던져버린 것이다. 마지막 희망까지도 철저히 짓밟혔다.

분노가 일어 도저히 가만히 서 있을 수가 없었다. 방 안을 뱅뱅 돌았다. 그녀는 커다랗게 눈을 뜨고 나를 보긴 했지만 의구심 한 점 없는 맑은 눈빛이어서 속이 더 상했다. 안나가 아닐 수도 있었다. 나는 새벽 네 시 정도에 뗏목을 완성했고 노인의 모닝콜이 울린 뒤에 점검하러 갔다. 네 시간 사이에 안나가 왔을 수도 그렇지 않을 수도 있었다. 하지만 이곳에 들어올 사람은 안나 말고 누가 또 있겠는가. 도대체 누구란 말인가. 이대로 가만히 있을 수 없었다. 다른 방법을 강구해야 했다.

나는 동작을 멈추고 그녀를 찬찬히 훑었다. 노인은 그녀가 이 섬에서 유일하게 두려움을 모르는 맑은 아이라고 했다. 그렇다면 섬사람들에게 안나의 가치는 상당할 것이다. 그녀를 인질 삼아 내 몸과 교환하면 어떨까. 섬으로 나갈 수 있는 자유로운 내 몸 말이다. 혹시라도 일말의 동정이 일을 망칠까, 잔뜩 경계하며 안나가 들고 있는 열쇠 뭉치를 빼앗았다. 내가 노인에게 휴대폰을 보증서 대신 맡겼듯 안나도 내게 보증서를 맡겨야 했다. 안나의 보증서는 열쇠 꾸러미였다.

안나를 침대 발치에 강제로 앉히고는 그녀의 손목을 침대 다리와 연결해서 묶어버렸다. 몸이 묶여도 다리가 자유로우면 가는 곳마다 따라와서 방해할 것이다. 안나는 나를 올려다보았다. 자신이 인질인 것을 전혀 모르는 눈빛이었다. 나는 입을 열었다.

"자, 잠깐이면 돼. 뭔가 좀 계획을 세워야겠어. 이 별장, 이제 지긋지긋해. 나갈 수 없어?"

안나가 들으라는 듯이 작지만 또렷하게 말했다. 순종적이던 안나가 갑자기 벗어나려고 애를 썼다. 얼마 지나지 않아 기세가 꺾였는지 고개를 숙였다. 적의는커녕 반항의 빛조차 띠지 않았다. 잠시 상황을 판단하고 있는지도 몰랐다.

나는 내 손을 들여다보았다. 여자한테 폭력을 행사한 것은 참으로 오랜만이었다. 그런데 언제 내가 폭력을 행사했지? 머릿속 기억은 없었다. 나는 고개를 갸웃하면서 과거를 더듬었다. 쓸데없는 되새김질이었다.

나는 방을 나가기 전에 안나에게 주의를 주었다.

"잘 들어. 내가 다시 내려올 때까지 꼼짝 않고 있는 거야. 나는 이 미친 섬에 정 머리가 떨어졌어."

무슨 말인가를 하려는 것인지 아니면 큰 소리로 웃으려는 것인지, 안나가 거칠게 숨을 내쉬는 소리가 재갈 사이에서 새어 나왔다. 나는 한시도 그녀에게 눈을 떼지 않은 채 뒷걸음질 쳤다. 밖으로 나와서는 잽싸게 문을 닫아버렸다. 죄책감이 밀려왔지만 일부러 담담한 표정을 지었다. 죄를 지어도 망각하면 결코 죄를 짓지 않은 것처럼 죄책감을 느낄 수 없을 것이다.

웃음 빠진 안나의 표정이 자꾸 눈앞에서 아른거렸다. 애원하는 듯도 했고 뭔가를 아쉬워하는 듯도 했다.

홀은 서늘했다. 운동복 지퍼를 목까지 올렸다. 입안으로 공기를 가득 넣어 볼을 부풀렸다가 천천히 내뱉었다. 흥분을 가라앉히고 잠시 1층 홀과 2층으로 올라가는 계단을 눈으로 더듬었다. 조금 전에 안나가 들고 왔던 상자가 계단 아래에 있었다. 안나는 요 며칠 똑같은 상자를 들고 왔다. 상자 쪽으로 걸어갔다. 내용물을 확인한 나는 서둘러 방으로 들어갔다.

"상자 안엣 걸로 뭘 하려는 거지?"

"흐흐……"

안나의 웃음소리가 가늘게 새어 나왔다.

"제기랄!"

말을 못 하는 줄 알면서도 안나에게 물었다. 실은 초조해서 가만히 있을 수가 없었다. 홀 쪽으로 잽싸게 걸어갔다가 방으로 돌아왔다. 그것은 사용처를 모르는 물건을 보는 것보다 더, 예측이 맞아 들어갈 때의 불길함이었다. 상자 안에는 누에고치에서 뽑은 명주실 꾸러미가 가득 들어있었다. 수첩 메모가 떠올랐다. 오래전 이 마을에 사는 무녀, 베틀, 순결한 처녀, 죽은 혼령을 위한 가면……. 잠깐 다락방에 있는 베틀을 떠올렸지만 그 낡은 베틀로 뭔가를 한다는 것은 상상할 수가 없었다. 내가 무녀와 베틀에 관한 소설을 쓰고 있지만 그것은 허구였다. 허구가 지금, 현실이 되려 하고 있었다.

나는 안나에게 다시 물었다. 안나는 눈을 끔뻑거리며 나를 쳐다봤다. 기대할 것을 기대해야 했다. 그녀는 말을 할 수가 없었다. 물어본들 무슨 소용이 있단 말인가. 아무 쓸모도 없는 그녀에게 잠깐이라도 인질로서 가치를 느낀 것이 부끄러웠다. 재갈과 동아줄을 풀어주었다.

반항을 전혀 하지 않은 그녀의 손목은 벌써 시퍼렇게 부어올랐고 손톱은 피가 통하지 않아서 하얗게 색이 바랬다. 안나는 몸이 자유로워지자 꼼지락 꼼지락 몸을 움직이고 나서야 일어났다. 현기증이 이는지 중심을 잡지 못해 잠깐 기우뚱했다가 곧 몸을 꼿꼿이 세우고 나를 내려다보았다. 눈이 마주치자 그녀는 오른손 검지를 천천히 그녀의 입술에 가져다 대었다.

"쉬……."

제스처도 없다. 안나의 행동은 분명히 말을 하지 말라는 뜻이다.

손가락을 입에서 뗀 그녀는 입술을 말거나 펴거나 오므리면서 무언의 말을 했다. 말이 소거된, 입 모양만 흉내 내고 있는, 분명 어디선가 본 듯한 입술 모양이었다. 주름이 많이 잡힌 보랏빛 입술……. 슬랩스틱 속 입술이었다. 그 입술 모양을 안나가 따라 하고 있었다. 안나는 내 눈을 주시하면서 한 번 더 입술 모양을 반복했다. 책상 위에 있는 비디오콤팩트디스크를 손가락으로 가리키고는 열쇠를 집으려고 했다. 내가 먼저 열쇠를 가로채버렸다.

"모든 문은 열려있어. 이제부터 열쇠는 필요 없을 거야. 가서 평상시대로 하던 일을 해."

나는 당당하게 안나에게 명령을 했다. 안나는 예의 그 아무 의미 없는 눈빛을 내게 던지고는 밖으로 나갔다. 1층 홀에 있는 상자를 소중한 보물인양 쓰다듬더니 양손으로 들었다. 2층으로 향하는 안나의 발소리와 웃음소리가 멀어졌다. 나는 별장 현관문을 열고 밖으로 나갔다. 별장 뒤 절벽과 대척점에 있는 정원 앞 둔덕에서 아래를 내려다보았다.

*

별장에서 내려다볼 때와 달리 길은 험했다. 높은 암벽 위에 있는 별장 정원에서 섬을 내려다보면 섬 중앙에 푸딩을 뒤집어 놓은 듯한 낮은 산이 있다. 소나무가 무성한 곳이고 백로의 서식지였다. 낮은 산 주위로 억새풀 군락이 있다. 인가 건물이라고 생각되는 것은 전혀 보이지 않았다.

만약 섬 중앙에 무녀의 집이 있다면 별장과 반대편 산 아래라고 추측했다. 더 늦기 전에 확인을 하고 싶었다. 섬 중앙에 무녀의 집이 정말 있는지. 20년 전 이미 노파였던 무녀. 지금까지 살아있을 거라고 기대하지는 않지만 집은 흔적이라도 남아있을 것이다. 무녀 집만 발견한다면 수첩 내용은 백 퍼센트 사실이었다.

억새풀을 헤치며 한참을 걸었다. 시계도 휴대폰도 없어서 시간을 잴 수 없었다. 반대편 산 아래에 간신히 도착했다. 당산나무에 걸린 오색 헝겊을 보았다. 마을 입구였고 예기치 못한 풍경이었다. 당산나무 뒤로 단단한 황토였다. 옹기종기 모여 있는 집들이 멀리 보였다. 난데없이 울어대는 백로 소리에 잠깐 당황했지만 정오 햇살이 마을 풍경을 더없이 나른하게 덧칠했다. 김수만 피디의 표현대로 정서적 감흥이라고는 손톱만큼도 없는 해안가 콘크리트 건물과는 달랐다.

바로 마을 어귀 왼편에, 돌흙 담장으로 이어진 사립문이 반쯤 열려있었다. 대문 위에 붉은 천과 흰 천을 매단 마른 대나무가 세워져 있었다. 무녀의 집이었다.

나는 헛기침을 하며 안을 들여다보았다. 아무런 기척이 없었다. 세 개의 창호지 방문이 있는 'ㄱ'자형 흙집이 초가지붕을 이고 햇살을 한껏 받아들이고 있었다. 눈에 띄는 것은 마당 한쪽에 있는 우물이었다. 우물로 향했다. 이곳을 찾느라 바삐 걸어와서 갈증이 일었다. 두레박이 걸려있는 우물은 깊었지만 바닥에 깔린 조약돌이 보일 정도로 투명했다. 두레박을 우물 안으로 밀어 넣었다. 찰랑거리며 물이 가득 찼다. 끌어올렸다. 두레박이 손안에 들어오려는 찰나 밧줄이 끊어지면서 아래로 곤두박질쳤다. 탁, 하는 소리가 들리자 가슴이 철렁, 내려앉았다. 대단히 잘못한 것을 들킨 것처럼 주위를 훑었다. 좀 전까지 닫혀 있던 방문이 열렸다. 방 안이 그늘져서 바깥에서 안을 볼 수 없었다. 어두운 실내에서 반딧불처럼 반짝이는 것을 봤다고 생각했을 때 흐느끼는 여자 울음소리가 들렸다. 누군가가 그녀를 달래고 있었다. 방 안쪽에서 나는 소리였다. 소리 나는 쪽으로 발걸음을 옮겼다.

나는 헛기침이라도 뱉어야 한다고 생각하면서도 어떤 기척도 낼 수 없었다. 이 모든 것이 사라질 것 같았다.

마루에 거의 닿을 거리까지 왔다. 방 안에 사람이 있었다. 등을 지고 앉아 있는 여자가 울먹이면서 고개를 숙이고 있었다. 맞은편 여자가 우는 여자 등을 토닥거렸다.

드디어 헛기침을 뱉었다. 맞은편에 있던 여자가 고개를 들었다. 하얀 한복을 입고 머리를 쪽진 갸름한 얼굴이 나를 보았다. 40대 정도로 보이는 이목구비가 반듯한 여자였다. 여자의 얼굴은 표정이 없었다. 울먹이던 여자가 울음을 그쳤다. 그녀는 수의를 입고 있었다. 수의 입은 여자가 고개를 돌렸다. 여 교수였다.

"교, 교수님?"

너무 놀라 입을 떼었다. 교수는 나를 보며 두려운 듯 쪽진 여자 쪽으로 몸을 웅크렸다. 쪽진 여자는 여전히 무표정한 얼굴을 오른손만 들어 어서 가라는 손짓을 했다. 나는 갈 수도 들어갈 수도 없는 어정쩡한 자세로 서 있었다. 왜 여 교수가 여기에 있을까. 물어봐야 했다.

젊은이, 빨리 나왓, 어엇, 허허. 대문 쪽에서 다급한 음성이 들렸다. 뒤돌아봤다. 사립문 바깥에서 노인이 손사래를 치며 어서 나오라고 외치고 있었다. 나는 쪽진 여자와 노인을 번갈아 보며 결정을 내리지 못했다. 여 교수는 다시 울기 시작했다. 어서 가라고 손사래를 치던 쪽진 여자가 노인의 음성을 듣자 얼굴을 일그러뜨렸다. 자리에 앉은 채 윗몸을 길게 늘였다. 머리가 천장에 거의 닿을 것 같았다. 나는 기겁하며 노인 쪽으로 뒷걸음질했다. 갑자기 열렸던 방문이 닫혔다. 집 전체가 불길에 휩싸였다. 갑작스러운 일이라 방 안 사람을 구할 수도 없었다. 뒷걸음질 치면서 목청이 떨어져라 여 교수를 불러댔다. 우물가에 다다랐다. 한꺼번에 일던 불길이 한바탕 소낙비를 맞은 것처럼 꺼졌다. 잿빛 재가 수북이 쌓였다. 집뿐만이 아니었다. 마당에도 풀이 가득했다.

나는 고개를 흔들었다. 목이 타들어가는 갈증이 일었다. 이마에 땀을 훔치고 우물을 들여다보았다. 파래가 짙게 낀 그곳에 좀 전에 떨어졌던 두레박이 둥둥 떠 있었다. 고개를 돌리려는 순간 뭔가가 서서히 떠올랐다. 호기심에 시선을 떼지 못했다. 노인은 계속해서 어서 나오라고 했다. 나는 보았다, 쪽진 머리를 한 여자가 눈을 뒤집어 뜨고 우물 속에서 떠오르고 있는 것을.

*

가슴이 답답해지면서 신경이 곤두섰다. 눈꺼풀이 파르르 떨렸다. 술을 너무 많이 마셨단 말이야. 물을 마시기 위해 우물을 찾았다. 마당 한가운데 우물이 있었다. 악취가 나는 검푸른 물이었다. 우물 내벽에 이끼가 잔뜩 끼어있었다. 물컹한 물이 파문을 일으켰다. 검은 형체가 서서히 올라오고 있었다. 죽었어. 처음 듣는, 단호한 노인의 음성이었다. 우물에 빠져서 죽었어. 무녀가 자살했다는 말이지. 죽은 뒤에도 밤마다 무녀가 돌아다닌다고 사람들이 말했어. 그 집을 태워야 했어. 섬사람들에게 그곳은 금기시된 땅이야. 젊은 이도 들어가지 말았어야 했어. 단호한 음성은 어느 사이 사라지고 노인이 웃기 시작했다. 웃음소리가 공중으로 흩어졌다. 여 교수가 돌아보며 나를 향해 눈을 흘겼다. 수의를 입고 있었다. 무녀의 이야기를 전하던 노인이 또다시 입을 열었다. 젊은이, 죽은 거야. 구천을 떠돌다가 여기까지 오게 된 거야. 자네가 알고 있다던 수의 입은 여자. 억울하게 죽었거나 자살했거나 둘 중 하나야. 그래서 아직까지 안식을 찾지 못한 거야. 우물 속에서 불쑥 손이 나와 내 옷깃을 잡아 끌어당겼다. 나 좀 꺼내 줘. 피 묻은 오른손이 다락방에서 떨어졌다. 검푸른 우물이 파랑을 일으켰다. 황토집 지하실이었다. 가면 의사 다섯 명이 수술대 위에 있는 두 여자 중 한 명의 심장을 꺼냈다. 지상에 맞닿아 있는 유리창에 수술 장면을 바라보는 아이가 울먹였다. 가슴이 휑한 여인이 등으로 수술실 문을 막고 있는 나를 대신해서 문을 밀었다. 아이가 창밖에서 그 모습을 보고 있었다. 어느 사이 어린아이가 울먹이면서 엄마, 라고 부르고 있었다. 보이는 것이 다가 아닐 때가 있고 말하고 싶어도 말할 수 없는 진실이 있다네, 허허. 노인의 웃음소리가 곧 흐느낌으로 변했다. 몸을 뒤척였다. 머리 한쪽이 박하사탕을 깨문 것처럼 환해졌다. 기억의 조각조각들이 더 잘게 부서졌다. 여 교수는 왜 죽었을까. 나는 침대 밑으로 기어들어갔다. 내 방이 아니었다. 다락에 갇혀 있는 얼굴들이 아래층으로 기어서 오는 것 같았다. 숨을 죽이고 웅크렸다. 공기가 급격하게 가슴과 아랫도리를 압박했다. 짧고 가는 신음이 입에서 절로 터졌다. 한줄기 빛이 등뼈를 타고 내려왔다. 눈을 번쩍 떴다. 눈을 뜸과 동시에 내 몸을 눌렀던 힘이 스르르 물러가면서 노트북 대기 신호 같은 푸른빛이 공중에서 점멸했다.

나는 점멸하는 불빛에 홀렸다. 기괴한 음을 듣는 것과는 다른, 흥분된 두려움이 몸을 감쌌다. 몸을 나른하게 하는 아로마 향, 혈액 속을 날뛰는 아드레날린……. 몸을 뒤척였다. 불빛이 사라졌다. 하얀 원피스 실루엣이 문밖으로 나갔다. 안나일까. 안나를 인질로 잡았지만 실패했다. 안나는 인질이 될 수가 없었다. 별장에 들어올 수 없는 섬사람들이 그녀를 구해줄 수는 없었다. 무녀 집에서 돌아오는 길에 노인이 말했다. 젊은이, 안나는 오늘부터 별장에서 자야 할 걸. 하지 때까지 준비해야 할 것이 있어서 말이야. 그것을 말하려고 왔는데 자네가 무녀 집 쪽으로 가는 게 아닌가, 허허. 노인은 늘 내가 취하려는 행동을 미리 알고 방어를 했다. 안나는 이 별장 어디에 있다. 그녀는 지금 어디에 있는가. 하얀 원피스가 안나였던가.

흐느적거리면서 겨우 일어났다. 불을 켜서 방을 둘러보았다. 하얀 원피스는 보이지 않았다. 콧노래도 웃음소리도 들리지 않았다. 그런데 뭔가 느낌이 달랐다. 금방 불을 끈 것처럼 촛대에 꽂힌 초가 싱크대 위에 있었다. 그 아래에는 좀 전에 입었던 운동복과 트렁크 팬티가 얌전히 개켜져 있었다. 그렇다면? 벌거벗고 잠을 잤단 말인가. 있을 수 없는 일이었다. 누가 내 옷을 벗겼단 말인가.

정적이 흘렀다. 틱, 틱, 거리는 소리가 먼 듯 가까운 듯 들렸다. 책상 위를 더듬었다. 열쇠 뭉치는 그대로 있었다. 아니, 열쇠 뭉치는 필요 없었다. 모든 문은 열려있었다. 내가 실수한 것이다. 다락방의 헛것들의 통로를 터준 것이다. 부리나케 홀 쪽으로 나갔다. 다락에서 시작된 황금빛이 서서히 계단으로 내려와서 홀 바닥으로 퍼지고 있었다. 포대기로 아기를 감싸듯, 벌거벗은 내 몸은 황금빛으로 얼룩졌다. 그 빛 한가운데에 여 교수가 앉아서 울고 있었다.

*

나는 이성에 대해 미련할 정도로 관심이 없었다. 이런 나를 두고 친구는 성에 대해서는 경험이 없어도 능숙한 척할 필요가 있다고 말해 주었다. 그렇지 않으면 여자들이 무시한다고 했다. 마음만 먹으면 얼마든지 간접적으로 성경험을 할 수 있었다. 하지만 인터넷에 '야동'이 뜨기라도 하면 기겁한 채 다른 화면으로 넘겼다. 나는 이런 심리를 일종의 '금기'라는 '죄'와 관련된 '공포'로 여겼다. 오히려 금기였기에 더 도전적이어야 한다고 말하는 이도 있겠지만 어린 시절부터 전도사한테 매일 죄를 고하고 체벌을 받을 때마다 성적인 신경이 하나씩 끊어지는 것을 느꼈다. 심지어는 아랫도리에 손을 넣었다는 이유만으로도 벌거벗겨진 채 회초리를 맞고 대문 한쪽 구석에 서 있어야 했다. 생각하지 말아야 할 '더러운 것' 중 하나였다. 사춘기 때에는 내게 음란마귀가 씌었다고 걸핏하면 회초리를 들었다. 전도사의 심기를 더 건드리기 위해서 일부러 '성'과 관련된 죄목들을 나열하는 것을 즐겼다.

다락방에 갇혔을 때의 공포도 한몫했다. 어느 날, 오줌이 마려워서 빈 깡통에 오줌을 누고 잠든 적이 있었다. 녹색 바탕에 핑크 빛 복숭아가 탐스럽게 그려진 황도 통조림 깡통이었다. 아직 단내가 빠지지 않은 게 문제였다. 어디서 기어 나왔는지 모를, 개미들이 깡통 주위로 맴돌았다. 아니 개미 세상이라고 해도 과언이 아니었다. 깡통 표면을 까맣게 덮었던 그것들은 오줌 흔적을 따라 두 다리 사이로 들어왔다. 허벅지 안 속살과 작은 성기를 물어뜯었다. 바지와 팬티를 벗었다. 살갗을 기어오르는 개미들을 보이는 대로 눌러 죽였다. 죽인 만큼 배로 불어난 개미들이 기어 나왔다. 물린 그곳은 긁어도 시원해지지 않았다. 죽기 살기로 팍팍 긁었다. 손톱에 피가 맺혔다. 잠이 들었다. 일어났을 때 사타구니 사이로 긴 풍선처럼 벌겋게 부풀어 오른 녀석이 고통스럽게 울부짖었다. 그 고통과 거추장스러움은 일주일 이상 갔다. 청소년이 돼서도 흥분될 때가 있었다. 자위라도 하려고 하면 개미들이 몰려와서 성기를 깨무는 환상에 사로잡혔다. 그것은 쾌감이 아니라 고통이었다.

군대 가기 전, 동기들 몇이 '총각딱지' 떼어 준다는 명목으로 불법 마사지 업소로 나를 데려 간 적이 있었다. 다들 술에 취해 거나해지자 동기들이 더 흥분했다. 나는 입구에 쪼그리고 앉아서 그들이 일을 다 끝내고 나올 때까지 담배만 빨아댔다. 홀을 거니는, 드레스를 입고 화장을 짙게 한 마네킹 같은 여자들이 무섭기도 했지만 누군가가 내 성기를 빤다는 것은, 검은 개가 그곳을 물어뜯는 것과 같았다. 개미떼에서 검은 개 이미지가 덧붙여진 것은 여 교수 때문이었다.

하필이면 검은 개일까.

언제였던가, 섬 친구에게 고민을 털어놓은 적이 있었다.

나는 교수만 보면 검은 개가 생각 나. 검은 개가 말이야, 내 것을 꽉 물어 버리는 것. 보신탕을 허겁지겁 먹는 것을 봐서 그럴까.

처음부터 말하려고 했던 것은 아니었다. 취기가 올라오자 두려움이 없어져서 내내 나를 짓누르고 있던 것을 털어놓았을 뿐이다. 심각한 나와 달리 친구는 내 말이 끝나기도 전에 배꼽이 빠져라 웃어댔다. 머쓱해져서 술만 연거푸 마시고 있는 내게 얼굴을 들이밀며 나직하게 물었다.

너, 그 교수하고 자고 싶냐?

친구가 그렇게 말했을 때 깜짝 놀랐다. 그런 생각은 꿈에도 해본 적이 없었다. 하지만 그 순간 내 내면 깊숙한 곳에서는 여 교수의 얼굴과 비너스의 얼굴이 교차되었다. 누가 되었든 둘 중 하나를 발가벗긴 채 올라타 내 성기를 핥게 하고 싶었다. 욕망이 들킨 것이 민망스러웠다. 세차게 고개를 저으면서 더 큰 소리로 아니라고 했다. 친구가 능글맞게 웃으면서 제안을 했다.

그러면 말이야, 그 교수 미행을 해보자. 모르지. 숨겨놓은 애인이 있을지도. 애인하고 정사하는 장면을 목격하면 그런 느낌이 없어질 수도 있을 거야. 어때? 내기할래? 먼저 목격한 사람이 술을 얻어먹기로 말이야.

친구의 치기 어린 승부에 내키지 않았지만 승낙하고 말았다. 기간은 일주일로 한정했다. 일명 '개 작전'이라는 이름까지 붙였다. 그것은 한번 물면 상대가 죽을 때까지 놓지 않는다는 근성을 가진 로트와일러의 공격성을 염두에 둔 것이었다. 눈에 띄는 것 자체를 싫어하는 내 성격이 오히려 미행을 하

184

는 데에는 유리할 수 있었다.

내가 밝혀낸 것들은 사소했다. 월요일과 수요일 밤에 단골 바에서 보드카를 마신다, 그것도 혼자 키핑 한 술을 마시고 집에 가서 잔다……. 특별할 것은 없었다. 내가 미행하는 동안에는 그 허름한 보신탕집에 가지도, 그 남자와 만나지도 않았다. 나는 바에서 술을 마시는 장면을 휴대폰 카메라에 담아뒀다. 어떤 증거로 사용될지 몰라서였다.

목요일이었다. 조교 편으로 여 교수가 나를 찾는다는 전갈을 받았다. 내내 결강을 하고 있어서 학점에 미련은 없었지만 미행을 들킨 것 같아 조마조마했다. 음료수 캔을 들고 연구실로 향했다.

그녀는 연구실에 혼자 있었고 드롭 커피를 내리고 있었다. 커피 향이 좋았다. 그녀가 내 앞으로 커피 한 잔을 내밀었다. 나를 찬찬히 훑어봤다. 글은 잘 되니? 리포트는 잘 되고 있니? 학교생활은 어떠니? 라는 질문은 없었다. 커피를 다 마실 즈음, 여 교수는 내 옆에 섰다. 컬이 많은 내 머리카락에 손가락을 끼우더니 헝클어뜨렸다. 내 오감은 쥠쇠로 조이는 것 같기도 바늘귀에 실을 끼워 넣고는 한없이 늘리는 것 같기도 했다. 고개를 숙였다. 내 몸이 팽창되는 것과 달리 침묵이 늘어질 대로 늘어졌다. 나는 둘 중 하나를 선택해야 했다. 연구실 밖으로 나가든지, 아니면…….

도망치듯 연구실을 빠져나왔다. 등 뒤에서 여 교수가 나를 부르는 것도 같았다.

금요일 오전, 교수 강의가 있는 시간에 그녀가 혼자 사는 아파트로 향했다. 뒤쪽 베란다 문이 항상 열려있는 것을 미리 봐 뒀다. 열려있는 2층 베란다 창을 통해 실내로 들어갔다. 20평 실내는 특별한 장식이 없었다. 거실과 침실에 책만 가득했다. 침대 옆 협탁에는 비타민과 인슐린, 수면제 알약이어지럽게 널려있었다. 침대 밑으로 들어가 몸을 숨기고 있었다. 아무것도 하지 않고 숨기. 참고 굶기. 글을 쓰는 것보다 내가 더 잘할 수 있는 재능이었다. 그녀는 밤늦게 알코올 냄새를 풍기며 들어왔다. 샤워를 하고 와서는 침대에 누웠다. 그녀의 엉덩이 굴곡만큼이나 매트리스가 아래로 내려오는 것을 어둠 속에서 감지했다. 손으로 뭔가를 찾는 소리가 들렸다. 곧이어 인슐린 용액 빈 병과 수면제 알약 껍질이 침대 아래로 떨어졌다. 어딘가로 전화를 했다. 한 번 했을 때 받지 않자 여러 번 같은 번호로 하는 것 같았다. 상대방이 전화를 받았다. 그녀는 울음 섞인 목소리로 사랑을 갈구했다. 내내 아무 말이 없던 상대방이 전화를 끊어버렸다. 그녀는 전화가 끊긴 줄도 모르고 또다시 애원했다. 시간이 얼마나 흘렀을까. 잠들었나 싶을 때 선상의 아리아에 교성이 섞여 들렸다. 흐느끼듯 가느다란, 환희에 찬……, 침묵하기까지 매트리스는 삐걱거리며 소리를 내다가 잠잠해졌다.

친구와 약속한 일주일이 되었다. 나는 친구한테 처음으로 술을 샀지만 아무 말도 하지 않았다. 여 교수는 표정이 없었고 향수 냄새가 진했으며 몸매를 여실히 드러내는 원피스를 입고 똑 부러진 강의를 했다. 나는 그녀를 봐도 예전처럼 흥분되지 않았다.

# 노트 6

　성공적인 수술 이후로 안나는 다른 아이들에 비해 발육이 더디었지만 시나브로 건강을 되찾아갔다. 파란빛이 돌던 입술은 붉은빛을 되찾았고 뺨도 장밋빛으로 물들어갔다. 달음질도 하게 되었다. 식욕도 왕성해서 무엇이든 잘 먹었다. 하지만 여전히 강한 햇살 아래로 나가기를 꺼려했다. 눈이 부셔 눈물이 난다고 했다.

　직원들 숙소를 별장으로 개조한 K는 일층에서 안나가 마음껏 뛰어놀 수 있게 넓은 홀을 만들었다. 안나는 곧 싫증을 냈다. 밖으로 나가고 싶어 했다. 해가 지면 섬 마을을 돌아다녔다. 나가지 못하게 해도 그녀는 달빛 아래에서 마음껏 뛰어놀다가 새벽이면 들어왔다. 그녀 옆에는 늘 김이 있었다. K는 안나보다 한 살 위인 김이 오빠처럼 그녀를 챙긴다는 것을 알기에 어느 정도 마음을 놓을 수 있었다.

　그러던 어느 날, 밤 외출에서 돌아온 안나의 하얀 원피스가 피로 얼룩져 있는 것을 발견했다. 기겁한 K는 혹시나 하는 마음에 김을 무섭게 추궁했다. 하지만 그것은 자연스러운 현상이었다. 영원히 아기로 남을 것 같던 안나가 드디어 여자가 된 날이었다.

　생리를 하게 된 이후 안나의 행동은 이상해졌다. 자꾸 별장 건물에서 울음소리가 들린다고 했다. 안나는 울음소리를 따라 건물과 정원을 돌아다녔다. 한 곳에 오래 앉아 허공에 대고 이야기를 하기도 했다. 까르르 웃기도 화를 내기도 하며 장난을 쳤다. K는 혼잣말하는 안나를 붙들고는 도대체 누구하고 이야기를 하냐고 물었다. 안나는 그녀가 앉아있는 바로 아래를 가리켰다. K가 보기에 아무것도 없었다. 안나는 맨손으로 돌멩이를 치우고 흙을 파기 시작했다. 도저히 그 광경을 지켜볼 수 없었던 K는 삽을 들고 와서 땅을 파내려 갔다. 땅을 파서 아무것도 없다는 것을 보여주면 더 이상 안나가 이상한 행동을 하지 않을 줄 알았다. 하지만 얼마 파지 않아 유골이 나왔다.

안나는 유골에 대한 신상정보를 상세하게 K에게 말하기 시작했다. 너무 놀라서 입을 다물지 못하고 있는 K를 아랑곳하지 않고 아주 진지하게 말했다.

아버지, 이 아저씨가 춥다고 해요. 따뜻한 곳으로 가고 싶다고 전해 달래요.

안나는 이상한 행동을 계속했다. 그녀가 손으로 가리킨 곳은 틀림없이 유골이 나왔다. 유골과 한참을 이야기했고 웃었으며 방방 뛰었다. 급기야는 알 수 없는 노래를 흥얼거리면서 춤까지 추었다.

K는 도저히 견딜 수가 없었다. 평범한 소녀를 만들기 위해서 수술을 감행했는데 이제 소녀는 평범할 수가 없었다. K는 안나 때문에 다시 깊은 고민에 잠겼다. 도저히, 더 이상, 괴상하게 행동하는 안나를 보고 싶지 않았다.

K는 안나가 가리키는 곳, 그렇지 않으면 외지에서 온 사람들이 찾아낸 사체들을 한데 모아 무덤을 만들었다. 오래전부터 섬에서 영혼을 달래기 위해 사용했다는 가면을 죽은 자들에게 씌워주었다. 마을 무녀가 만든 가면을 사용했고 진혼굿과 함께 위령제를 지냈다. 안나의 증상은 여전했다. 셀 수 없이 많은 유골을 계속해서 찾았고, 허공에 대고 보이지 않은 대상과 이야기를 했다. 발견된 유골에게 씌어줄 무녀의 가면은 턱없이 부족했다. 도대체 얼마나 많은 사람들이 이곳에 묻혔단 말인가. K는 선교사들의 비밀 실험이 자신들 못지않게 진행되었음을 알고 절망했다. 시간이 갈수록 안나는 눈부시도록 아름다운 자태를 뽐냈지만 그녀의 놀이 대상은 산사람이 아니었다.

안나를 지켜보는 K도 온전한 정신이 아니었다. 그의 손에서 죽어간, 심장을 도려냈던 사람들이 밤마다 나타났다. 그중에서 안나에게 심장을 제공했던 그 여자, 김의 엄마, 김의 엄마가 어스름이 낄 때면 다소곳이 K의 침대 맡으로 왔다. 눈을 감은 채 한참을 앉아 있다가 갔다. 그는 안정을 취하고 싶었다. 아니마 술을 폭음했다. 가면을 사용하는 횟수가 늘었다. 그때까지만 해도 안나를 무녀로 만들어야겠다고 생각하지는 않았다.

어느 장마철이었다.

비가 쏟아져 밤에도 밖으로 나갈 수 없는 안나는 그녀의 방 구석진 곳에서 허공에 대고 이야기를 하고 있었다. K는 그녀에게 그 짓을 그만두라고 버럭 고함을 질렀다. 처음으로 안나에게 화를 낸 날이었다. 안나는 K의 성난 목소리에 전혀 동요하지 않고 그를 돌아보면서 싱긋 웃었다. 그리고는 그녀의 가슴을 가리켰다.

아버지, 가슴이 그렇게 시켜요. 제 가슴이, 계속 울어요. 슬픈 사람이 이곳에 너무 많다고……

# 7. 슬랩스틱 메시지

안나가 별장에 머무른 뒤부터 별장은 활기를 찾았다. 별장은 더 이상 울지 않았다. 안나를 데려다주지 않아도 노인은 아홉 시 삼십 분에 CCTV에 얼굴을 들이밀었다. 내가 보고 있다는 것을 아는 듯 활짝 웃다가 발아래에 있는 종이 상자를 가리켰다.

"젊은이, 비도 그쳤고 날도 따뜻하니 황토집 지붕을 수리해야지? 죽데기랑 그 밖의 수선 도구를 가지고 왔어. 자네가 안으로 들여놓아야겠네. 조만간 외부에서 지붕수리를 하러 올 거야, 허허."

"……."

어머니의 죽음을 목격한 아이. 황토집 비밀 지하실. 노인은 그곳을 알고 있었고 혼령들을 볼 수 있었다. 그러면서도 외부 수리공을 부른다고 했다. 마루가 썩어 내려가서 비밀 지하실이 훤히 보인다고 말할까. 나는 입술을 달싹거려 보았다. 접착제를 바른 것 마냥 꿈쩍하지 않았다.

"젊은이, 아직 기운을 차리지 못했나?"

모니터에 장정 두 명이 죽데기가 든 자루를 경운기에서 내리는 모습이 잡혔다.

노인과 나는 무녀 집에 있었던 일은 언급하지 않았다. 일종의 침묵으로 서로를 견제했다. 여전히 나는 침묵을 고수했다. 전화가 끊겼다. 침대에 누워 버렸다. 모든 행동에 일일이 반응할 기력이 없었다. 시간이 얼마나 흘렀는지조차 알고 싶지 않았다. 안나는 평상시처럼 2층 청소를 하거나 다락에서 베를 짜고 있을 것이다. 자꾸 졸음이 밀려왔다. 이불을 머리끝까지 뒤집어쓰고 눈을 감았다. 눈꺼풀 안쪽에 황금빛이 아른거렸다. 여 교수가 흐느끼고 있었다.

시간이 또 얼마나 흘렀을까. 어스름이 주위로 스며들었다. 몸을 뒤척였다. 몸이 가벼운 흥분으로 들떠 있다가 뜨거워졌다가 가슴이 답답해졌다가 했다. 소금에 전 정어리처럼 욕정으로 압축된 느낌이었다. 손가락으로 약간만 눌러도 터져버릴 것 같았다. 미세한 바람이 불었다. 아로마 향이 맡아졌다. 나른한 기운이 몸을 감쌌다. 몸을 가눌 수 없을 정도로 늘어졌다. 머릿속에서는 개미 행렬이 지나갔다.

한 마리, 두 마리…….

머리맡에 촛불이 켜졌다. 발바닥이 간지러웠다. 엄지검지중지약지새끼발가락. 종아리에 솜털로 부비는 듯한 감촉이 느껴졌다. 종아리를 스치고 사타구니를 지나 체모까지 닿았다. 체모는 솔가지처럼 거칠고 숱이 많았다. 숲 한가운데에 커다란 나무가 태양을 향해 우뚝 솟았다. 배꼽과 젖꼭지 주위로, 가슴골을 타고 목덜미로……. 아로마 향이 물결치며 흘러내려왔다. 개미 세 마리, 네 마리…….

……백 마리, 백한 마리……. 윤기가 흐르는 털을 가진 검은 개……. 익숙한 콧노래가 들렸다. 욕정이 나를 삼키자 신음이 터졌다. 신음, 흥얼거리는 주문 같은 콧노래, 신음, 콧노래…….

갈색 머리카락은 불뚝 솟은 내 뿌리를 꿈지럭거리며 빨고 하얀 원피스는 하늘거리고 목은 쉰 신음을 끌어올렸다. 하얀 원피스가 펄럭였다. 보드라운 허벅지가 내 허벅지를 내리눌렀다. 신경세포가 온통 몰려있는 그곳을, 그곳을 검은 구멍이 육중한 무게로 감싸 안았다. 어느 사이 내 몸은 사라지고 욕정만 남았다. 욕정은 불꽃 이는 거대한 기둥이 되었다. 기둥만 우뚝 서 있고 나머지는 꿀처럼 흘러내렸다. 더 이상 나는 내가 아니었다. 단단해진 몸이 통로가 되어 환락이라는 블록을 채우기 위해 몸부림쳤다. 시커먼 구멍이 엄습했을 때 이미 허공에서 몸이 흐트러진 뒤였다. 하얀 원피스가 스르르 사라지자 푸른빛이 점멸했다가 소등했다. 먼 곳에서 아련하게 틱, 틱, 소리가 리드미컬하게 들렸다. 바람 한 점 없이 적막했다.

시간이 또 얼마나 흘렀던가. 암막 커튼을 창문에 달았다. 햇볕도 더 이상 비추지 않았다. 어두운 밤이었다. 홀에서 여 교수가 흐느끼는 것을 본 뒤로 내 방에서 나가지 않았다. 노인이 모닝콜을 했지만 더 이상 받지 않았다. 눈이 떠지면 떴고 배가 고프면 허기만 간신히 없앴고 화장실에 가고 싶으면 갔다. 그리고 다시 누웠다. 깊은 나락으로 빠져 들어갔다. 여 교수의 방이었다. 그녀 침대 아래에서 웅크리고 있었다. 이곳으로 오기 전날, 나는 술을 마시고는 어떤 호기로 여 교수 아파트로 잠입했다. 침대 아래에 들어가서 잠들어버렸다. 잊었던 기억이 되살아나고 있었다. 그런데 왜 죽었을까. 바닥에 인슐린 병과 수면제 알약 껍질이 흐트러져 있었다. 나는 그것을 주워서 호주머니에 넣고 왔던 적도 있었다. 그날도 그녀는 인슐린을 맞고 수면제를 먹었다. 여 교수의 입에서도 내 입에서도 술 냄새가 진동했다.

잠에서 깬 나는 침대 아래에서 기어 나왔다. 나를 본 여 교수의 휘둥그레진 눈동자가 아른거렸다. 나는 바로 무릎을 꿇고 애원했다. 아, 저를 한 번만 안아주세요. 더 이상 바라는 것은 없어요. 저는 내일 이 세상에 없을 수도 있어요. 수면제를 먹은 그녀는 나를 게슴츠레 훑어보더니 벌레 보듯 침대 한구석으로 몸을 웅크렸다. 그러면서 외쳤다. 나는 네 눈빛이 싫어. 무서워, 저리 가! 저리 가! 꺼지란 말이야, 악마 같은 놈아! 머리가 아찔하면서 통증이 사타구니 사이를 꼬집어댔다. 생각과 달리 몸을 제대로 가눌 수가 없었다. 다리에 힘이 없었다. 살아있는 낙지처럼 몸뚱이가 흐물흐물 늘어지다가 부풀어 오르자 단단한 뭔가가 가슴을 옥죄어 왔다. 걸치고 있는 옷이 거추장스러웠다. 옷을 하나하나 벗어버렸다. 옷을 벗자 가슴이 좀 편안해졌지만 갈증이 관자놀이에서 파열되면서 목구멍을 태웠다. 파래가 낀 검푸른 우물이 파문을 일으켰다. 침대에서 굴러 떨어졌다.

"물 좀 줘……. 안나……."

본능적으로 안나 이름이 입에서 터졌다. 무릎걸음을 하고는 냉장고 문을 열었다. 벌컥벌컥 찬물을 마셨다. 찬물이 몸속으로 들어오자 정신이 조금 돌아왔다. 문틈으로 황금빛이 방 안으로 스며들었다. 아련하면서 선명하게 틱, 틱, 소리가 리드미컬하게 들렸다. 기어서 방문을 열었다. 빛의 진원지를 알고 싶었다. 그동안 암막 커튼이 창문을 가려서 빛을 보지 못했을 뿐이다. 이제야 깊은 잠에서 깨어났다는 듯이 모든 것이 새롭게 보였다. 정신을 차려야 했다.

방구석에 숨어있는 한 물밀듯 밀려오는 두려움을 이겨낼 수는 없었다. 분명히 무슨 일이 일어나고 있었다. 도대체 나는 그동안 무엇을 밝혀냈고 무엇을 알아냈던가. 영무도와 별장, 노인과 안나, 살인과 웃음, 악몽과 저 은은한 황금빛과 여 교수. 눈을 감았다. 숨을 깊이 들이마셨다가 뱉었다. 방문을 밀치고 홀로 나갔다. 나무토막 십자가가 무릎에 걸렸다. 팔을 뻗어 치워 버렸다. 몽롱한 의식이지만 안나의 콧노래와 맑은 웃음소리가 여느 때보다 더 경쾌하고 또렷하게 들렸다. 홀에는 온통 황금빛이 출렁거렸다. 여 교수는 어디에도 없었다. 이 황금빛은 어디서 흘러오는 것일까.

꿈속인 듯했다. 밝은 햇살이 할머니가 잠들어 있던 무덤으로 쏟아졌다. 황금색 크레용을 아끼지 않고 덧발랐던 색 그대로였다. 마지막 가는 길에 입은 수의 차림으로 할머니가 빛 한가운데에 서서 내게 손짓을 했다. 두 팔을 벌려 품에 안기라고 하지는 않았다. 대신 오른손을 들어 손등이 보이게 오므리고 펴기를 반복하면서 어서 가라고 했다. 하지만 나는 다가갔다. 다가갈수록 할머니는 뒷걸음질했다. 마침내 황금빛 물결 속으로 들어갔다. 눈이 부셔 눈을 감아버렸다.

*

눈을 떴다. 빛을 따라 2층 계단으로 엉금엉금 기어가기 시작했다. 2층 거실도 황금물결로 출렁거렸다. 다락방으로 향하는 계단을 가리고 있던 휘장은 걷혀 있었다. 다락방이 빛의 진원지였다. 얼굴들이 나타난다 해도 두렵지 않았다. 황금빛이 그곳에 있었다. 다리에 힘을 줄 수 없어서 양팔로 틱, 틱, 소리에 맞춰 기다시피 다락으로 향했다.

다락방은 예전에 내가 봤던, 음침하고 어둡고 구석진 곳마다 거미줄이 진을 친 것과 달랐다. 흡사 대낮과 같았다. 벽 구석진 곳에 거미줄이라고 생각했던 것은 거미줄처럼 가늘고 하얀빛을 반사시키는 실타래였다. 사방 벽에 걸려있는 실타래는 베틀과 연결되어있었다. 베틀은 일반적인 형태와 달리 커다란 원형이었다. 그 안에 안나가 있었다.

실내에 바람 한 점 없었지만 풀어헤친 긴 머리카락이 바람에 날리듯 공중에 떠 있었다. 머리카락 한 올 한 올이 마치 살아있는 것처럼 움직였다. 안나의 몸은 거미줄 같은 투명 실로 엉켜 있었다. 그녀는 실 한 올 한 올을 만지면서 베틀에 옮겨놓고 있었다. 황금빛은 그녀의 하얀 살결에 반사되어 흡사 몸에서 빛이 쏟아지는 것처럼 보이게 했다.

안나가 벗어놓은 옷은 원형의 베틀 바깥쪽에 있었다. 베틀 오른쪽에는 황금빛에도 불구하고 불 켜진 램프가 놓여 있었다. 램프 상부에는 올빼미, 다리 부분에는 스핑크스가 조각되어 있었다. 비어 있던 액자에는 젊은 남자 초상화가 나를 내려다보고 있었다. 눈썹은 구둣솔처럼 검고 두껍고 빳빳했으며, 갈색 눈동자는 다소 신경질적이었다. 날렵한 콧날과 긴 인중, 탈색된 얇은 입술, 좁은 턱. 어딘가 낯익었다. 누굴까. 몇 초 뒤, 옷차림만 다를 뿐이지 내가 거울을 볼 때마다 만나는 얼굴이라는 것을 알았다. 나를 닮은 남자가 오른손에 가면을 들고 있어서 더욱 놀랐다. 안나는 베틀을 움직이면서 감미로운 자장가를 흥얼거리고 있었다.

나는 두 팔을 먼저 다락 바닥에 대고 팔꿈치와 어깨에 힘을 주고는 몸을 끌어올리려 했다. 힘이 없는 두 다리가 그 반동에 앞뒤로 흔들리면서 철 계단을 쳤다. 뜻하지 않은 소음에 실타래를 들고 있던 안나가 내 쪽으로 시선을 돌렸다.

눈이 마주치자 못 볼 것을 보기라도 한 것처럼 화들짝 놀라며 베틀에서 벌떡 일어났다. 오히려 당황한 사람은 나였다. 그동안 보았던 안나의 표정도 아닐뿐더러 생김새도 달랐다. 살이 빠지고 황금빛이 범접할 수 없는 신비감을 자아냈다. 안나의 눈동자는 푸른빛이었다. 밤마다 환상적인 쾌감을 느낄 때 점멸했던 빛. 안나가 아니라 푸른 눈의 여자였다.

사력을 다해 내 몸을 다락방으로 끌어올렸다. 힘없는 다리로 간신히 일어났을 때, 나 역시 알몸이라는 것을 알았다. 전혀 부끄럽지 않았다. 안나이면서도 안나가 아닌, 푸른 눈의 무녀를 향해 걸어갔다. 그녀가 있는 한 어떤 악몽도 두렵지 않았다. 그녀는 점점 다가오는 나를 침착하게 바라보며 검지로 자신의 입술을 막았다 떼고는 천천히 입술을 움직였다.

감. 정. 을. 숨. 기. 세. 요.
건. 물. 이. 당. 신. 을. 읽. 어. 요.

이미 늦었다. 황금빛이 순식간에 사라졌다. 벽들이 흔들리면서 괴상한 소리를 냈다. 익숙한 두려움이 엄습했다. 내 두려움을 메아리처럼 받아들인 벽이 확성기가 되어 울음소리를 몇 배로 되돌려주었다. 송곳에 찔리는 것과 같은 통증이 일었다. 귀를 막고 엎드렸다. 통증은 혈관 여기저기를 재봉 바늘이 누비고 다니면서 장기들을 터트리는 것과 같았다. 다락방은 그야말로 젤로 된 괴물이었다. 초상화 속 남자가 얼굴을 일그러뜨렸다. 동시에 벽을 주먹으로 내리치거나 다급하게 달음질하는 소리가 들렸다. 나는 괴물과 같은 방에서 도망쳐야 했다. 금방이라도 채찍질이 내 등을 후릴 것 같았다. 두 다리가 움직이질 않았다. 황금빛이 사라진 어두운 철 계단이 아득하기만 했다. 점점 내 공포가 몸집을 키우면서 악몽들을 불러내려고 했다. 벽에서 울리는 울음소리도 따라서 커졌다. 예전 얼굴들이 떠올랐다. 안나를 향해 외쳤다.

"어서 도망쳐!"

안나는 내 고함에도 아랑곳하지 않고 벽 울음에 상응할 만큼 큰 웃음을 터뜨렸다. 저 웃음이 안나의 본심이 아니라는 것을 어렴풋이 알 것 같으면서도 따라 웃을 수가 없었다. 공포가 더 커질수록 크게 웃어야 한다는 것을 직감했지만 나는 얼굴을 잔뜩 찌푸렸다. 그녀의 웃음소리를 흡수한 벽들은 울음소리를 잦아들게 했다가 내 공포를 다시금 되새기는지 아우성을 내질렀다. 벽은 간헐적으로 침묵했다가 통곡했다. 도저히 감정을 다스릴 수가 없었다. 안나의 웃음소리가 가까워졌다. 가까워질수록 그녀의 눈동자는 푸른빛이 옅어졌다.

나는 철 계단을 내려가려고 엉덩이를 바닥에 질질 끌고 계단 입구로 갔다. 두 다리가 허공에 매달려 떨어지려는 순간 안나가 내 어깨를 붙잡았다. 황급히 나를 끌어올려 바닥에 눕혔다. 내 얼굴을 어루만지면서 자장가를 흥얼거렸다. 매끈하고 차가운 손길이 이목구비를 쓰다듬고 아로마 향이 정신을 혼미하게 했다. 더 이상 울음소리는 들리지 않았지만 순식간에 채찍이 공중을 갈랐다. 얼굴들이 점점 다가왔다. 누워있던 나는 본능적으로 일어나 안나를 안고 쓰러졌다. 칼날 같은 채찍이 사정없이 내 등을 후렸다. 모든 형체가 물결처럼 굴절됐다. 일그러진 얼굴들이 바로 코앞에서 나를 물어뜯을 것처럼 입을 벌렸다. 숨을 쉴 수 없어서 컥컥거렸다. 소리가 물속처럼 둔탁하면서도 느리게 울렸다. 안나가 내 입에 숨을 불어넣어 주고 있었다.

\*

한꺼번에 터트리는 웃음소리가 났다. 광선이 황금빛에서 백색으로 바뀌었다. 클로즈업된 공포가 주위 풍경 속으로 물러났다. 눈을 떴다. 눈앞에 턱시도를 입은 후리후리한 가면 쓴 신사가 미끄러지듯 계단 아래로 굴러 떨어졌다. 웃음소리가 한꺼번에 또 터졌다.

스크린에서 첫 번째 슬랩스틱이 재생되고 있었다. 가면 신사는 몸 개그를 했다. 보이지 않은 방청객이 한바탕 소란스럽게 웃어댔다. 웃음소리는 노트북에서 듣던 것과는 달리 입체적이었다. 스크린에서 들리는 소리가 방음벽을 치고 되받아치며 소리를 증폭시켰다.

기억이 가물거렸다. 나는 황금빛을 따라 다락방으로 올라갔다. 베를 짜는 안나를 보았다. 그리고 정신을 잃었다? 기억이 전부 떠오르지 않았다. 몸도 나사가 빠진 것처럼 삐거덕, 거렸다. 다리가 마비되어 힘이 빠져나가고 등이 화끈거렸다. 지친 몸과 달리 머릿속은 개운하면서 가벼워졌다. 스크린으로 시선을 돌렸다.

첫 번째가 끝나고 두 번째로 이어지고 있었다. 두 번째도 첫 번째와 같은 패턴이었다. 점잖게 턱시도를 차려입은 가면 신사가 도구를 가지고 퍼포먼스를 했다. 방청객은 시도 때도 없이 웃었다. 중간중간 보랏빛 입술은 묵언의 말을 했다. 첫 번째가 사다리, 베틀, 비밀의 문, 계단 순서라면 두 번째는 욕조, 욕조 속 구멍, 구멍으로 이어진 긴 파이프, 하수구 순서였다.

신사는 점잖게 욕조에 누웠다. 몇 분 동안 요동이 없었다. 갑자기 샤워기에서 물이 쏟아졌다. 장면이 바뀌었다. 신사가 욕조 아래에 뚫린 구멍을 통과해 하수구와 연결된 파이프 중간 즈음에 걸렸다. 파이프는 사람이 들어갈 수 있도록 만든 모형이었다. 진짜 물이라고 생각될 정도로 물속에 잠긴 신사는 죽은 듯 미동조차 없었다. 마침내 물살에 밀려 하수구로 떨어졌다.

영무도가 한눈에 들어왔다. 하트 모양의 모형에 섬 곳곳으로 뻗어있는, 일곱 개의 하수도 터널이 크리스마스트리에 걸어놓은 꼬마전등 줄처럼 반짝였다. 마지막이 압권이었다. 배경이 바뀌었다. 이번에는 침대였다. 침대 위에 신사가 엎드려있었다. 방청객 웃음소리가 들리자 신사는 벌떡 일어났다. 바지 지퍼를 갑자기 내렸다. 무대 소품인 거대한 성기를 꺼냈다. 성행위를 하는 시늉을 했다. 간간이 오르가슴을 느끼는 표정도 연출했다. 그때마다 정액이 아니라 핏줄기가 물총에서 물이 나가듯 뿜어져 나왔다. 한 장면에서 열 번 정도 사정을 했고 그때마다 성기는 조금씩 줄어들어갔다. 마침내 피를 많이 뿜어낸 신사가 쓰러졌다. 그리고 엔딩이었지만 처음으로 되돌아가서 또다시 재생되었다. 영화가 상영되는 동안, 웃음소리가 내내 끊이질 않았다. 나는 계속해서 반복되는 영화를 보면서 생각에 잠겼다. 울음소리를 듣지 않아도 되는 유일한 패닉룸과 같은 곳이 별장 2층 남쪽 침실이라고.

*

방으로 돌아온 나는 슬랩스틱 디스크를 꺼내 노트북에 넣었다. 현실과 환상 사이에 어떤 실마리가 있을 것 같았다. 어떤 실마리를 해독하는 것이 노인의 의도라면 가면 신사가 나오는 영상이 단서여야 했다. 마음이 다급해졌다. 뚜렷한 메시지를 찾고 싶었다. 내 기억도 현실과 환상을 넘나들며 어떤 것이 진실인지 거짓인지조차 헷갈렸다.

슬랩스틱을 반복해서 재생했다. 의문 난 부분은 일시정지를 하거나 느리게 재생하면서 보랏빛 입술 메시지를 찾는데 주력했다. 입술 모양대로 문장을 만들어갔다.

보. 이. 는. 것. 이. 전. 부. 가. 아. 니. 다.

보. 이. 지. 않. 는. 것. 이. 전. 부. 가. 아. 니. 다.
보. 이. 는. 것. 도. 보. 이. 지. 않. 는. 것. 도. 보. 이. 는. 것. 이. 다.

공. 포. 를. 즐. 겨. 라.
환. 락. 을. 즐. 겨. 라.
공. 포. 도. 환. 락. 도. 결. 국. 은. 공. 포. 다.

진. 실. 을. 즐. 겨. 라.
거. 짓. 도. 즐. 겨. 라.
진. 실. 도. 거. 짓. 도. 결. 국. 은. 진. 실. 이. 다.

당. 신. 은. 선. 택. 의. 기. 로. 에. 있. 다.

나는 여러 차례 재생해서 해석한 문장을 노트에 적었다. 이 문장을 보랏빛 입술이 반복하고 있었다. 동영상 속 문장이 던지는 최종적인 메시지는 결국은 보이는 것과 보이지 않는 것, 공포와 환락, 거짓과 진실 사이에서 '선택의 기로'에 서 있다는 것이다.

처음으로 노인이 보낸 음식을 먹지 않았다. 맨 정신으로 밤을 지새우고 싶었다. 방청객의 웃음소리가 울음소리로 들리듯 별장 안의 울음소리가 웃음소리가 될지, 웃음소리든 울음소리든 결국은 울음소리로 될지 알고 싶었다.

자정이 가까워지자 여 교수 아파트로 침입했을 때처럼 침대 밑으로 기어들어갔다. 밤마다 두려우면서도 환상적인 오르가슴을 느꼈다. 이것이 내 것이 아닐 수도 있다는 생각이 들었다.

# 노트 7

무녀는 가슴이 두근거렸다. 아직 K의 외동딸을 양녀로 들인 것은 아니지만 안나의 푸른 눈을 보면 절로 설레었다. 이 설렘은 그동안 담담하게 모든 일을 수행해 온 무녀에게 도발적인 감정이었다. 그래서 안나를 양녀로 삼아야 할지 망설였다.

달이 뜨고 있었다. 무녀는 안나를 보았다. 푸른 눈으로 자신을 바라보는 눈빛은 호기심과 두려움으로 가득 차 있었다. 반항적이지는 않았다. 무녀는 아로마 향을 뿌린 물을 욕탕에 채웠다. 안나를 목욕시키는 무녀 입에서 저절로 자장가가 흘러나왔다.

무녀는 안나의 몸에 묻은 물기를 다 닦아준 뒤, 가랑이를 벌리게 했다. 그곳에 손가락을 밀어 넣었다. 손가락을 뺐을 때 피가 묻어 나왔다.

발가벗은 둘은 무녀의 집 뒤에 있는 '참샘'으로 향했다. 참샘은 신성한 물이었다. 이 물길을 따라 영령들이 이동할 수 있었다. 지하에 일곱 갈래의 물길이 있었다. 무녀들만 알았다. 그녀들은 참샘에 몸을 담가서 사람 냄새를 없애야 했다. 그래야 영령들이 거부하지 않았다.

무녀는 참샘 아래로 붉은 앵두 가지가 늘어진 돌담을 빙 둘러서 초를 세워두었다. 촛불을 켜고 시리도록 차가운 샘물에 몸을 담갔다. 안나는 몸을 떨었다. 무녀는 안나의 등 뒤에서 그녀를 감싸며 노래를 불렀다. 무녀의 어머니가 어머니의 어머니가 오래전부터 무녀들이 해야 할 일들을 알려주는 가사였다. 자장가 멜로디였다.

바람이 잔잔하게 불었고 멀리서 풀벌레 소리가 들렸다. 무녀는 안나의 목덜미와 가슴을, 허리를 연속해서 어루만졌다. 소름은 점점 줄어들었다. 시간이 갈수록 추위도 멀어졌다. 어둠과 불빛과 먼 곳에서 들리는 파도 소리와 풀벌레 소리, 무녀의 흥얼거림이 대지와 호흡을 이루며 잔잔한 파장을 만들었다.

안나는 눈을 감았다. 눈 안쪽에 옅은 황금빛이 스며들었다. 무녀의 손끝이 스치는 곳마다 열꽃이 피었다. 머릿속은 점점 비워지고 몸은 가벼워졌다. 안나는 무녀에게 몸을 맡겼다. 시간이 얼마나 흘렀을까. 안나는 괴괴한 적막에 눈을 떴다.

산등성이 너머로 붉은빛이 번져가고 있었다. 무녀는 더 이상 흥얼거리지도 그녀의 몸을 어루만져 주지도 않았다. 안나는 더럭 겁이 나서 뒤돌아봤다. 무녀는 입을 벌리고 고개를 뒤로 젖힌 채 눈을 감고 있었다. 참샘 주위로 해안에 있던 해무가 꾸역꾸역 밀려왔다. 그 안에는 서로 얽히고설킨 뭉뚱그린 얼굴들이 안나를 호기심 어린 눈으로 훑고 있었다. 어떤 이는 안나의 벌거벗은 몸을 보고 깔깔거리면서 같이 놀자고 했다. 하지만 이들은 참샘 안으로 들어오지 않았다. 일정한 거리에서 쳐다보기만 했다.

K는 뭉뚱그린 안나의 친구들을 질색했다. 그는 그들을 볼 수 없었다. 안나가 허공을 보고 말을 걸거나 웃거나 슬픈 표정을 지으면 그들이 왔다는 것을 알았다.

안나에게 온 어떤 이는 밤새 울고 가기도 했다. 그녀가 기억하는 얼굴도 있었다. 아무 말도 하지 않고 눈을 감은 채 조용하게, 한참을 앉았다 가는 여인이었다. 어디서 많이 본 듯하여 여자가 나타날 때마다 웃어주었지만 눈을 감은 여자는 끝내 아무 말도 하지 않았다. 안나의 심장은 여자가 나타날 때마다 거세게 뛰었다. 김이 옆에 있을 때와 같은 반응이었다.

여전히 그 여자가 참샘 밖에서 가슴에 손을 올려놓고 얌전히 앉아 있었다. 무슨 말인가를 할 것 같으면서도 끝내 입을 열지 않을 거라는 것을 어렴풋이 짐작했다. 안나는 여자를 곁눈질로 살피면서 움직임이 없는 무녀를 뒤에서 안았다. 무녀의 몸은 혼이 빠져나간 것처럼 차갑게 얼어있었다. 안나는 조금 전에 무녀가 해주었듯 그녀를 안고 몸을 어루만져 주었다. 무녀의 등에서 따스한 감촉이 느껴졌다. 어느 사이 깨어난 무녀가 안나의 입속에 입김을 넣어주었다. 무녀의 입술은 점점 보랏빛으로 변해갔다. 그리고는 참샘 밖에서 조용히 눈을 감고 있는 여자에게 손을 내밀었다. 눈을 감은 여자는 그때야 눈을 뜨고 가슴에 얹었던 손을 내려서 무녀의 손을 잡았다. 여자의 가슴은 텅 비어 있었다. 안나가 놀라자 어느새 해무 속으로 사라져 버렸다.

참샘에서 몸을 씻은 다음, 안나는 무녀에게 베틀 다루는 방법을 익혔다. 참샘에 들어갔을 때 느꼈던 자연과 한 몸이 되는 상상을 했다. 불순한 생각을 하면 베틀이 멈춰버렸다. 무녀는 안나가 베를 짜는 동안 옆에서 지켜보며 자장가를 흥얼거렸다. K가 부탁한 대로 낮에는 안나를 밖으로 내보내지 않았다. 무녀 수업은 대부분 밤에 이루어졌다. 무녀의 노랫가락과 리듬은 안나의 불안을 달래주었다.

무녀의 양녀가 된 안나에게 두 달이라는 시간은 너무나 빨리 흘러갔다. 이틀 뒤가 하지였다. 마을 사람들은 연안을 따라 대나무를 띄엄띄엄 세웠다. 대나무 꼭대기에도 키 큰 나무 우듬지에도 가면을 걸었다. 하지가 되면 유난히 바람이 많이 불었다. 그것은 먼 곳에서 온 영령들의 물결이었다. 영령들은 함부로 섬에 발을 디딜 수 없었다. 그들만을 위한 통로가 있었고 그곳은 무녀들만 알았다. 마침내 섬으로 들어온 영령들은 꼭대기에 걸린 가면을 쓰고 공중에서 춤을 추었다. 마치 하늘에서 가면이 펄럭이는 것처럼 보였다.

마을 사람들도 그날만큼은 모두 모여서 풍악을 울렸다. 그야말로 산사람과 영령이 공존하는 시간이었다. 별장 안에서 살았던 안나가 알지 못했던, 무녀가 모든 것을 주관하는 바깥 세계의 축제였다. 새끼 무녀가 된 안나는 밤하늘을 수놓는 영령들의 춤을 보면서 가슴이 설레었다. 무녀들만 볼 수 있는 일종의 불꽃놀이였다.

K는 안나가 무녀 수업을 받는 동안 내내 몰래 훔쳐보았다. 무녀 집에는 있으나 별장에 없는 것을 눈여겨보았다. 참샘이었다. 신성한 물이 별장에는 없었다. K는 외부에서 상수도 기술자와 배관공, 일꾼들을 불렀다. 노숙자, 불량자, 범죄인으로 구성된 일꾼들은 기술자들의 명령에 따라 땅 밑으로 굴을 파서 배관작업을 했다. 참샘과 연결된 일곱 개의 물줄기 방향을 바꾸어서 별장으로 향하게 했다. 폭파된 잔해 위로 자라는 사이프러스 사이사이를 뒤져, 정신병 환자나 고문을 받다가 죽은 자들을 찾아내는 일을 계속했다. 찾아낸 사체들을 별장 지하로 옮겼다. 그는 밤마다 울부짖는 소리를 듣고 있었다. 이제 그만, 이 악몽에서 벗어나고 싶었다. 그러기 위해서는 자신만의 하지 축제를 준비해야 했다.

안나가 무녀 수업을 받은 지 일 년이 되는 날 드디어 만반의 준비를 갖추었다. 물길이 변하여 별장 지하로 모였고 그것을 언제든지 수도꼭지로 틀면 받을 수 있었다. 수도꼭지 아래에는 등대와 통하는 배관을 설치했다.

K는 외부에서 온 장정 세 명을 대동하고 무녀가 외출한 틈을 타서 무녀 집으로 갔다. 베틀을 옮기고 안나를 별장으로 데리고 왔다. 무녀를 애타게 찾는 안나에게 그녀가 1년 동안 별장에서 머물 수 있도록 허락한 일이라고 거짓말을 했다. 그 이유를 묻자 K는 안나의 피부를 가리켰다. 햇빛을 제대로 가려주지 못한 무녀의 집은 안나의 피부를 일 년 내내 붉은 반점으로 얼룩지게 만들었고 시력 또한 형편없이 떨어뜨려놓았다.

그해 하지 때는 마을 축제 대신 K만의 의식이 거행됐다. K의 감시 아래, 무녀가 된 안나가 참샘에서 흥얼거렸던 자장가를 부르며 지하에 있는 사체에 가면을 일일이 씌워주었다. 안나의 두 눈에서 알 수 없는 눈물이 쉼 없이 흘러내렸다. 가면은 턱 없이 부족했다.

K만의 의식이 거행되는 동안 별장 대문 철장에 무녀가 매달려 울부짖었다. 그녀의 모든 것, 양녀와 베틀을 빼앗겨버렸다. 그녀는 더 이상 살 의욕이 없었다. 별장은 괴괴한 적막이 감쌀 뿐 무녀의 저항에 아무런 대거리도 하지 않았다. 섬사람들도 나서지 않았다. K가 거의 모든 땅을 소유하고 있었을 뿐만 아니라 안나도 무녀였다. 베틀이 별장에 있다고 해서 문제 될 것은 없었다.

안나는 사실상 별장에 감금당하다시피 했다. 남자들은 물론이고 외부 여자들도 그녀 곁에 얼씬도 할 수 없을 정도로 K가 철저하게 단속했다. 안나는 바깥소식을 전혀 들을 수 없었다. 하지만 익숙한 별장생활은 무녀 집보다 그녀를 더 건강하게 만들었다.

그녀는 아무런 욕망이 없는 반면 아무런 불만도 없는 시간을 보냈다. 간혹 별장에 떠도는 영령들이 불러주는 노래를 들으면서 베를 짰고 깊은 잠을 잤다.

# 8. 선글라스

"허허, 젊은이, 일주일 남은 것 축하하네. 이 담배도 이번이 마지막이겠네, 그려. 그동안 잘 견뎠어. 그리고 내일 외부에서 사람이 온다고 했다네. 지붕 고쳐야 하지 않겠나? 하지 축제까지 마무리 지어야 해. 안나가 있어도 별 방해를 하지 않을 걸세. 그렇지? 별일 없다니 다행이네, 그려. 허허."

수화기 너머에서 매주 저렇게 담배 한 보루를 들고 웃던 노인이 잠시 침묵하는가 싶더니, 호쾌한 목소리로 황토집 수리에 대해 말했다.

나는 얼마 전에 장정들이 죽데기를 가져다주며 조만간 외부에서 수리공이 온다고 했던 말을 기억해냈다. '조만간' 온다는 사람이 오지 않아서 까맣게 잊고 있었는데 '내일'이라고 말하니 당황스러웠다.

담뱃갑을 들고 밖으로 나갔다. 걸을수록 종잡을 수 없는 불안과 혼란이 밀려왔다. 오늘이 어제 같고 내일 같기도 했다. 날짜 감각이 없었으며 악몽과 현실을 넘나들고 있었다. 그동안 외출도 하지 않았다. 책상에 웅크리고 앉아서 밤에는 저 어디 즈음에서 들려오는 울음소리와 베틀 돌아가는 소리를 들으면서 키보드를 눌렀다. 담배꽁초만 쌓여갔다. 웅크리고 앉아있는 시간이 길수록 햇살이 두려워져 어둠 속으로만 파고들었다. 근육 사이사이로 석고를 들이부은 것처럼 약간만 움직여도 몸이 삐거덕거렸다. 자갈이 몸속을 돌아다니는 것처럼 통증이 일었다. 심지어 바퀴벌레가 꿈지럭 거리는 소리만 들어도 화들짝 놀랐다. 어느 밤은 내내 아이들이 조잘거리는 소리가 들리기도 했다. 하도 신경을 갉아대는 듯 해 눈을 떴을 때는 틱, 틱, 거리는 소리로 바뀌어 있었다.

침대에서 사랑을 나누는 영령들을 위해서 잠자리까지 바꾸었다. 잠들었다 싶으면 영령들이 정사를 하러 왔다. 펄에 갇혔을 때 환상처럼 보이던 꿈이 계속 반복됐다. 처음과 달리 마음 놓고 사랑 행위를 훔쳐볼 수도 없었다. 창문 뒤에 숨어서 엿보는 별장 주인의 분노가 침대 아래까지 전해졌다.

나는 침대 밑으로 기어들어갔다. 그곳에 있으면 인슐린을 맞고 수면제를 먹고 난 뒤 교성을 내지르던 여 교수의 몸 굴곡이 떠올랐다. 심란해질 때면 담배에 불을 붙였다. 연기를 폐 깊숙이 빨아들이자 머릿속이 몽롱해지면서 불현듯 몸이 가벼워졌다. 가벼워진 몸뚱어리가 그 좁은 침대 밑에서 떠올라 누워있는 나와 마주봤다. 서로 담배 연기를 지그시 내뿜으면서 공포와 환락을, 거짓과 진실을, 현실과 소설 속 가상 세계를 생각하는 '서로의 나'가 대면하고 있었다.

무엇이 거짓이고 진실인가. 사랑을 나누는 영령들인가, 그것을 몰래 훔쳐보는 다른 세계의 나인가. 그래도 잡념이 끊이질 않으면 안나가 베를 짜면서 내는 틱, 틱, 소리에 맞춰 손가락 박자를 넣었다. 베틀 부딪치는 소리가 들리면 별장은 황금빛을 토해냈다. 빛 속에는 아드레날린을 발산하는 성분이 들어있는 것 같았다. 일시적이지만 근심 걱정이 사라졌고 벽이 울지도 않았다.

걷는데도 평소와 달리 호흡이 거칠어졌다. 아무래도 울음이 터져 나올 것 같았다. 영무도에서 느끼는 유월의 바람은 회한의 울림과 같았다. 아슬아슬한 유월의 바람이 싫었다. 눅눅한 공기가 아닌 암벽 위에서 등대를 바라보았을 때 이마를 스치던 바람, 소금 내가 묻어나던 바람, 육지를 생각할 수 있는 바람, 이곳에 처음 왔을 때 치기 어린 설렘과 도전정신이 고스란히 묻어나던 바람, 그 바람들이 간절히 그리웠다. 아무 일도 일어나지 않고 6개월을 일주일 앞두고 있었다면, 아마도 이곳에 더 머물고 싶어서 안달했을 것이다.

황토집 앞에 섰다. 황토집 지하는 다시 가보고 싶은 곳이지만 용기가 없어서 주위만 서성거렸다. 외부 수리공이 온다면 황토집으로 들어갈 것이고 지하를 발견할 것이다. 그렇게 된다면……, 나는 뭔가 빼앗긴 기분이 들었다. 지하는 누구에게도 보여주고 싶지 않은 공간이었다. 경찰과 노인한테도 그곳에 대해 말하지도 물어보지도 않았다. 안나는 예외였다. 그녀한테 뭔가를 물어본다는 것은 불가능했지만 누구한테도 고자질하지 않을 거라는 믿음이 있었다.

지하실 벽면들은 절규로 가득 찬 낙서였다. 짐작컨대 고문을 받았거나, 억울하게 감금당했거나, 불법 생체 실험을 당한 희생자들의 것일 것이다. 억울한 영혼들이 떠나지 못하고 밤마다 울부짖으며 생살이 찢기는 고통을 반복 재생하고 있었다. 그런데 나는 왜, 그런 곳을 혼자만 아는 비밀 공간으로 만들려고 하는 걸까.

벼린 빛 조각이 황토집 벽을 비추었다. 빛을 따라 시선을 돌렸다. 대문 밖에 선글라스 낀 남자가 오른손에 깨진 거울 조각을 들고 햇빛을 반사시키고 있었다. 다가가자 남자는 깨진 거울 조각을 던져버렸다.

수리공은 내일이나 온다고 했다. 이렇게나 빨리 올 거라고는 생각지 못했다. 빗장을 풀며 선글라스에게 말했다.

"내일 오신다더니……."

선글라스는 내 말에 대꾸하지 않고 대문 안으로 잽싸게 발을 들여놓았다. 일부러 그런 것처럼 내 어깨를 지나치다 싶을 정도로 세게 쳤다. 어깨에 굵직한 통증을 느끼면서 선글라스를 흘겨봤다. 선글라스는 무례하게 나를 위아래로 뜯어보았다. 처음 대면한 사람이 갖춰야 할 기본적인 예의를 깡그리 무시하면서 건방지게 말했다.

"새로운 얼굴이네? 내가 본 것만으로 열아홉 번째군."

"뭐라고요?"

나는 어떤 정신병자가 왔냐, 하는 눈초리로 선글라스를 쏘아보았다.

황토집 지붕을 수리하러 온 사람이 맞나? 그렇다면 노인의 안내를 받고 장비도 챙겨 왔어야 했다. 뒤늦게 의심스럽게 대문 밖을 살펴봤다. 노인도 짐꾸러미도 보이지 않았다. 다 젖은 옷을 걸치고 허수아비나 씌워줄 밀짚모자를 쓰고는 수건으로 코와 입까지 가리고 있었다. 섬사람이 아닌 것만은 분명했다. 나사 빠진 사람처럼 웃지는 않았다.

"황토 지붕 수리는 언제……."

혹시나 해서 선글라스에게 에둘러 물었지만 그의 기세에 눌려 말을 다 잇지 못했다. 선글라스는 황토집으로 시선을 돌렸다가 나를 의심스럽게 노려보았다.

"음, 이번에는 황토집 수리공으로 나를 일컬었나 보군, 노인네가. 하지만 놀라워. 나를 볼 수 있는 사람을 만나다니, 괜한 짓을 했어, 거울 말이야. 벙어리 안나는 여태껏 잘 있나?"

"네?"

"여태껏 있다면 십 년째 바뀌지 않았군."

"누구…… 세요?"

선글라스는 내 말에 대꾸하지 않고 성큼성큼 황토집으로 들어가려 했다. 아무리 봐도 수리공 같지는 않았다. 신원이 확실하지 않은 사람에게 황토집 지하실을 보여주고 싶지는 않았다. 다급하게 선글라스 앞을 양팔을 벌려 가로막았다.

"나가주세요. 여기는 사유지입니다. 용건이 있으면 나가서 설명하세요."

선글라스는 걸음을 멈추고 나를 매섭게 보았다. 곧 능글맞게 웃으면서 대거리를 했다.

"너무 하는 것 아닌가? 내가 말이지, 철책을 넘어왔나, 아니면 별장 뒤 절벽을 타고 몰래 침입했나? 나는 저 대문으로 당당히 들어왔어. 나 같은 사람은 저 대문으로 들어와야 이곳에 발을 들일 수가 있거든. 그래서 매년 깨진 거울로 CCTV를 비추지. 그러면 별장지기는 CCTV가 고장 났나 싶어 대문을 열고 살펴봐. 그때 열린 틈으로 살짝 들어오는 게 내 일이야. 오늘처럼 자네가 직접 알아봐 주고 문을 열어준 것은 처음이라네. 고마워, 젊은이."

잠시 말을 끊은 선글라스는 선글라스를 벗고 나를 똑바로 쳐다봤다.

"젊은 친구. 나를 한번 봤지? 나는 오늘 젊은이가 구면이구려."

나는 아무 대답도 할 수 없었다. 아무리 생각해도 선글라스를 본 적이 없었다. 선글라스는 나를 보고 웃으면서 밀짚모자를 벗었다. 그리고는 정수리를 보여주었다. 정수리에 사발만 한 구멍이 나 있었다. 나는 기겁하며 주저앉았다. 선글라스는 낚싯줄에 돌돌 말려 바다 속으로 던져졌던 낚시꾼이란 말인가.

"놀라지 말게나. 나는 스무 번째 죽었고 스무 번째 다시 살아났고 스무 번째 매년, 별장으로 이렇게 들어오고 있지, 하하."

"그, 그럼, K, K 프로덕션 수첩 주인?"

"어떻게 알고 있지?"

선글라스는 정색을 하며 나를 추궁했다. 나는 그동안의 일을 간략하게 이야기했다. 다른 필체는 인가 남자의 기록이라는 것을 알았다.

내 말을 다 듣고 난 선글라스는 밀짚모자를 눌러썼다. 꼼짝 않고 서 있는 나를 채근했다.

"그렇다면 수첩을 보여주게. 20년 전 내 것 말이야."

"지하실에……."

할 수 없이 수첩을 떨어뜨린 경위까지 말해야 했다. 내 말에 선글라스는 의외로 함박웃음을 터트리며 말했다.

"자네가 큰 건을 발견했어. 지하였군. 그렇게 찾고 싶었던 곳이었지. 이야기는 차차로 하고 어서 지하실로 먼저 가세."

선글라스는 한 치의 주춤한 기색 없이 황토집으로 향했다. 나는 더 조급해졌다. 선글라스 앞을 다시 막았다.

"별장 악몽이 그곳에서 재현될지도……."

"하하하. 걱정 말게나. 여태 모르겠는가. 저 황금빛이 쏟아질 때는 모든 것이 순해진다네. 안나를 믿어보게나."

나는 선글라스를 따라 박공지붕에 걸린 확성기처럼 생긴 곳에서 쏟아지는 황금빛을 봤다. 다급하게 그에게 물었다. 마지막으로 확인할 것이 있었다.

"감독님, 오늘 몇 월 며칠이죠?"

*

지하실로 내려온 선글라스는 불에 타고 무너진 한쪽 벽면 잔해를 맨손으로 뒤졌다. 미처 내가 건지지 못한 서류나 사진들을 챙겼다. 나는 메스를 든 푸른 눈의 의사가 불쑥 튀어나올 것 같아 불안하게 지하실을 둘러봤다.

"그런데 말이야. 해무는 내가 매년 이곳에 와서 느끼는 것인데 점점 짙어져. 이곳에 왔을 때 양녀가 베틀과 함께 납치된 게 30년이 지났다고 했으니 합하면 50년 전에 이곳에서 무슨 사건이 일어난 게 틀림없다는 말이지. 젊은이, 나는 저 건물 안으로 들어가지 못해. 뭔가가 나를 밀어내는 것 같아. 내가 죽어서일까? 그래서 생각했다네. 나처럼 죽은 사람이 들어갈 수 있는 비밀 통로가 있을 거라고."

점점 그의 말에 귀가 솔깃해졌다. 전부 사실일 수 없지만 그동안 겪어왔던 상황과 사건도 현실적으로 설명할 수 없는 일이었다.

나는 수첩을 주워 들고 선글라스한테 내밀었다. 그가 큰소리로 웃더니 나를 빤히 쳐다봤다.

"자네가 간직하게나. 아니면 노인한테 주게. 내 것이었지만 이미 내 것이 아닌 물건이 돼버렸다네. 생각보다 순진하군. 나는 걱정했지. 자네한테 비린

내가 나서 말이야. 피비린내. 음, 아니지. 이곳에서 나는 것일 수도 있어. 신경 쓰지 말게나."

"얼마 전에 펄에 빠져서 그 냄새가……, 아니 굴러 떨어져서 정수리에 피가……, 이곳에서 가면 쓴 의사들이 생체실험을 한 것을 보기도……."

나는 주섬주섬 수첩을 호주머니에 넣으면서 변명하듯 말했다. 선글라스는 내 말에 개의치 않고 시종일관 침착함을 유지하며 서류들을 찬찬히 훑었다. 서류 하나를 내게 내밀었다.

"이 사진과 신문 스크랩 좀 보게. 자네가 봤다는 그 환상처럼 일제 강점기 때 이곳에서 생체실험도 병행한 듯하네. 스크랩 좀 봐. 별장 주인이 수집한 것 같은데 말이야. 이곳에서 근무했던, 일본 의료진들이 전혀 과거를 기억해 낼 수 없다는 내용의 기사야. 실성한 사람들처럼 모두들 웃고 있었다고 해. 단순히 과거 잘못을 시치미 떼려고 하는 이들의 연극만은 아니라고 생각해. 이들 중 몇은 정신과 치료도 받고 있다고 했어. 다른 뭔가가 있어."

"모두들 가면을 쓰고 있군요?"

조금 전에 선글라스가 했던 말을 금방 잊고 나는 스크랩에 집중했다. 계속해서 의문이 생겼다.

"그런데, 감독님은 어떻게 해서 매년 별장으로 올 수 있었죠?"

"노인은 내 존재를 알아. 매년 나를 죽여야 하는 수고를 했으니깐. 누군가 나를 깨우는 것 같단 말일세. 내가 물속에서 나오면 암벽 위에 옷이 정갈하게 준비되어 있는 것이 그 증거라면 증거지. 그 옷을 지금 내가 입고 있어. 그리고 확실한 것은 뭔가 이곳이 틀어지긴 했는데 바로 잡아야 한다는 생각뿐이야. 그래야 평안을 얻을 수 있다는 것을 알고 있거든. 내년에는 이곳에 오고 싶지 않네. 나도 이제 좀 쉬고 싶다네."

안식을 얻고 싶다는 선글라스의 마지막 말은 내게 간절하게 다가왔다.

"그렇다면 별장에서 들리는 울부짖음은 죽어서도 편히 쉬지 못한 존재들인가요?"

"이제야 뭔가 알아가는 것 같군. 그렇다고 봐야겠지. 마을 사람들의 공포까지 그곳에 갇혀 있으니 그들의 울부짖음이기도 하겠지. 공포는 소멸되지 않아. 어딘가에 감금당하거나 흡수되어 있겠지. 설령 죽은 자의 원한을 풀어주더라도 산 사람의 공포를 어떻게 풀어주어야 할지는 나로서는 미지수야. 아니 둘 다 잘 모르겠어."

나는 마을 사람들의 웃는 얼굴들을 하나하나 떠올렸다. 경찰 보트가 왔을 때 내가 흘리던 눈물을 신기하게 만지던 선착장에서의 장정들. 그들은 정말 눈물이라는 것을 처음 본 사람처럼 행동했다. 그들의 눈물을 별장 건물에게 저당 잡힌 것일까. 선글라스가 내 어깨를 쳤다.

"분명 길이 있을 거야. 젊은이는 건물 안의 영령들을 본다고 했지만 그들이 나처럼 자네를 보는지는 모르겠단 말이지. 그리고 말이야, 젊은이가 어떻게 생각할지 모르겠지만 자네는 지금 누구 역할을 하고 있나?"

뜻밖의 질문에 나는 눈을 휘둥그렇게 떴다.

"분명 젊은이를 별장지기로 채택한 이유가 있을 거네. 나이도 그렇고 체격도 그렇고 얼굴 생김새도 열아홉 명의 별장지기 젊은이들과 비슷해. 자네가 별장 안의 혼령들을 봤다면 젊은이와 비슷하게 생긴 혼령을 찾아보게나. 분명 관련이 있을 거야. 어떤가, 건물로 향하는 길을 한번 찾아볼 수 있겠는가? 자네를 위한 일이기도 하지. 그렇게 해 줄 수 있겠지?"

나는 다락방에 있는 초상화를 떠올렸다. 초상화는 내 얼굴을 보는 것처럼 닮았다. 나를 닮은 초상화 주인은 무녀의 숨겨 놓은 애인이자 별장 주인의 양자인 김이었다. 소설에 그렇게 썼다. 생각에 잠긴 눈동자로 선글라스를 보면서 고개를 끄덕였다.

선글라스는 수리공 역할을 해냈다. 창고 안에서 널빤지, 톱, 망치, 못을 갖다 주자 하루 종일 마룻바닥을 고치는데 시간을 보냈다. 선글라스를 거들었다. 사람 한 명이 겨우 빠져나갈 수 있는, 지하실로 통하는 통로는 남겨두었다. 통로에 사다리를 걸쳐놓고 가구로 입구를 가렸다. 내일 지붕 수리를 한다고 했다.

나는 선글라스와 나란히 앉아서 담배에 불을 붙였다. 저녁노을이 핏빛처럼 무섭게 내리고 있었다. 나는 내 몸 이곳저곳에 코를 박고 킁킁, 거렸다. 어디서 피비린내가 난다고 하는 걸까.


오랜만에 몸을 움직였더니 일찍 곯아떨어졌다. 꿈속에서 할머니를 보았다. 무녀가 아닌데도 쪽진 머리에 무복을 입고 무구를 들고 있었다. 그 모습이 낯설지 않았다. 할머니는 자식들과 손자를 홀로 키웠다. 손자 가슴을 다독이면서 옛날이야기를 들려주는 것을 좋아했다.

옛날 옛날에 아름다운 공주가 살았단다. 공주는 벽 틈에서 들리는 청아한 웃음소리에 반했지. 그 소리는 공주의 아름다움을 질투한 마녀의 웃음소리였어. 순진한 공주는 마녀한테 다가가서 물었지.

마녀님, 마녀님, 당신처럼 맑은 웃음소리를 어떻게 해야 낼 수 있을까요?

마녀는 음흉한 미소를 숨긴 채 말했어.

공주님, 공주님, 아주 쉽답니다, 공주님의 눈물을 제게 주시면 맑은 웃음소리를 드리지요.

불행을 모르는 공주는 그녀의 수정처럼 맑은 눈물을 몽땅 마녀에게 주었단다. 눈물 대신 웃음소리를 가지고 왔지. 공주의 삶은 평안했기에 맑은 웃음소리를 내는 공주를 누구나 사랑했단다.

시간이 흘러, 임금님은 병이 들었지. 공주는 너무 슬퍼서 울었어. 하지만 눈물 대신 맑고 청아한 웃음이 공중에 맴도는 거야. 계속해서, 계속해서……

\*

지붕을 수리한 선글라스는 황토집 지하에 박혀 나올 생각을 하지 않았다. 궁금증이 인 나는 선글라스를 찾아서 지하실로 내려갔다.

이틀 사이에 선글라스가 지하실을 정리해놓았다. 서류를 찾을 수 있는 것은 찾아서 날짜에 맞게, 실험기록은 실험기록 대로, 사진은 사진대로 차곡차곡 쌓아놓았다.

선글라스는 내 기척을 알아채고는 내가 이곳에 처음 떨어졌을 때 발견한 말안장 위에 앉은 여자아이와 그 옆 소년을 가리키면서 물었다. 안부인사 같은 것은 없었다.

"이 소년이 누군 줄 아나?"

"별장 주인 양아들!"

나도 선글라스의 화법에 맞게 대응했다. 실은 선글라스보다도 서류가 말해주는 별장의 숨은 이야기가 궁금했다.

"맞아. 환자 아들로 추정되지. 추측대로 오십 년 전 이곳에서 사건이 터졌다면 그때 외동딸과 양아들은 이십 대 중반이나 후반 정도일 거야. 그럼, 계산을 해봐. 오십 년이 흐른 지금은 몇 살 정도 될까?"

"칠팔십?"

"그렇지?"

"이장님?"

"그래. 나는 그렇게 추정하고 있어. 나이 들어서 그렇지 이장 젊었을 때 참 잘생겼을 거야. 내가 처음 만났을 때도 핸섬한 중년 신사였으니깐."

나는 고개를 끄덕이다가 물었다.

"그렇다면 이장이 이 건물에 들어올 수 없는 것은 가면을 썼기 때문이군요."

"그래. 그래서 자신을 닮은 사람이 필요했겠지. 사고 나기 전에 모두들 20 대였으니깐."

"대역은 누구를 위한 거죠?"

"생각해봐. 그때와 같은 상황이라면 별장 주인과 외동딸을 도발시킬 수 있는 사람은 양아들이었겠지. 양아들을 닮은 사람이 자네고. 오래전 상황을 계속해서 반복하고 있다면, 무슨 메시지를 전하려는 것이 아닐까?"

"그럼, 감독님이 촬영한 영화는 누구를 위한……. 저한테 CD가 있거든요."

"그것도 위의 맥락과 같다고 생각해. 분명히 그 안에 어떤 단서가 있을 거야. 이 매듭을 풀어 줄 단서. 그 속에 이곳 사람이 아닌 외부 사람인 자네가 할 일이 있을 거란 말일세……."

한꺼번에 많은 생각들이 밀려왔다. 소설 속 주인공이 여러 번 어려운 상황을 헤쳐 나가면서 문제를 해결하듯, 나한테 그 일이 주어졌다는 게 실감 나지 않았다. 허구와 현실이 헷갈려 무엇이 진실인지조차 알 수 없었다.

잔해더미를 뒤적이던 선글라스가 담담하게 말했다.

"그럼, 곡괭이와 삽 좀 갖다 주겠나? 무너진 벽 잔해를 좀 파헤쳐봐야겠
어. 분명 중앙으로 연결되는 통로가 있을 거야. 그것을 꼭 찾아야 해. 내년
에 여기 올 생각이 없거든."

선글라스는 나를 돌아보며 웃었다.

# 노트 8

베틀과 양녀를 빼앗긴 무녀는 가만히 있을 수 없었다. 가면을 만들어 혼령들을 위로하는 것이 그녀의 일이었다. 그녀의 일을 양녀가 물려받게 하는 것 또한 그녀의 일이었다. 그녀의 어머니도 어머니의 어머니도 그 일을 해왔다. 그렇지 않다면 섬은 완전한 고립상태가 될 것이고 시나브로 폐허로 변하리라는 것을 어렴풋이 예감하고 있었다. 참샘도 조금씩 말라가고 있었다. 어머니는 말했다. 이 섬은 원래 혼령들의 섬이었다고, 그들의 섬에서 인간이 세 들어 사는 것이라고, 인간과 혼령들의 관계를 무녀들이 연결하고 있었던 것이라고…….

하지 축제를 하지 않은 그해 갑자기 풍랑이 일어 인근 바다에 사망 사고가 많았다. 해일이 농사를 망쳐놨고 설사병에 걸린 섬사람 수십 명이 죽었다. 무녀는 마을 사람들을 일일이 만나서 하소연했다. 사고가 많은 것은 억울하게 죽어 이승을 떠나지 못한 혼령들의 원한 때문이다, 베틀을 돌려받게 도와주라, 혼령들의 원한을 달래줄 가면을 짜야한다.

처음에는 K를 믿고 동요하지 않던 사람들도 조금씩 무녀의 말을 듣기 시작했다. 그 사람들 대부분은 타지에서 온 사람들이 아니라 섬 토박이들이었다. 외부인들은 K가 제공하는 아니마 음료와 가면으로 그의 말이면 무조건 복종했다. 토박이 섬사람은 무녀와 함께 별장 밖에서 시위를 했다. 한두 명이던 사람이 수십 명에 이르렀다.

한 달이 지나서였다. K는 무녀와 화해하겠다면서 섬사람들과 무녀를 별장으로 불러들였다. 아니마를 맘껏 먹고 마시게 했다. 취한 이들은 두려움이 없어져서 큰소리로 이야기하다가 싸웠고 울었으며 사랑을 나누었다. 잔뜩 취한 남자들 무리 한가운데에 무녀를 벌거벗겨서 내보냈다. 갓 마흔을 넘긴 무녀의 육체는 달빛 아래 요염하게 빛났다. 남자들은 등 뒤로 손이 묶인 무녀를 겁탈하고 겁탈했다. 그들이 오래전부터 추앙해오던 무녀였다. 베틀 앞에 앉을 수 있는 무녀는 순결해야만 했다. 순결을 잃은 그녀는 더 이상 무녀가 아니었다. 베틀을 가지고 있다고 한들 아무 소용이 없었다.

광기가 사라진 다음날, 섬 토박이들은 죄의식에 괴로워했다. 무녀는 낭떠러지에 떨어지려 했으나 장정들이 무녀의 자살을 막았다. 그리고 그녀의 집으로 보내주었다. 무녀는 그 뒤부터 집 밖으로 나오지 않았지만 무서운 저주를 섬사람들에게 퍼부었다.

별장이 너희들의 죄를 흡수할 것이고 그 죄가 공포가 되어 되돌아올 것이다. 진실을 말하는 자는 죽게 될 것이다.

K는 계속해서 땅을 파헤쳐 사체를 찾았다. 사체를 발견한 곳에 사이프러스를 심고 나무 꼭대기에 가면을 걸어두었다. 그는 혼령들에게 심혈을 기울였지만 밤마다 그를 괴롭히는 악몽에서 자유롭지 못했다.

가면을 쓰는 횟수가 잦아질수록 그가 다스릴 수 없는 마음의 영역은 넓어져만 갔다. 처음에는 알지 못했다. 불쑥 저질러놓고 나면 언제 내가 이 일을 했지, 라는 후회가 금세 밀려왔다. 아침에 일어나자마자 말을 타고 미친 듯이 섬을 한 바퀴 돌았을 때에야 간신히 숨을 쉴 수가 있었다. 별장에만 들어오면 누군가가 금방이라도 나타나서 자신을 죽일 것만 같았다. 그는 은밀하게 구인광고를 내서 외지 사람들을 더 불러 모았다. 아니마에 취했다지만 무녀를 겁탈한 섬 토박이들이 슬금슬금 K를 피했다. 때로는 적의에 찬 눈빛으로 K를 노려보곤 했다. 그들을 더 이상 믿지 못했다.

K는 외지인이 들어오면 우선 아니마를 마시게 했다. K자신이 그랬던 것처

럼 가면도 쓰게 했다. 아니마에 중독되고 가면까지 쓰게 된 이들은 두려움을 점차 잃어갔다. 헤프게 웃었다. 아니마를 독점하고 있는 K의 말이라면 어떤 일이라도 서슴지 않고 했다.

잘 길들여진 외부사람들은 토박이 주민들을 위협했다. 무녀를 범한 죗값을 따지기 시작했다. 토박이 섬사람 대부분이 섬을 떠났다. 무녀가 된 안나가 별장에 감금되고 2년 안에 일어난 사건들이었다.

바깥세상과 단절된 생활을 하던 안나에게 서서히 변화가 생기기 시작했다. 그것은 혼령들과의 대화였다. 전에는 서럽게 우는 혼령들이 그녀의 이야기에 귀를 기울이며 미소를 지었는데, 언제부터인가 모두들 입을 다물어버렸다. 좀처럼 그녀와 대화를 나누려고 하지 않았다. 화가 잔뜩 난 표정이었다.

안나는 누구 하고라도 대화를 하고 싶었다. 별장 건물 안에 들어올 수 있는 사람은 K와 김뿐이었다. 안나는 김의 발소리만 들어도 1층 홀로 나갔다. 그의 주위를 서성거리면서 질문을 해댔다. 그중에 무녀의 안부도 포함되었다. 김은 무녀가 섬을 떠났다고 거짓말을 했다. 안나와 가급적 부딪치지 않으려고 했다. 그러던 어느 날, K의 심부름으로 김이 육지에 갔다 온 일이 있었다. 그는 K 몰래 안나에게 줄 선물을 샀다.

하이힐이었다.

안나는 김이 선물한 하이힐을 신고서부터 여태껏 느껴보지 못한 묘한 감정에 사로잡혔다. 십 센티미터 굽, 앞이 뾰족한 그것은 바닥과 떨어진 공간만큼이나 그녀를 흥분시켰다. 자주 거울을 봤고 뺨을 붉혔으며 귀를 현관 쪽으로 기울여서 김의 고무 밑창 소리를 들으려고 애썼다. 소리가 들리면 그녀의 봉긋한 가슴과 잘록한 허리를 만졌다.

김은 오랫동안 안나를 흠모해왔다. 누구와도 사랑을 나눌 수 없는 무녀가 되었어도 그녀를 보면 심장이 강렬하게 뛰었다. 하이힐 선물이 소녀를 여인으로 바꿔놓을 줄은 생각지도 못했다. 하지만 이미 가슴속에 인 열정은 쉽게 사그라지지 않았다. 안나에게 향하는 감정을 억제할 수가 없었다. 영령을 위로해야 할 무녀가 순결을 잃으면 그 죗값을 받아야 한다고 했지만 죽음보다 더 강한 죗값이 있을까 싶었다. 안나를 위해서 목숨까지 바칠 각오가 되어 있었다.

시간이 갈수록 안나 또한 김을 간절하게 그리워하게 되었다. 그를 생각하기만 하면 오래전 무녀가 샘 안에서 그녀의 몸을 만졌을 때의 소름이 되살아나서 몸을 한차례 떨어야했다. 며칠 뒤, 안나는 베틀이 멈췄다는 것을 알았다. 안나는 황토집으로 달려갔다. 아무 생각이 없었다. 그저 몸이 시키는 대로 했을 뿐이었다. 마침 K는 육지에 있었다. 태풍이 불었고 철선 운항이 중단되었다.

일주일 뒤 돌아온 K는 안나가 베를 짜지 않는다는 것을 알았다. 베틀은 뿌옇게 먼지가 얹혀 있었다. 안나는 그 한가운데에서 멍하게 앉아있었다. K는 안나를 감시하기로 작정하고는 늘 하던 대로 말을 타러 가는 척했다. 그리고 몰래 건물로 숨어들었다.

# 9. 지하무덤

    수평선에 내린 빛이 사라졌다. 풍경 전체가 어둠으로 가라앉았다. 바다는 커피 색깔로 변했다. 커피 향 대신 짭짤한 소금 바람이 콧구멍으로 들어왔다. 어느 틈엔가 바람마저도 잦아들었다. 콧방울은 뜨거운 액체를 부은 것처럼 달아올랐다. 피가 아래로 몰린 듯 내 몸은 무게를 더했다. 꿈속에서는 여전히 왼쪽 발에 밧줄이 묶인 채 매달려 있는 악몽이 계속되었다. 심혈을 기울여 만든 뗏목은 벌써 암초에 부딪혀 산산이 부서졌다. 이제 몸뚱어리가 갈기갈기 찢길 차례인데, 밧줄이 왼쪽 발목을 붙들고 있었다. 어서 저 아래로 떨어졌으면 싶었다. 아슬아슬한 거리를 두고 매달려 있는 것이 참을 수 없을 정도로 고통스러웠다. 서서히 밧줄이 당겨졌다. 꿈의 반복이었다. 나는 윗몸을 일으켜 누가 나를 끌어당기는지 보려 할 것이다. 어둠에 가려, 아니 황금빛이 그늘을 만들어 형상만 보이지 이목구비는 확인할 수 없을 것이다. 낭떠러지 위쪽에서 웃음소리가 들려왔다.

    내가 미끼가 된 것인가. 무엇을 낚기 위한 미끼인가. 참을 수 없는 분노가 나를 휘감았다. 있는 힘을 다해 윗몸을 일으켜 양손으로 밧줄을 잡았다. 잡고 올라가기 위해 발버둥을 쳤다. 빳빳하게 당겨졌던 밧줄이 힘없이 늘어졌다. 밧줄을 잡고 있던 손을 놓을 수밖에 없었다. 나는 아래로, 아래로 곤두박질치기 시작했다.

헉!

눈을 떴다. 식은땀이 흘러내렸다. 어둠이 찾아들어 시야를 가린 방 안은 소리만 아우성을 쳐댔다. 귓속이 왕왕, 거리는 파도 셔터에 닫혀 물결 소리만 반복해서 들렸다. 암초에 부딪친 포말들이 비명을 내질렀다. 아로마 향이 실내를 감싸고 교성 섞인 웃음소리가 들렸다. 커튼 쪽으로 시선을 돌렸다. 별장 주인의 분노는 곧 폭발할 것처럼 보였다. 그의 두 다리가 후들거렸다. 칼을 쥐고 있는 손이 떨렸다. 나는 절로 낭떠러지에서 떨어질 때와 같은 고함을 질렀다. 외동딸과 양아들도 동시에 비명을 터트렸다. 별장 주인이 식칼을 떨어뜨렸다.

방문이 거칠게 열렸다. 이제는 소녀에서 여인이 된 외동딸이 뛰쳐나갔다. 양아들이 뒤따랐다. 별장 주인이 식칼을 주워들었다. 그 둘을 쫓았다. 침대 밑에서 기어 나온 나도 별장 주인을 뒤쫓았다. 모두 다락으로 자취를 감췄다. 더이상 뒤따라가지 않았다. 베를 짜는 안나를 방해하고 싶지 않았을 뿐만 아니라 다락방 악몽들이 두려웠다. 혼령들을 볼 수 있는 특별한 재능이 내게 있다고 했지만 그들의 일에 어느 정도 끼어들어야 할지 알 수 없었다.

망설이는 사이 다락에서 채찍질 소리와 비명 소리가 났다. 외동딸이 다락에서 떨어졌다. 대리석 바닥에 붉은 피가 퍼져나갔다.

나는 다락을 올려다보았다. 양아들이 아래를 내려다보면서 오열했다. 별장 주인이 좀 전에 들고 있던 식칼이 양아들 손에 들려있었다. 칼날에는 피가 묻어 있지 않았다. 동공을 활짝 연 외동딸의 눈동자는 천장을 향했다.

양아들이 철 계단을 구르다시피 내려와서 그녀를 힘껏 껴안았다. 나는 슬금 슬금 뒷걸음질 쳤다.

\*

비바람이 휘몰아쳤다. 비바람이 연안 해무를 말끔히 걷어 가버렸으면 싶었 지만 그저 비바람일 뿐이었다. 한 폭의 유화처럼 수평선까지 뻗어 있는 해무 는 꿈쩍도 하지 않았다. 겉으로 변한 것은 아무것도 없었다. 어렴풋하게 선 글라스가 곡괭이질 하는 소리가, 혼령들의 사건에도 불구하고 다락에서는 틱, 틱, 베 짜는 소리가 아련하게 울렸다.

노인은 어김없이 같은 시간에 모닝콜을 해주었다. 나는 노인의 얼굴이 모니 터에 보이면 안나 대신 대문으로 갔다. 노인이 안나 안부를 물었지만 별달리 할 말이 없었다. 그녀의 얼굴을 보지 못한 지 며칠이 지났다. 베틀 짜는 소리 로, 찬란하게 쏟아지는 황금 햇살로 안나가 '거기' 있다는 것을 알 뿐이었다. 노인에게 안나가 푸른 눈을 가진 여자로 변했다고, 실오라기 하나 걸치지 않 고 밤낮으로 베를 짜고 있다고 말해야 할까. 노인은 말을 하지 않아도 모든 것을 다 알고 있다는 듯이 고개를 끄덕거리다가 돌아갈 것이다.

나는 밤이 와도 잠을 이룰 수가 없었다. 대리석 바닥에 퍼져나가던 생생한 핏빛 환상과 내 몸에서 피비린내가 난다는 선글라스의 말이 신경을 갉아댔 다. 외동딸의 열린 푸른 동공. 피투성이가 된 채 그녀를 껴안고 오열하던 양 아들. 양아들의 품에서 외동딸을 낚아채서 다락으로 올라가던 별장 주인. 별장 주인은 발악하듯 웃어댔다.

더 이상 방 안에서는 아로마 향이 나지 않았다. 교성 섞인 웃음소리도 들리지 않았다. 밤바람 소리는 다락에서 나는 소리를 확대시켰다. 부녀가 사라진 곳이 다락이라는 것을 알아도, 선글라스 말처럼 환영들이 어떤 메시지를 전달하려는 것일지라도, 생생한 범행 현장을 다시 목격할 용기가 나에게는 없었다. 그들의 범행 현장은 곧 나의 것이 되어버렸다. 나의 악몽은 여전히 현재 진행형이었다.

*

드디어 하지를 이틀 남겨둔 날이었다. 안나가 비틀거리면서 내 방으로 들어섰다. 몰라보게 살이 빠져 수척했으며 눈동자는 몽롱했다. 그녀는 아침 겸 점심 식사를 한꺼번에 많이 하고는 문풍지에 바람 새는 소리를 내면서 잠들었다. 겨울잠을 자는 곰처럼 호흡은 깊고 길었다. 발바닥을 간지럽게 해도 반응이 없었다.

사위가 어두워져도 안나는 일어날 생각을 하지 않았다. 깨워야 할지 말아야 할지 고민스러웠다. 시계 초침 소리만 요란했다. 창문이 연달아 덜컹거렸다. 작은 돌멩이가 창유리를 때렸다. 나는 밖으로 고개를 내밀었다. 선글라스가 나를 보면서 웃고 있었다.

"찾았어. 드디어, 찾았네. 나랑 같이 가보세."

밖으로 나가자 선글라스는 서둘러 황토집 지하실로 나를 끌다시피 데리고 갔다. 벽 한쪽이 무너져 잔해가 잔뜩 쌓인 그곳을 선글라스가 곡괭이로 파 내린 모양이었다. 바닥은 그곳에서 나온 잔해로 발 디딜 틈이 없었다. 벽을 따라 사람 한 명이 지나갈 정도의 길만 간신히 내놓았다. 한쪽에 잘 정리해서 쌓아둔 서류를 선글라스가 가리키면서 소설을 쓰는 사람이 챙기라고 했다.

선글라스는 바닥에 쌓아놓은 잔해를 빙 돌아 수술대를 세워놓은 곳으로 앞서갔다. 수술대를 치웠다. 터널 입구가 나왔다. 터널 입구를 막기 위해 폭탄을 터트린 것 같다고 선글라스가 말했다. 내가 놀란 표정으로 그를 돌아보자 선글라스는 대단히 만족한 미소를 띠며 말했다.

"자, 어때? 내 추측이 맞았지? 별장 건물이 중심이어서 꼭 연결되는 지하 통로가 있을 거라고 생각했지. 비밀 통로 같은 것 말이야. 이 잔해를 치우고 무너진 흙을 걷어냈더니 이곳이 나왔다네. 한번 같이 들어가서 목적지가 어디인지 보게나. 나는 진즉 봤지만……"

나는 호기심과 두려움을 가지고 선글라스를 따라갔다. 손전등이나 양초가 없어 선글라스 발걸음 소리를 들으며 어둠 속을 걸었다. 십 분 정도 걸었을까. 앞을 가로막는 쇠창살문이 나왔다. 철문은 다른 쪽에서 잠겨 있었다. 별장 건물 2층 철문 자물쇠와 비슷했다. 손을 뻗어 자물쇠를 만지작거리던 나는 도로 손을 집어넣었다.

"내가 왜 젊은이를 여기로 데리고 온 줄 아나? 저 자물통 좀 풀어주게."

"제, 제가 어떻게요?"

나는 놀라서 되물었다.

"젊은이가 저곳과 연결되는 곳을 찾으라는 말이지. 별장 지하실이 맞을 거야. 어떤가, 자신 있지?"

나는 창살 밖 공간이 별장 건물이라고 추정하면서도 확신할 수 없었다. 별장 건물에서 지하실을 본 적이 없었다. 지하실로 향하는 입구도 없었다. 창살 밖 풍경은 어둠에 묻혀 있어서 사물을 가늠할 수 없었다. 굳이 지하실을 찾아야 하는지도 의문이었다.

"저, 내, 내일이면 이 섬을 떠, 떠나는데……."

나는 얼른 발뺌을 했다.

"내 말 듣게나. 내일 어떤 상황이 벌어질지 아무도 짐작 못해. 이런 상황이 20년째 반복되고 있다네. 아니 더 될지도 모르지. 그것은 뭔가 매듭이 풀리지 않고 있다는 증거라고 나는 생각하고 있다네. 자네 소설도 생각해 보게. 결말은 내야 하지 않겠나? 자네가 육지로 간다 한들 무사할까? 하하."

은근히 노인처럼 소설을 들먹이는 선글라스의 말에 나는 이마를 찡그렸다가 섬광처럼 스쳐 지나가는 뭔가에 고개를 들었다. 연기를 별장 실내에 채웠을 때 순식간에 빨려 들어가면서 사라진 곳. 그곳이 어쩌면 지하실과 연결된 통로일 수도 있었다. 지하실이라면 당연히 1층에 출입구가 있을 거라고 생각하기 십상이다. 하지만 다락이나 2층 어디 즈음에 있을 수도 있었다. 나는 여태 비밀 지하 통로라고 짐작되는 곳을 보지 못했다. 가면 신사가 나오는 슬랩스틱에서 다락 비밀 문을 발견하는 장면이 나온다. 비밀 문 다음에는 계단이다. 그곳이 출구일 수 있었다.

\*

나는 페인트 통에 마른 낙엽과 생잎을 넣고 다락으로 올라갔다. 다락은 모든 것이 정지되어 있었다. 베틀은 예전처럼 하얀 천으로 덮여 있었다. 안나가 베를 짜던 때와 달랐다. 안나는 그녀의 모든 일을 마쳐서 흡사 혼이 빠진 빈

껍데기처럼 자고 있었다. 이제 하지 축제만 기다리면 되는 것이다. 정신없이 사방 벽을 가리고 있는 벨벳 천을 뜯어냈다. 초상화 두 점이 나왔다. 하나는 오른손에 말채찍을 들고 있는 별장 주인이었고, 나와 닮은 양아들은 여전히 오른손에 가면을 들고 있었다. 벽을 눈으로 훑었다. 문이라고 짐작되는 표시가 어디 즈음에 있을 것 같았지만 보이지 않았다. 별장 주인이 무녀의 사체를 끌고 다락 계단으로 올라간 뒤 내려오지 않았다. 어딘가에 비밀문이 있을 것이고 그것을 찾아야 했다. 페인트 통 안에 있는 낙엽에 불을 붙였다. 연기가 매캐하게 올라오자 전등 스위치를 눌렀다. 어둠 속에 연기가 길을 만들었다. 놀랍게도 양아들 초상화 뒤로 순식간에 빨려 들어갔다. 다시 피웠지만 여전히 똑같은 방향으로 흘러들어 갔다. 전등을 켜고 액자를 벽에서 내렸다. 손등으로 액자가 걸린 벽을 두드렸다. 벽 안이 울리는 것으로 미루어 공간이 있는 것 같았다. 도끼를 들었다.

도끼로 서너 번 내리치자 생각보다 벽이 쉽게 무너졌다. 경량 벽돌로 쌓은 가벽은 기존에 있던 벽과 달리 세운 지 몇십 년 정도밖에 되지 않은 것 같았다. 벽에 틈이 생기자 그 뒤로 좁은 통로가 보였다. 그곳으로 들어갈 수 있을 정도의 구멍을 만들기 위해 가벽을 더 부수었다. 도끼질을 할 때마다 건물 어느 곳에서, 목 언저리에 화살이 꽂힌 암사슴처럼 가냘픈 신음을 뱉다가 나중에는 고릴라가 가슴을 양손으로 두드리며 포효하는 듯한 굉음이 터졌다. 구멍 저편에서는 갑작스럽고 소란스러운 소리가 한꺼번에 올라왔다. 도끼를 아래로 내리고 귀를 기울였다. 온몸의 모세혈관이 얼어붙은 듯 꼼짝할 수가 없었다. 시멘트 바닥을 쓸고 가는 대빗자루 같은 소리가 가까워지더니 미처 피할 사이도 없이 박쥐 떼가 틈에서 빠져나왔다.

순식간에 방향감각을 잃은 박쥐들은 내 몸에 달라붙거나 사방 벽에 몸을 부딪치며 헤매었다. 몇 분 지나지 않아서 다락방은 박쥐들로 꽉 찼다. 나는 몸에 달라붙은 박쥐들을 떼어내려고 몸을 흔들었다. 일부 떨어져 나갔지만 구멍에서 나온 박쥐들이 또 달라붙었다. 박쥐들을 붙인 채 다락방을 뱅뱅 돌았다. 돌면서도 부지런히 손을 놀려 박쥐들을 떼어냈다. 비명이 터지려 할수록 안나처럼 크게 웃었다. 눈물을 흘리면서도 콧노래를 흥얼거렸다. 콧노래와 웃음소리를 들은 박쥐들은 점차 흥분이 가시는 듯했다. 아래층과 틈 속으로 도망치거나 다락방 천장에 붙어 꿈쩍하지 않았다. 박쥐들이 얌전해지자 윙윙, 바람 새는 소리가 틈에서 더욱 크게 들렸다.

도끼를 집어 들고 조금 전에 뚫어놓은 구멍으로 들어갔다. 쥐새끼 한 마리 돌아다니지 않은 듯 의외로 적막 했다. 바닥에는 반쯤 굳은, 야광 페인트로민 룰러 자국과 같은 얼룩이 나 있었다. 얼룩을 따라 다락방을 반 바퀴 정도 돌았을 즈음 녹슨 길쭉한 철문이 나왔다.

문을 열었다. 육십 도로 기울어진 긴 계단이 아래로 뻗어 있었다. 별장 건물 뒤, 절벽 난간에서 아래를 보는 것만큼이나 현기증이 일었다. 파도소리는 들리지 않았지만 형체 없는 뭔가가 조금씩 물결을 만들어 움직였다. 먼지와 섞여 올라오는 공기는 습하지 않고 메말랐다. 공기의 흐름은 원활했다. 지하 어딘가에 순환구가 있는 것 같았다. 윙윙 거리는 소리가 났지만 박쥐의 움직임은 느껴지지 않았다. 무엇보다도 신기한 것은 깊은 계곡에서 야영하며 밤하늘을 보는 것처럼 초록빛이 어둠 속을 떠다니는 거였다. 여름밤의 반딧불과 같은 인광(燐光)은 내 걸음걸이처럼 느리게 공중을 배회하고 있었다.

조심스럽게 계단에 발을 디뎠다. 그곳에는 넝쿨이 온통 감겨있었다. 햇빛이 어디에서 들어오는 것일까. 계단뿐만 아니라 벽에도 뿌리를 내린 넝쿨은 무성했다. 넝쿨 잎을 잘못 밟아 미끄러질까 싶어 발가락에 힘을 주고 왼손으로 벽을 짚었다. 넝쿨이 손가락을 감았다가 놓았다. 꼭 의식 있는 생물이 손가락을 가지고 장난치는 것만 같았다. 감촉 또한 생생했다. 자꾸 벽 쪽으로 시선이 갔다. 넝쿨 아래에 뭔가 붙어 있는 것 같아 걸음을 멈췄다. 넝쿨을 뜯어서 손전등으로 비춰보았다. 놀랍게도 그곳에는 가면이 있었다. 시간의 경과에 따라 누렇게 변색되거나 아예 검은색에 가까운 것도 있었다. 사람마다 이목구비가 다른 것처럼 생김새가 제각각이었다. 가면 아래에는 흑백 인물 사진이 걸려있었다. 점잖은 프로필 사진만 있지 않았다. 사체를 찍은 듯한 눈을 감은 사진, 이마에 커다란 구멍이 뚫려 있거나 몸뚱이가 떨어져 나간 것도 있었다. 대부분 고통스러운 표정으로 생을 마감한 사람들이었다. 가면 주인들은 환자뿐만 아니라 의사, 군복 입은 일본인, 마을 주민 등 다양했다. 사진이 없는 곳에는 사진을 대신할 머리카락 같은 신체 일부가 붙어있었다. 이곳은 그야말로 가면 무덤이자 영혼 무덤이었다. 아직 계단 끝은 보이지 않은데 얼마나 많은 가면들과 사진, 유품들이 벽을 장식하고 있을까 싶었다.

지금, 나는 거대한 무덤에 발을 디디고 있었다.

거대한 무덤으로 들어가는 발걸음은 조심스러웠다. 등골은 오소소 소름이 돋았으며 조그마한 기척에도 신경세포가 날을 세웠다. 절반 정도 내려갔을 때 덜컹, 하는 소리는 심장을 멎게 할 정도였다.

가슴에 올려놓았던 손을 뗐다. 발밑에 그림자처럼 깔렸던 빛이 일시에 물러갔다. 위를 올려다봤다. 희미하게 빛을 흘려 보내주던 출입문이 닫혔다. 다시 돌아가야 할까. 어둠이 출렁거렸다. 어둠 속 인광이 띄엄띄엄 빛을 던져주었다. 내일이면 이 섬을 나갈 것이다. 내가 굳이 지하에서 뭔가를 해야 할 일은 없었다. 지하 통로를 꼭 찾아주라는 선글라스 얼굴을 떠올렸지만 이곳을 나가기만 하면 그를 만날 일은 없었다.

주춤하며 내가 걸어왔던 길을 올려다보았다. 그리고 내려다보았다. 한편에서는 이런 생각이 들었다. 내일 이곳을 떠나기 때문에 꼭 내려가 봐야 한다. 어찌, 빈약한 상상력으로 거대한 소설의 집을 지을 수 있을까. 아래에서 안나가 자주 흥얼거리던 허밍이 들려왔다. 희미한 불빛이 바닥으로 서서히 퍼져 나갔다. 누군가가 있었다. 안나일까. 그렇다면 어떻게 들어왔을까.

계단이 끝나는 곳은 드넓은 공간이었다. 벽마다 일정한 간격으로 벽감이, 그 안에 불 꺼진 양초가 있었다. 계단 맞은편에는 예배를 볼 수 있도록 설교단이 마련되어 있었다. 어떤 종교적인 표식은 없었다. 표식이라면 커다랗고 하얀 가면이라고 추정되는 천이 설교단을 덮고 있을 뿐이다. 천장은 높고 타르처럼 끈적이는 어둠이 휘장처럼 드리워져 있었다.

설교단 쪽으로 향했다. 설교대 안쪽에 욕조가 있었다. 욕조는 사람이 무릎을 구부려야 겨우 들어갈 정도로 좁았다. 좁은 그곳에 사람 형상을 석고로 뜬, 석고상이 들어앉아 있었다. 석고상 남자는 목에 밧줄을 두른 채 입을 벌리고 있었다. 살아있는 사람처럼 입 속에서 한숨을 토해냈고 토해낸 한숨은 가느다란 거미줄처럼 입가로 흘러내렸다. 오른손에는 회중시계를 쥐고 있었다. 별장 주인이었다. 별장 주인 얼굴 위로 수도꼭지가 있었다. 그곳에서 물이 떨어지면서 두 눈구멍을 적시고 있었다. 흡사 별장 주인이 눈물을 흘리고 있는 것처럼 보였다.

나는 기괴한 형체에 잠시 멍해졌다. 오래전, 데스마스크를 뜨는 사람이 자신의 마스크를 가지고 싶어서 임종 직전, 욕조에서 얼굴 위로 석고를 부었다는 기사를 읽은 적이 있었다. 별장 주인 형상은 데스마스크를 뜨는 기이한 사람을 연상케 했다. 온몸을 덮고 있는 석고가 관(棺)이라는 인상을 지울 수가 없었다. 살아생전 가졌던 죄의식, 공포 등을 저 세상으로 가지고 가고 싶지 않은 염원이 담긴 몸짓이었을까. 만약 이 거대한 가면 무덤이 내가 상상한 것처럼 별장 주인이 그의 영혼을 구원하기 위해서 만든 것이라면, 그를 위해 가면을 씌워줄 존재가 필요했을 것이다. 하지만 외동딸인 무녀는 죽었다. 무녀 대신 스스로 관을 짜고 마스크를 써야 했던 것일까. 어떤 이유에선지 성공하지 못한 것 같았다. 다른 것보다 크기가 큰 가면이 욕조 안, 사람 형상 석고상이 아니라 설교단을 덮고 있었다.

나는 섬에서 흔한 봉분 하나 본 적이 없었다. 납골당도 없었다. 그렇다면 이곳 지하에 다 묻은 것일까. 아니면 수장(水葬)일까, 풍장(風葬)일까. 그것도 아니면 수목장(樹木葬)일까. 찰칵, 하고 아귀 맞는 소리가 들렸다.

황토집 지붕을 덮친 나무를 장작으로 팰 때에도 뗏목을 만들기 위해 정원수를 벨 때에도 우듬지에 걸려 있는 천 조각을 발견했다. 그때에는 심상하게 보아 넘겼다. 나무 밑에 묻힌 영혼을 아니 공중을 떠도는 혼령들을 달래주기 위해 걸어놓았던 가면이었다. 이곳 지하무덤에서 영혼을 구원받지 못한 혼령들이 갇혀서 밤마다 울음을 토해냈던 것이다. 나는 정원 조상에 새겨진 수많은 낙서들을 떠올렸다. 비참한 고통, 억눌림……. 그들이 다 이곳에 머물면서 건물 속으로 스며들었던 것이다.

벽 너머에서 바람소리가 들려왔다. 불빛에 희미하게 드러난 곳을 둘러보았다. 단서가 될 만한 것을 찾고 싶었다. 선글라스의 말대로 혼령들만 드나들 수 있는 입구가 있을 것이다. 이곳은 산사람이 아닌 혼령들을 위한 공간이었다. 스크린에서 봤던 상황들을 차례대로 떠올렸다. 비밀의 문, 계단, 욕조, 하수구. 하수구를 찾아야 했다.

욕조 주위를 살폈다. 욕조가 있다면 하수구 구멍이 있을 것이다. 수돗물이 흘러가는 방향을 주시했다. 욕조 옆 바닥에, 하수구 뚜껑이 보였다. 지름

50센티미터, 자잘한 구멍이 뚫린 철로 된 원판이었다. 스크린 속 신사는 하수구 속으로 들어갔다.

나는 양 손으로 쇠뚜껑을 들어 올렸다. 원판 주위로 시멘트가 삭아 떨어져 나갔는데도 뚜껑은 꿈쩍하지 않았다. 도끼를 들고 삭은 시멘트를 더 깨부수었다. 구멍에 손가락을 끼우고 힘을 주었을 때에야 조금씩 움직이기 시작했다. 그런데 시커먼 뭔가가 계속해서, 계속해서 딸려왔다.

일초 이초 삼초 사초……. 시간이 갈수록 두려움보다 호기심이 앞섰다. 구멍으로 다가가서 딸려온 시커먼 것을 뚫어져라 내려다보았다. 불빛을 등진 상태에서 아래를 봐서인지 처음에는 확실하게 구별할 수가 없었다. 그런데……, 그것은 숱 많은 긴 머리카락이었다. 누가 구멍에 가발을 쑤셔넣은 것일까.

아니었다.

사람 머리였다. 무거운 쇠뚜껑이 내내 속 내용물을 누르고 있다가 그것이 열리자 움츠려있던 것이 이때다 싶어 올라온 것이다.

시커먼 형체는 점점 모습을 드러냈다. 검은 머리카락 뭉치가 하수구 구멍 밖으로 펼쳐지면서 둥그런 이마가 보였다. 목까지 올라온 사체는 구멍에 어깨가 끼어 더 이상 움직이지 않았다. 두려웠지만 그렇다고 마냥 보고 있을 수만은 없었다. 하수구 구멍을 도끼로 부쉈다. 시멘트가 떨어져 나가 헐거워진 구멍으로 사체가 턱, 하니 빠지면서 올라왔다. 하얀 원피스는 삭아서 너덜거렸다. 부릅뜬 두 눈은 푸른색이었다. 기이하게도 머리카락이 계속 길어 하수구를 막고 있었다.

사체를 하수구 구멍과 떨어진 설교단 벽 근처로 옮겼다. 특별한 의식을 위해서가 아니다. 물기 없는 곳으로 일단 옮겨야 한다는 생각뿐이었다. 사체가 빠진 하수구는 길게 트림하듯 소리를 내면서 물을 역류시키고 있었다. 그곳에서 검은 물이 지하 바닥을 적시고 있었다.

사체는 대체적으로 깨끗했다. 50여 년 전에 사건이 터졌을 텐데, 그 세월이 무색할 정도로 물에 불었을 뿐 형체는 흐트러지지도 부패하지도 않았다.

나는 사체를 봐도 이제는 두렵지 않았다. 언덕 위에서 낚시꾼 사체를 볼 때와는 확연히 달랐다. 그 뒤로 얼마나 많은 일들이 일어났던가. 혼령인 선글라스를 만났을 뿐만 아니라 내가 쓰고 있는 소설 스토리가 실현되고 현실이 또 소설이 되고 있었다. 이 상황이 환상이면서 현실이고 현실이면서 환상이었다. 이미 일어난 일은 과거일 뿐이었다. 예기치 못한 일이 두려울 뿐이었다. 더 이상 맞닥뜨리고 싶지 않았다. 내일 하지가 되면 얌전히 이 섬을 떠나고 싶었다. 혼령들을 달래는 일은 안나의 몫이다. 굳이 내가 이곳에서 해야 할 일을 찾는다면 하수구 뚜껑을 새것으로 교체하는 일 정도가 아닐까. 지하 무덤을 물구덩으로 만들고 싶지 않았다.

나는 계단으로 올라갔다. 발을 헛디뎌 미끄러졌다. 마음이 급해졌다. 걷는 대신 두 팔을 사용해 엉금엉금 기었다. 몇 계단 올라가지 않아서 넝쿨 줄기가 손과 다리를 감았다. 도끼로 줄기를 끊었다. 순간, 지진이 일어난 것처럼 공간이 흔들렸다가 멈췄다. 지척에서 외마디 비명소리가 들렸다. 채찍질 같은 줄기가 공중으로 치솟더니 도끼 자루를 감았다. 내 몸까지 공격해댔다. 나는 거미줄에 걸린 나방처럼 발버둥 쳤다. 소용없었다. 넝쿨은 살아있는 생명체였다. 발버둥 칠수록 더욱 몸을 조여 왔다. 얼굴은 물론 콧속과 귓속 입안까지 틀어막았다. 숨이 막혀 고함도 지르지 못했다. 머리가 멍해지면서 조금씩 기운을 잃어갔다. 이렇게도 죽는구나 싶었다. 아득하게 하얀 형체가 시야 너머에서 넘실거렸다. 두 눈을 찔끔 감고 주기도문을 외웠다. 강압적인 어머니 전도사 때문에 종교라는 것을 가질 수 없었다. 하지만 위급한 상황에서는 다락방에 갇혔을 때처럼 주기도문을 중얼거렸다. 뭔가를 기대한 것은 아니었다. 몸이 포박된 상태에서 할 수 있는 일이라고는 중얼거리는 것밖에 없었다. 입을 열어 도움을 청한들 누가 달려오겠는가. 점점 의식을 잃어가는 내 귀에 차박차박, 물장구 소리가 들려왔다.

언덕 위에 교회가 있는 마을 아이들을 따라 계곡으로 몰려갔다. 아무 거리낌 없이 옷을 훌러덩 벗고 물속으로 들어갔다. 어른들이 없는 계곡은 그 야말로 아이들의 천국이었다. 계곡물에 잠수하기도, 수면 위에 누워서 떠다니기도 했다. 물장구치며 헤엄치는 아이들도 있었다. 낙하하는 물이 만들어 내는 하얀 포말에 몸을 맡기기도 했다. 수영을 하지 못하는 나는 낮은 물가에서 엉덩이를 높이 쳐들고 얼굴만 물속으로 집어넣었다. 눈을 뜨면 무서울 것 같아 꼭 감았다. 콧구멍에서 나오는 공기방울이 보글거렸으며 바깥에서 들리는 소리는 굴절되어 다른 세상처럼 멀게 느껴졌다. 숨이 막혔지만 이상하게 평화로웠다. 거푸 호흡을 참다가 고개를 들어 올렸다. 여름 햇살이 두 눈을 찔렀다. 아이들은 여전히 시끄럽게 떠들면서 물장구치며 놀았다. 한순간 모든 것이 낯설어졌다. 내가 이곳에 존재하지 않은 것 같았다. 물속으로 얼굴을 밀어 넣었다. 물속은 또 다른 세계였다. 귀를 간질이는 물결소리, 부드러운 압박감, 불현듯 어디선가 느꼈던 것 같은 소리와 손길, 먼 옛날의 평화로움과 같은……

그 순간 누군가가 내 정수리를 세게 눌렀다. 급작스런 눌림에 숨이 막혀 본능적으로 고개를 들려고 했다. 쳐들려는 힘보다 손아귀 악력이 더 셌다. 어린 나는 비명 한번 지르지 못하고 더 깊숙한 곳으로 처박혔다. 그뿐이었다. 몸에 힘을 풀고 아무 저항도 하지 않고 숨을 참아버렸다. 시간이 지나자 모든 소음이 고막 밖으로 튕겨져 나갔다. 잔잔한 물결이 살랑거렸다. 이어 심박동 뛰는 소리, 아련한 자장가 소리, 탯줄이 연결된 둥그런 집……, 엄마 뱃속이었다. 엄마가 나를 위해 자장가를 부르고 있었다. 눈을 감고 깊은 물속으로 침잠해 들어갔다. 갑작스럽게 내 정수리를 잡고 물속으로 밀어 넣은 손이 물 밖으로 나를 끄집어냈다. 그 손이 내 뺨을 때리면서 고함을 질렀다. 입술을 벌려 인공호흡을 했다. 나는 아직도 백색 나라로 가고 있었다. 깨어나고 싶지 않았다.

"젊은이 눈을 떠! 눈을 뜨란 말이야! 두려워하지 말란 말이야."

철장을 두드리는 다급한 소리가 먼 꿈결처럼 들렸다가 바로 지척에서 울렸다. 막혔던 숨을 몰아서 확, 터트렸다.

오래전 엄마가 불렀던 자장가를 흥얼거렸다. 안나가 흥얼거리던 것이기도 했다. 나직이 엄마, 라고 불러보았다. 얼마 만에 뱉어본 호칭인가. 낯설었지만 가슴이 따스하게 스며들었다. 결박용 벨트처럼 목을 감고 있던 넝쿨이 풀렸다.

"젊은이, 정신 차려, 어서! 두려워하지 말고 즐기란 말이야. 그게 살 길이야……."

선글라스였다. 선글라스가 전날 나와 함께 걸었던, 황토집 지하 터널 철장에 매달려 외치고 있었다. 잠긴 철장 문 때문에 양팔만 안으로 뻗은 채였다. 나는 샴페인 병에 코르크 마개가 뽑히듯 숨을 터트리고는 웃어댔다. 어디서 기운을 얻었는지 양팔을 힘차게 좌우로 흔들었다. 넝쿨이 우두둑 거리며 뽑혔다. 윗몸을 일으켰다. 도끼 자루를 쥔 손아귀에 힘을 주고 선글라스 쪽으로 가려고 했다. 도끼로 자물쇠를 끊을 수 있을 것 같았다.

간신히 한걸음을 떼었을 때 내 몸을 감았던 넝쿨이 이번에는 등을 후려쳤다. 나는 본능적으로 무릎 안으로 얼굴을 숨겼다. 넝쿨이 사방에서 나를 가격했다. 입에서 비명이 터져 나왔다. 울부짖음은 그대로 반사돼서 메아리가 되었다. 사면 벽이 흔들리면서 먼지가 부옇게 휘날렸다. 귀를 막고 그 자리에 꼼짝 않고 앉았다. 선글라스의 외침이 이어졌다.

거의 피투성이가 되었을 때 채찍질은 멈췄다. 순식간에 넝쿨이 어둠 속으로 물러갔다. 흔들리면서 울어대던 벽은 잠잠해졌다. 아련한 노랫소리가 들렸다. 안나가 자주 흥얼거리던 자장가였다. 소리 나는 쪽으로 고개를 들었다. 녹슨 철 대문이 활짝 열려 있었고 그곳에서 황금빛 물결이 흘러내려오고 있었다. 안나가 베를 짤 때마다 섬을 비추던 빛이었다. 빛 사이로 흰옷 입은 그녀가 노래를 부르면서 계단을 내려오고 있었다. 일상의 말을 잃어버린 안나의 노랫가락은 아름다웠다.

나는 빛이 어둠을 몰아내면서 드러나는 지하 내부를 보고 입이 다물어지지 않았다. 넝쿨이 걷히고 어둠이 물러간 지하 벽은 온통 가면이었다. 가면 일부가 떨어졌다지만 또 다른 낡은 가면들이 겹겹이 붙어있었다. 어림잡아 지하 벽 높이는 십 미터 이상, 바닥은 백 평 정도 되는 것 같았다. 그곳을 빙 둘러서 가면이, 가면 위에는 먼지가 잔뜩 끼어 있어서 분별하기조차 어려웠다. 거미줄이 쳐진 곳도 있었다. 설교단을 제외하고는 관이 놓여 있었다. 빽빽한 나무관은 또 다른 바닥을 만들었다. 관 위에도 가면이 붙어 있었다. 선글라스가 있는, 황토집으로 향하는 터널 외에도 여섯 군데 터널이 더 있었다. 전부 자물쇠가 걸려 있었다.

노래를 멈추지 않고 내려온 안나는 피투성이 내 등을 어루만져 주었다. 그녀의 눈에 눈물이 고였다. 내게 고개를 숙이더니 계단을 내려갔다. 맨발바닥에서 피가 흘렀다. 룰러 자국과 같은 얼룩은 안나의 발바닥에서 흘러나와 굳은 핏자국이었다. 그녀는 전혀 자신의 몸을 돌보지 않고 있었다.

계단을 내려온 그녀가 설교단 위로 올라갔다. 하수구에서 꺼낸 사체 앞에 무릎을 꿇고 앉아 두 손을 모으고 오랫동안 앉아 있다가 사체를 연신 어루만졌다. 흡사 오래전 샘 속에서 푸른 눈의 소녀가 탈진한 무녀의 몸을 어루만지며 온기를 되돌려주던 몸짓과 같았다. 사체의 목덜미를 더듬는가 싶더니 식칼을 뽑아냈다. 미처 내가 머리카락 때문에 확인하지 못한 거였다. 사체의 입속에서 검은 물이 쏟아져 나왔다. 퉁퉁 불었던 몸이 몸피를 줄였다. 마침내 입속에서 검은 연기가 나오더니 멈췄다. 초상화 속 그대로 푸른 눈의 무녀가 살아있는 듯 누워있었다. 안나가 베를 짤 때의 모습이기도 했다. 안나는 가슴에 품고 있던 가면을 꺼내 푸른 눈의 무녀에게 씌워주었다. 신들린 듯 일어서서 노래를 멈추지 않고 벽을 한 손으로 만지면서 돌기 시작했다. 선글라스가 있는 철장에 다다르더니 목에 걸린 청동 열쇠로 자물통을 열었다. 문이 활짝 열리자 그 안에 있던 선글라스는 물론 먼지 형상의 혼령들이 설교단 아래로 와서 바짝 엎드렸다. 안나는 천천히 벽을 쓰다듬으면서 돌았다. 나머지 철장 문까지 모두 열었다. 일곱 개의 철장은 마을 곳곳으로 연결된, 혼령들의 길이었다.

나는 아래를 내려다보았다. 안나 주위로 지하 터널에서 나온, 갇혀있던 혼령들이 서서히 몰려들고 있었다. 그녀는 푸른 눈을 발하며 그들 얼굴에 가면을 하나씩 씌워주었다. 선글라스도 그들 무리에 끼어 있었다. 안나는 푸른 눈의 무녀처럼 변해 있었다. 아니, 살아있는 푸른 눈의 무녀였다.

# 노트 9

진짜 내가 딸아이를 찌르려고 식칼을 들고 쫓아갔던가. 아니다, 더 이상 내 딸이 아니다. 무녀다. 평생 순결을 서약한 무녀다. 무녀가 남자를 품을 수는 없다. 용서받을 수 없는 짓을 한 것이다.

K는 안나가 김과 사랑을 나누는 모습을 보고 나서 처음에는 화가 났지만 다르게 생각해보았다. 그렇게 바라던 평범한 여인이었다면 지금 즈음 결혼을 했을 것이다. 하지만 무녀가 되었다. K는 계속해서 갈등했다. 안나를 외동딸로 볼 것이냐, 무녀로 볼 것이냐. 하지만 김만은 용서하고 싶지 않았다. 고아나 다름없는 그를 입히고 가르치고 보살폈는데, 그렇게 믿었는데, 그는 무녀이기 이전에 여동생을 덮쳤다. K는 김을 죽이고 싶었다.

무녀와 김은 다락으로 달아났다. 다락은 K가 만들어놓은 비밀 통로를 발견하지 않은 이상 막다른 도주로였다. K가 다락으로 올라가자 이들은 무릎을 꿇고 그를 기다리고 있었다.

"아버님, 이제 그만 우리를 놔주세요. 섬 밖으로 나가서 평범한 부부로 살아가고 싶습니다."

K는 김의 뜻밖의 말에도 웃음을 멈출 수가 없었다. 어디서 저런 말버릇을 배웠단 말인가. 내내 복종적이지 않았던가. K는 고함이라도 쳐서 분노를 삭이고 싶었다.

네가 내 고통을 아느냐. 어찌 알겠는가. 슬퍼도 웃어야만 하는 이 고통을. 이 고통을 없애기 위해서 애지중지 아끼는 딸까지 무녀로 만들어 그녀가 짠 가면으로 영혼을 달래주고 있는데, 그럼에도 이 고통에서 벗어나지 못하고 있는데, 어떻게 감히 니가 안나에게 그런 짓을 할 수 있단 말이냐…….

하지만 별장 주인은 아무 말도 하지 않았다. 말을 한들 공허한 메아리가 되어 되돌아올 것이다. 김의 어머니의 심장이 안나에게 있는 한, 김은 안나에게서 떨어지지 않을 거라는 불길함이 줄곧 K를 괴롭혔다. 그런데 왜 이 일을 예측하지 못했던 것일까. 이제 내가 이들을 놔주어도 아마도 그들이 가만두지 않을 것이다. 걷잡을 수 없는 절망과 분노와 슬픔이 밀려왔다. K는 신음을 터트렸다. 그러나 터져 나온 것은 절망의 깊이만큼 큰 웃음이었다. 미친 듯이 웃던 K는 천천히 김에게 다가갔다. 식칼은 필요 없었다. 다락 한 구석으로 이미 던져버렸다. 말없이 앉아있는 김의 목을 졸랐다. 김이 아무 저항도 하지 않고 눈을 감았다. K가 양손에 힘을 줄수록 그의 웃음소리는 더 커졌다. 이제는 자신을 제어할 수조차 없었다. 그들 즉, 수많은 영혼들과 산사람의 분노가 잠겨든 건물이 명령을 내렸다. 별장 주인은 대리인일 뿐이었다. 명령자는 지금도 벽 어디 즈음에서 상황을 지켜볼 것이다. 전에도 베틀을 가져와라, 딸을 무녀로 만들어라, 원한 산 혼령들을 지하에 더 채워라, 라고 명령했듯이 지금 김을 죽이라고 명령하고 있었다. 명령에 따르지 않으면 채찍질을 했다.

K는 두려울수록 더 크게 웃어야 한다는 것을 알았다. 김의 말처럼 둘을 탈출시켜 평범한 부부로 살아가게 하는 것이 김의 어머니의 원한을 푸는 일일 수도 있었다. 하지만 K의 몸과 마음은 이미 그의 것이 아니었다.

안나는 K를 뒤에서 안았다. 그녀는 울고 있었다. 눈물방울이 보석처럼 떨어졌다. K는 눈물을 오랜만에 봤다. 서서히 마음이 풀려져서 손에 힘이 풀려나갔다. K의 손에서 풀려난 김은 구석진 곳에 떨어진 식칼을 주웠다. K를 위협해 안나를 그의 등 뒤로 숨기면서 다락방 입구로 뒷걸음질할 요량이었다. 하지만 K가 다시 입가에 웃음을 흘리면서 빠르게 김을 위협하며 따라갔다. 겁에 질린 안나는 K와 김 사이에 끼어들었다. 양손을 벌려 둘 사이를 가로막았다. 화가 난 K가 안나의 어깻죽지를 잡고 사정없이 옆으로 밀어뜨렸다. 김은 K를 향해 식칼을 휘둘렀다. 또다시 안나가 둘 사이에 끼어들었다. 순식간이었다, 목덜미에 식칼이 박힌 안나가 분수처럼 피를 뿜으며 떨어진 것이.

안나의 사체를 안고 지하 계단을 내려가는 K는 그가 자신의 의식을 조금이라도 제어할 수 있을 때 마지막 선택을 해야 했다. 안나가 존재하지 않는다면 극심한 공포에 떨다가 생을 마감할 것이며 영혼은 안식을 찾지 못해 구천을 떠돌 것이다. 혼자라도 영혼을 구원해야 했다.

K는 혼령들이 섬으로 들어오는 입구를 막기로 했다. 그것은 더 이상 혼령들을 위로할 수 없는, 섬의 마지막 선택이기도 했다. 하수구 뚜껑을 열어 안나를 넣었다. 무녀의 사체가 있는 한 이 별장은 결계 역할을 하여 이미 밖으로 나간 영령들을 들이지 못할 것이다. K는 영령들의 입구를 막음으로써 안에 있는 영령들이 밖으로도 나가지 못해서 건물 안으로 스며들 거라는 것을 알지 못했다. 석고를 준비하고 남아 있는 가면을 연결했다. 이제 이 세상과 작별할 일만 남았다.

K는 토해내듯 웃음을 터트리고 욕조에 누웠다. 석고 담은 그릇을 몸 위로 부었다. 마지막으로 가면과 연결된 줄을 당기려 했다. 그런데……. 아, 저 울부짖음은, 벽이 흔들리는 저 소리는, 저 채찍질 소리는……. K는 마지막 힘을 내서 눈을 떴다. 어느새 김이 K의 목에 밧줄을 걸고 당기고 있었다. 그는 이미 김이 아니었다. 두 눈에 광기를 품고 있는 가면 쓴 사내였다. K는 입을 벌리고 눈을 뜬 채 서서히 의식을 잃어갔다.

# 10. 선택

침대 위에서 얼마나 잤을까. 살랑거리는 바람이 이마를 간질였다. 눈을 떴다. 푸른 눈이 아닌, 진짜 안나가 나를 내려다보고 있었다. 그녀는 부드러운 손길로 연이어 내 얼굴을 쓰다듬고 있었다. 처음 안나를 봤을 때의 애무였다.

오늘이 하지다, 드디어 섬을 나가는 날이다!

내 머릿속으로 번뜩 스쳐가는 문구였다. 안나는 내 마음을 읽기라도 한 듯 내 가방을 들어 올렸다. 짐을 챙기라는 시늉을 했다.

나는 덥지만 올 때처럼 파커에 목도리를 둘렀다. 노인이 준 운동복과 팬티는 챙기지 않았다. 비밀 지하방에서 건진 자료들은 이미 백팩 안에 넣어두었다. 노트북까지 다 챙겼을 때 안나가 휴대폰을 내밀었다. 6개월 전 노인에게 맡긴 거였다. 전화벨이 울렸다. 시계를 봤다. 여덟 시 삼십 분이 아닌 여섯 시였다.

"……"

"젊은이, 안나에게 휴대폰을 받았지? 오늘이 계약기간 마지막 날이군. 잘 가시게나. 처음 말한 대로 계약기간 동안 일을 잘해줘서 보너스로 한 달 치

월급을 통장에 미리 넣었다네. 굳이 좋은 글을 쓰시게. 자네가 와서 고마웠다네, 허허. 해피해피."

나는 고맙습니다, 라고 나직이 말하고 더듬거리면서 물었다. 지금이 아니라면 들을 수 없는 대답이었다. 굳이 답변을 기대한 질문은 아니었다.

"이, 이장님, 죄송하지만 마, 마지막 날이라서, 이, 이장님의 선택은 무엇이었습니까?"

"허허. 어려운 질문이네만. 처음으로 나도 질문하나 하지. 자네는 목숨보다 더 아끼는 사람을 잃은 적이 있었는가?"

"……."

"내가 나를 이기지 못했을 때 선택할 수 있는 방법으로는 죽음이거나 모든 것을 잊는 것밖에 없었다네. 그런데 가장 비참한 것이 무엇인 줄 아나? 잊으려고 해도 잊히지 않는 것이 있다는 것이라네. 그 주위만 돌면서 죄의식을 가지고 사는 기분, 이해할 수 있겠나, 허허."

노인의 웃음소리가 공허한 메아리처럼 멀어졌다.


안나는 선착장이 아니라 2층으로 나를 안내했다. 여전히 흰색 원피스에 맨발이었다. 지하로 내려가서 어제와 같은 상황이 반복되더라도 담담할 수 있었다. 안나가 옆에 있었다. 이 섬에서 유일하게 맑은 아이라는 노인의 말을 믿기로 했다.

다락은 어제 도끼로 내리찍은 부분이 출입구처럼 열려 있었다. 나와 안나는 그 틈으로 들어갔다. 지하로 내려가는 입구에 섰을 때 안나는 나를 돌아보았다. 표정 없는 얼굴로 입술에 검지를 갖다 대었다. 나는 고개를 끄덕였다. 안나는 느리게 입구 쪽으로 돌아섰다. 늘 듣던 자장가를 흥얼거렸고 나도 따라 했다.

계단은 가파르고 깊었다. 넝쿨은 자장가 소리가 들리자 양쪽으로 물러갔다. 검은 물도 먼지도 없는 지하 무덤은 적막했다. 설교단 아래에 향나무 관두 개가 있었다. 푸른 눈의 무녀와 욕실에 석고 형상으로 남아 있던 별장 주인이 안치된 관이었다. 관 뚜껑은 열려 있었다. 사체 얼굴에 가면이 씌워져 있었다. 잔잔하게 스며드는 황금빛이 둥그런 사체 두 구를 비추었다. 안나의 노랫소리가 맞은편 벽에 메아리쳐 울렸다. 계단을 다 내려와서 하수구 뚜껑 앞에 섰다. 안나는 입술을 만들어 내게 말을 했다.

필. 요. 할. 때, 사. 용. 하. 세. 요.
당. 신. 선. 택. 입. 니. 다.

그리고는 하수구 구멍을 가리켰다. 검은 구멍이 나를 올려다보고 있었다. 가면 신사의 퍼포먼스를 떠올렸다. 밖으로 나가는 통로. 어디로 연결되었을까. 어제 검은 물이 역류하는 장면을 상기했지만 안나가 시키는 대로 구멍으로 들어갈 준비를 했다. 마지막으로 안나 손을 잡으려고 했다. 안나는 내 손을 뿌리쳤다. 두 손을 모으고 고개를 숙였다. 그 모습이 작품 속에서 묘사하고 싶은 무녀의 범접할 수 없는 고귀한 모습이라 나는 내밀었던 손을 엉거주춤 제자리에 두었다.

안나는 고개를 들어 나를 봤다. 어느새 눈은 푸르렀고 입술 색은 보랏빛이었다. 보랏빛 입술에서 나방이 기어 나왔다. 기력이 쇠진한 듯, 고치를 깨고 이제 막 나온 나방처럼 비틀거렸다. 나는 안나를 부축하고 싶어서 윗몸을 기울였다. 그 순간 구멍이 강한 자력으로 나를 빨아들였다.

하수관에는 물이 없었다. 물이 없는 곳에서 물결에 휩싸이듯 밀려갔다. 이곳에서 내 의지로 할 수 있는 것은 없었다. 다만, 시골 예배당에서 방석에 무릎을 꿇고 앉았을 때 하수관 내벽에 비친 내 눈 속에서는 하얀 한복을 입은 전도사 얼굴이 보였다. 목숨보다 더 아낀 사람을 잃은 적이 있었습니까, 라고 노인이 아닌 내가 전도사에게 질문을 던지고 있었다. 전도사가 당신의 목숨보다 더 아꼈던 사람은 누구였을까, 죽지 못해서 선택한 것이 가면과 같은 종교였다면?

나는 반복해서 쏟아내려는 질문에 입을 다물고는 깊은 잠 속으로 빨려 들어갔다. 누군가가 내 한쪽 발목에 밧줄을 묶어 끌어당기는 것 같은 기분을 느꼈을 때 윗몸에 힘을 주고 위로 솟구쳤다. 낭떠러지 난간에서 나를 유린하고 있는 사람의 면상이라도 확인해야 했다.

그곳에서는 하얀 한복을 입고 짧은 머리에 머릿기름을 바른 여자가 밧줄을 잡아당기면서 웃고 있었다. 어머니였다.


\*


바다는 누렇고 탁했다. 숨을 깊게 들이켜고 천천히 내뱉었다. 해풍은 까칠하기만 할 뿐 기대한 맛은 나지 않았다. 깊고 긴 하수관은 등대와 연결되어 있었다. 왜 등대여야 할까. 등대까지 오려고 뗏목을 만들었지만 실패했다. 나는 안나가 내 마음을 읽은 것이라고 생각했지만 등대 빛으로 구조 신호를 보내지는 않았다. 외부 직원이 달려오게끔 등대 빛을 꺼버리지도 못했다. 안나가 이곳으로 향하는 길을 가르쳐준 것은 나갈 다른 방법이 있기 때문일 것이다. 좀 더 기다려보기로 했다.

시간이 갈수록 불안과 기대가 교차되면서 증폭됐다. 6개월 동안 머물렀던 섬. 별장 건물은 사이프러스 숲에 가려 보이지 않고 높이가 다른 암벽만 보였다. 현실보다는 환상의 섬처럼 다가왔다. 이제 떠날 수 있다는 여유 때문일까. 가슴 한쪽이 울렁거리면서 별장에서 듣던 울음소리보다 더 애달픈 메아리 같은, 숨죽인 통곡이 연이어 들렸다. 더 이상 그것을 느낄 수 없다는 것이, 섬 밖으로 나왔을 때에야 아쉬움으로 변했다. 악몽, 울음소리, 통곡, 영령들의 살인사건, 집착 그것들을 고스란히 흡수해서 되돌려주는 건물……. 어둠은 서서히 바다 위를 덮었지만 해무는 백색으로 빛났다. 얼마 지나지 않아 황금빛이 섬 전체를 어루만졌다.

황금알이었다. 전날 태풍이 일며 몸서리치던 바람은 온데간데없고 찢어진 길쭉한 헝겊처럼 하늘에 걸려있던 먹구름 사이로 그야말로 시나브로 황금알과 같은 태양이 태어나고 있었다. 해무리가 먹구름 사이사이로 빛을 발하며 스며들었다. 빛 갈기로 엷게 퍼지는 노랑, 자주, 보라 빛 등이 하늘 전체를 부드럽게 수놓았다. 서서히 먹구름은 왼쪽에서 오른쪽으로 물러갔다. 먹구름 유람선이 청명한 푸른 하늘에 쫓겨 가면 그 자리를 황금빛이 차지했다. 거대하고 입체적이며 현란한 색감에 넋을 잃었다. 마지막으로는 공포감으로, 그야말로 아름다운 공포감으로 전율했다.

일 년 중 가장 낮이 길고 밤이 짧은 날. 악령의 활동이 가장 적은 날. 그날이 하지(夏至)다. 저 황금빛은 축포일 것이다. 오십 년 만에 열리는 축제를 축하하는 빛! 지금 즈음, 지하로 뻗은 터널로 섬사람들이 모여들까. 그들은 또다시 가면을 쓰고 안식을 얻어야 할까.

빛을 반사한 바다는 수평선에서 서서히 안쪽으로 퍼져나갔다. 빛 속으로 하나 둘 조각배가 들어왔다. 잔잔한 해풍이 뺨을 스쳤다. 수평선에도 수많은 흰 조각배가 둥실 떠 있었다. 조각배에 흰옷 입은 사람들이 황금빛 물결을 자장가 삼아 등대로 몰려들었다. 암벽 위나 인근 바닷가에 드리운 짙은 해무가 한 덩어리씩 바다 위로 떨어졌다. 처음에는 커다란 밀가루 반죽처럼 보이더니 눈사람처럼 되었다가 드디어 흰옷 입은 사람 형체로 변했다. 그들은 조각배에 올랐다.

선두에 선 그것은 점점이 커졌다. 하얀 관보를 덮은 관을 앞에 실은 배도 있었다. 하얀 조각배를 타고 오는 손님들은 이 세상에 없는 듯, 다른 세상을 바라보는 듯, 파도가 출렁거려도 전혀 흔들리지 않고 꼿꼿이 서 있었다. 눈을 내리 깐 채 두 손을 가슴에 모으고 있었다. 스물일곱 살 먹은 청년을 잡으러 오는 행색은 아니었다.

선두에 선, 배 한 척이 등대 아래에서 멈췄다. 뒤따라오는 조각배들도 줄을 지었다. 조각배는 수평선 너머까지 긴 행렬을 이루었다. 관이 열리자 사체가 일어났다. 내가 몇 분 전에 빠져나왔던 구멍 속으로, 흡사 자궁으로 회귀하기 위해 질(膣) 속으로 들어가는 것처럼 흰 옷 입은 사람들이 스며들었다. 웃음소리도 옷자락 스치는 소리도 없었다. 배는 계속해서 등대 아래에서 멈췄고 구멍 속으로 사라졌다. 그들은 알고 있었다. 등대가 섬으로 통하는 길이라는 것을. 막힌 통로가 뚫렸다는 것을. 수많은 육체 없는 혼령들이 잠들어 있는 곳이라는 것을. 그들 또한 안식을 찾아 떠나기를 원한다는 것을. 이날을 위해서 무녀들이 가면을 만들었던 것이다. 오십 년 만에 드디어 열리는 죽은 자와 산 자의 축제가, 지금 저곳에서 벌어지려 하고 있었다.

시간은 점점 흘렀고 조각배는 등대 아래에서 흰 개미떼처럼 모여들었다. 충분히 이곳을 탈출할 수 있을 것 같았다. 저들이 타고 온 조각배를 훔치면

됐다. 섬을 나갈 생각을 하자 들고 있던 가면이 펄럭였다. 펄럭이는 가면은 거울처럼 내 얼굴을 비춰주었다. 칫솔모 같은 짙은 눈썹과 매부리코, 꽉 다문 입술, 서슬 퍼런 푸른 눈동자.

푸른 눈동자?

다시 가면을 보았다. 가면은 바람도 불지 않는데 또 펄럭였다. 펄럭이는 가면 속에 한 여자가 식은땀을 흘리며 신음하다가 왼쪽으로 고개를 떨어뜨렸다. 손에 장갑을 낀 청년이 주사기를 든 채 여자를 내려다보고 있었다. 주사기를 천천히 빈 인슐린 병 옆에 놓았다. 꿈쩍도 하지 않은 여자의 왼팔을 길게 폈다. 그 팔을 베개 삼아 한 남자가 누워서 히죽거렸다. 남자는 휴대폰을 꺼내 인증 사진을 찍기 시작했다. 찰칵, 찰칵…….

나는 오른손 아귀에 쥐고 있는 휴대폰 갤러리를 열었다. 잠들어 있는 듯 눈을 감고 있는 여 교수 팔을 베고 누워 있는 내가 실실 웃고 있었다. 나는 그것을 낯설게 들여다보았다. 철썩, 철썩…… 오른손 아귀가 오래전에 말채찍을 쥐고 있었던 듯 근질거렸다. 히죽히죽 웃음이 터지려 했다. 자네는 누구 역할을 하는가. 자네하고 닮은 사람을 찾아보게나. 선글라스가 말했다. 왜 K와 김이 닮았다는 것을 알지 못했을까. 나는 김인가, K인가. 고개를 갸웃했다. 망각의 가면이기도 한 이것?

저곳으로 갈 것인가, 이곳에 남을 것인가.

왼쪽에서 오른쪽으로 흘러가던 먹구름이 정수리 위에서 멈췄다. 먹구름이 빛 갈무리를 조금씩 갉아먹고 있었다.

딱히 서둘러 섬을 떠날 필요는 없었다. 저곳으로 간들 특별한 일은 없었다. 섬을 떠날 수 있는 방법을 아는 한, 더 이상 이곳은 감옥이 될 수 없었다. 그렇다면 '소설'이 남았다. 소설이라고 발음하자 심장이 요동쳤다. 산 자와 죽은 자를 연결하는 소설. 현실과 환상. 이 섬의 지독한 악몽. 누군가에게 이 섬의 비밀을 말하고 싶은 욕망으로 가슴이 터질 것 같았다. 모두들 헛소리라고 하더라도 상관없었다. 헛소리로 들리지 않게끔, 좀 더 극적인 장면을 연출해서 완벽한 리얼리티를 살리면 됐다. 그동안 내내 내가 찾던 신선한 소재. 이것이 바로 발아래에서 전개되고 있었다. 상상력의 빈약함. 얕은 주제. 엉성한 구성. 이런 것들이 내가 가지고 있는 진짜 공포이자 트라우마였다. 생생한 공포를 느낄 수 있다는 것은 '생생한' 삶의 또 다른 얼굴이 아닌가.

섬을 떠나는 것은, 하지 축제가 끝난 다음날이어도 괜찮다. 그전에 두 눈으로 똑똑히 모든 것을 목격하고 싶다. 축제가 끝나면 영혼의 안식을 얻은 선글라스가 다시 죽을지 살아날지, 인근 연안에 선박 충돌 사건이 줄어들지, 아예 그런 일이 일어나지 않을지도 확인하고 싶다. 공포를 저당 잡힌 섬사람들이 어떻게 그것을 되찾을지, 어떻게 축제가 진행될지도 두 눈으로 지켜보고 싶다. 그다음 날 이 섬을 떠나도 무방할 것이다.

무엇보다도 간절히 나를 기다리는 누군가가 있다. 나는 가면을 뚫어져라 쳐다보았다. 햇살을 받은 그것이 백색 빛을 내뿜으면서 몸부림치듯 펄럭였다. 미친 듯한 웃음소리가 공중을 배회하기 시작했다.

## 노트 10

하지 축제를 하지 않은 P 섬은 그 뒤로 서서히 섬 주변으로 해무가 끼기 시작했다. 별장 안에서 위로받지 못한 혼령들은 밤마다 벽을 치며 통곡했고 인근 바다에 잦은 사고가 잇따랐다. 근 50년 동안이나 이어졌으나 그 뒤로도 어떻게 됐는지 아무도 알 수 없었다.

# 에필로그

　설지원이 실종된 지 5년이 지났다. 부재자 실종 신고·신청 사건에 대하여 공시 최고 절차를 밟았다. 5년 이상 생사를 알 수 없는 사람으로 확인되어 사망 처리되었다. 사망 처리를 서두른 것은 설지원의 어머니였다. 시도 때도 없이 눈물을 흘리는 그녀는 알아듣지 못할 말만 중얼거렸다. 그녀는 3년 전까지만 해도 전도사였다. 반미치광이가 되어 시립 소속 노인 복지 요양원에 있었다. 사람들은 그녀가 미친 것은 종교 때문이라고 했다.

　설지원의 사망신고가 처리된 1년 뒤, 시중에 베스트셀러 소설이 나왔다. 설지원이라는 이름으로 『죽음의 섬』이 출간되었다. 평론가들은 뵈클린의 〈죽음의 섬〉을 착안해서 소설이 완성된 것이라고 했다. 그러면서 조심스럽게 소설 속 섬은 세기말 묵시론이지만 반어적으로 유토피아를 그리고 있다고 평했다. 극적인 장면을 환상적이면서도 생생한 리얼리티로 그리고 있어서 몰입도가 뛰어나다고 했다. 현대인들이 세기말 묵시론적 세계에서 되레 현재의 삶에 자족하는, 반어적 심리가 베스트셀러로 만든 것 같다고 덧붙였다.

　책이 인기를 끌자 여러 단체에서 작가를 초청하려 했으나 작가는 모습을 드러내지 않았다. 일각에서는 작가의 신비주의가 마케팅 전략과 맞아떨어져서 그 궁금증이 오히려 책에 대한 관심을 증폭시켰다고 했다.

여기저기 상업주의에 맞게 이벤트가 벌어졌다. 죽음의 섬을 찾아보자는 취지였다. 여러 팀들이 죽음의 섬을 찾기 위해 탐험에 나섰다. 거액의 상금까지 내걸었다. 책 속의 섬과 비슷한 곳이 몇 군데 있었지만 짙은 해무가 없었다. '죽음의 섬'이라고 할 수 없었다. 하지만 작은 이벤트는 성황을 이루었다. 하얀 가면을 쓰고 웃는, 이색적인 가면무도회였다. 가면무도회에 참석한 사람들은 자신들을 상처 받은 자, 영혼을 위로받고자 하는 영령들이라고 소개했다. 믿기지 않겠지만 가면무도회가 끝난 뒷자리에 활짝 웃고 마음의 평정을 찾은 사람들이 인터뷰하겠다고 줄을 섰다.

떠들썩한 이벤트 소식과 달리 지방 신문 사회면에 실종된 K 프로덕션 PD였던 김수만의 사체가 발견되었다는 기사가 조용하게 실렸다. 김수만은 25년 전, 온난화의 영향으로 변해가는 자연현상을 촬영하기 위해 섬을 순회하고 있었다. 김수만의 사체를 찾게 된 것은 P 섬 마을 이장 때문이었다. 이장은 오래전 자신이 살인을 저질렀다고 고백하면서 그 증거로 김수만의 것으로 추정되는 수첩을 제시했다. 사체를 던진 지점을 정확하게 가리켜주었다. 그곳을 뒤지던 잠수부는 등에 책가방만 한 돌을 얹고 낚싯줄에 꽁꽁 묶인 발가벗은 남자 사체를 끌어올렸다. 정수리가 깨지고 손톱과 치아가 없었다. 전혀 훼손되거나 썩지 않아 몇십 년 된 사체라고 보기 힘들었다.

확실한 사망 시간을 알기 위해서 국립과학연구소로 보내졌다. 전문의는 도저히 있을 수 없는 일이라고 난색을 표했다. 하지만 과학적으로 일어날 수 없지만 모든 것이 다 과학적으로 설명되는 것은 아니라면서 25년 전에 사망했을 수도 있다고 추정한다는 애매한 소견을 내놓았다. 김수만이 언제, 누구한테 살해됐든, 살인사건의 공소시효인 15년이 훨씬 지난 때여서 아무도 처벌받지 않았다. 자신이 범인이라고 우기는 나이 많은 이장은 겁먹은 눈동자로 시도 때도 없이 웃었다. 노인이 정신 질환을 앓고 있을지도 모른다는 전문가 소견이 있었다. 사체를 유가족에게 인계하는 것으로 사건은 마무리되었다.

그 시간 즈음, S 선착장에는 검정 백팩을 메고 노트북을 신줏단지처럼 들고 있던 까만 얼굴에 뾰족한 턱을 가진 청년이 P 섬으로 향하는 배표를 샀다. 하루에 한 척밖에 없는 배를 타기 위해 여섯 시간 동안 버스를 타고서도 두 시간을 더 기다려야 했지만 그는 전혀 서두르거나 지루한 기색 없이 선착장 의자에 앉아 군데군데 밑줄 그은 『죽음의 섬』을 재독 하고 있었다.

# 레이어의 세상에서 살아가기

최수웅

(스토리텔러, 단국대학교 문예창작과 교수)

## 1. 또 다른 지도

> 별이 빛나는 창공을 보고, 갈 수가 있고 또 가야만 하는 길의 지도
> 를 읽을 수 있던 시대는 얼마나 행복했던가? 그리고 별빛이 그 길
> 을 훤히 밝혀 주던 시대는 얼마나 행복했던가? — 게오르그 루카
> 치, 『소설의 이론』, 심설당, 1985, 25쪽.

저 오래된 말씀은 여전히 유효하다. 본래 의미와는 상관없이 독자의 마음을 흔
들어, 아스라한 동경을 되살려내므로. 이미 알고 있다. 행복했던 시절은 지나가
버렸고, 돌이킬 수 없다는 사실을. 별은 여전히 창공에 있지만, 그 빛은 지상까

지 닿지 않는다. 누군가는 세상이 혼탁해졌기 때문이라 말하고, 또 누군가는 목적지를 잃어버린 까닭이라 말하며, 다른 누군가는 선지자를 자처한 이들이 내놓은 지도가 제각기 달라 해독이 어려워진 탓이라고 말한다.

어찌 되었든 이런 시대에도 작가는 여전히 이야기를 만든다. 더는 전망하기 어렵고, 확신할 수도 없으며, 읽어주는 이들마저 줄어들었다고 해도. 제 나름의 길을 찾기 위해 고군분투한다. 그런 점에서 우리 시대의 작가는 어디인지 모를 목적지를 찾아 도달할 수 없는 여행을 계속하는 떠돌이다.

기존의 말씀들은 지혜로우나, 실질적으로 도움이 되지 못한다. 무엇보다 시절이 지났기 때문이다. 물론 시대를 뛰어넘는 통찰도 분명히 존재한다. 하지만 보편타당한 말씀으로는 현재의 특수성을 담아내기 어렵다. 더구나 요즘처럼 변화무쌍한 시절에는 더욱 그렇다. 심지어 앞서 인용했던 저 말씀도 마찬가지. 동경을 되살리긴 했으나, 방향을 제시하지 못한다. 그런 까닭에 우리 시대를 설명할 수 있는 새로운 지도를 찾아야 한다.

사실 이런 시도는 근본적으로 모호하다. 그 자체가 오늘날을 규정하는 속성이므로. 그렇지만 노력 자체를 멈출 수야 없으리라. 막연하더라도 가늠하고, 실패를 감수하고 도전해야 한다. 오직 그것만이 지금도 정착을 거부하고 유랑을 포기하지 않는 작가라는 족속을 응원하는 유일한 방법이니.


최근 미디어 관련 분야에서 '레이어(layer)' 개념이 자주 언급되고 있다. 이는 "겹겹이 쌓을 수 있으며, 전체적으로 또는 부분적으로 투명성(transparency)을 갖춘"[1] 구조를 의미하는데, 그동안은 주로 애니메이션 분야에서 일상적으로 사용되다가, 디지털이 보편적인 창작도구로 활용되면서 점차 쓰임새가 확장되고 있다. 대표적인

---

1) 김영도, 「미디어에서 레이어의 매체 미학적 이해」, 《한국언터테인먼트산업학회논문지》 5(5), 한국엔터테인먼트산업학회, 2011, 16쪽.

사례가 이미지 편집 프로그램 '포토샵(Photoshop)'이다. 기존의 회화는 하나의 캔버스에서만 창작이 이루어졌지만, 포토샵은 작업의 층위를 몇 가지 레이어로 나눠서 진행하고 각각의 결과물을 쌓아 결과물을 만들어내는 방식이다.

레이어를 이용한 창작방법은 이미 광범위하게 사용되고 있다. 디자인, 웹툰, 영화, 애니메이, 게임 등등 컴퓨터그래픽이 적용되는 분야는 물론이고, 음악 분야에서의 창작, 편곡, 변형 역시 마찬가지며, 디지털 미디어에서 정보를 수집, 정리, 활용하는 과정도 같은 방식을 공유한다. 이제 일반화된 자동차 내비게이션 시스템이 일상에서 가장 손쉽게 접하는 사례다. 지도를 가장 바탕에 깔고, 그 위에 목적지까지 이르는 경로를 설정한 뒤, 그 과정에 포함된 도로정보를 추가하고, 변동하는 교통상황까지 거의 실시간으로 수용해서 길을 안내한다. 사용자는 정리된 내용만 전달받지만, 그를 도출하기 위해서는 여러 겹의 레이어에 누적된 정보를 종합하는 과정이 필요하다.

그동안의 논의에서 레이어는 다음과 같은 세 가지 원리를 가진다고 설명되었다. 복수의 레이어들로 구성되는 복합적 구조를 가진다는 점, 각 레이어들은 서로 유기적으로 관계를 맺어 특정한 기능을 수행한다는 점, 그러면서도 각 레이어들은 모듈성을 갖기에 분리와 결합이 용이하다는 점.[2] 이처럼 레이어 개념은 넓게는 일상생활에서, 좁게는 예술작품의 새로운 창작방법으로 주목받고 있다. 아직 논의가 충분히 진행되지 못했지만, 적어도 우리 시대를 설명하는 주요 개념이라고 평가할 수는 있겠다.

이와 같은 레이어 개념이야말로 차노휘가 장편소설 『죽음의 섬』에 만들어둔 길을 더듬어 찾아가는 일에 유용하다. 이 소설은 낯설다. 부분적으로 뜯어보면 아주 생소하지는 않은데, 여럿을 합쳐놓으면 가늠하기 어려워진다. 그러므

---

2) 이재현, 「미디어 레이어 : 이론화와 활용」, 《언론정보연구》 51(2), 언론정보연구소, 2014, 112쪽.

로 이해를 도모하기 위해서는 작품을 몇 개의 층위로 나눠서 지도를 만들어야 한다.


## 2. 자기 꼬리를 문 뱀, 구조의 레이어

> 뱀은 가끔씩 제 꼬리를 물어야 한다. 독의 신비가 완수되기 위하여, 독의 변증법이 성립되기 위해서. 그럴 때 뱀은 그 존재가 정말 깊이 새로워지기에 껍질이 새로워진다. 이런 물기, 이런 회춘을 하기 위해 파충류는 몸을 숨기니 바로 거기에 그의 신비가 있다. — 가스통 바슐라르, 『대지 그리고 휴식의 몽상』, 문학동네, 2002, 310쪽.


무엇보다 선명하게 확인되는 레이어는 구조적인 측면이다. 작품의 구조는 세 가지 층위로 나뉘는데, 그중에서 섬에서 벌어진 사건들이 중심에 놓인다. 압도적으로 많은 분량을 차지하기도 하지만, 다른 레이어에 미치는 영향도 가장 크다. 여기 병행하여 주인공 설지원이 섬에 머물며 집필한 소설이 적힌 '노트'가 다른 층위로 제시된다. 또 설지원의 노트는 추후 『죽음의 섬』이라는 제목의 소설책으로 출간되며, 이에 대해 평론가들이 뵈클린(Arnold Bocklin)의 그림 〈죽음의 섬(The Island of the Dead)〉과 연관한 해석을 내놓았다는 진술이 제시되면서 마지막 층위를 형성한다.

이러한 세 가지 구조의 레이어는 서로 긴밀하게 연결된다. 각 층위의 진위를 따지지 않는다면, 섬에서의 경험을 반영하여 설지원이 소설을 쓴다는 기본적인 맥락이 구성되고, 여기에 작중 현실에 대한 상징으로 뵈클린의 그림을 더했다는 설명이 가능해진다.[3] 아울러 작가는 결말에 마지막 문단을 통해 일종의 순환구조를 만들었다.

> 그 시간 즈음, S선착장에는 검정 백팩을 메고 노트북을 신주단지처럼 들고 있던 까만 얼굴에 뾰족한 턱을 가진 청년이 P섬으로 향하는 배표를 샀다. 하루에 한 척밖에 없는 배를 타기 위해 여섯 시간 동안 버스를 타고서도 두 시간을 더 기다려야 했지만 그는 전혀 서두르거나 지루한 기색 없이 선착장 의자에 앉아 군데군데 밑줄 그은 『죽음의 섬』을 재독하고 있었다.[4]

위의 인용과 똑같은 진술이 작품 초반부에 파편처럼 흩어져 있다. 프롤로그에는 설지원이 "어깨에 백팩을 멘, 노트북 가방을 신주단지처럼 들고" 있었다는 표현이, 1장에서는 그가 "여섯 시간 동안 버스를 타고 S선착장에 도착"했고 "두 시간을 기다린 후, 철선을 타고 두 시간을 더" 달려서 작품의 주요 배경인 영무도에 도착했다는 설정이 제시된다. 이처럼 끝과 시작이 연결되는 구조는 신화적 상상력에서 자기 꼬리를 집어삼킨 뱀 우로보로스(uroboros)에 비유되어, 영원과 순환에 대한 상징으로 설명하기도 한다.

작품 전반에서 두루 발견되는 부활, 순환, 회귀의 이미지들이 이 상징을 뒷받침한다. 살해당한 낚시꾼, 즉 K프로덕션 김수만 PD가 되살아나서 주인공에게 하는 말, "나는 스무 번째 죽었고 스무 번째 다시 살았고 스무 번째 매년, 별장으

---

3) 뵈클린의 〈죽음의 섬〉이 상징으로 선택된 이유는 "갖가지 죽음의 모티프를 흩어 놓은" 탓에 "음울한 기운으로 가득 차 있"는 작품의 분위기, "미망인이 된 마리 베르나가 남편 기일을 맞아 추모 그림이 필요하다고 의뢰해 와 거기에 응한 작품"이라는 창작과정 등에서 찾을 수 있다. 하지만 레이어 관점에서는 화가가 1880년부터 1886년까지 유사한 이미지를 5편이나 그렸다는 사실이 더욱 주목된다. 그림마다 "섬의 크기나 묘혈의 모양 등을 미묘하게 다르게 표현"했고, 가장 마지막 그림에서는 "조각배가 섬 입구 바로 앞까지 도착해서 흰옷 차림의 인물이 섬을 향해 머리를 숙이는 모습이 묘사"되어, 마치 "배가 움직였나 싶은 착각"을 유발한다는 점(나가노 교코, 최재혁 역, 『무서운 그림』 2권 세미콜론, 2009, 105~108쪽.). 이처럼 이미지의 반복과 그로 인한 의미 변화는 레이어의 속성과 유사하다.

4) 본고 작품 257쪽에서 일부 인용했다. 앞으로 본고 작품에서 인용할 인용문 뒤에는 쪽수만 표기한다.

로 이렇게 들어오고 있지"에서 의미가 직접 노출된다. 또 영무도에서 벌어진 여러 사건을 마감하는 하지(夏至)축제 장면도 같은 맥락으로 파악되는데, 작가는 이를 "자궁으로 회귀"라고 표현했다.

> 관이 열리자 사체가 일어났다. 내가 몇 분 전에 빠져나왔던 구멍 속으로, 흡사 자궁으로 회귀하기 위해 질(膣) 속으로 들어가는 것처럼 흰 옷 입은 사람들이 스며들었다. 웃음소리도 옷자락 스치는 소리도 없었다. 배는 계속해서 등대 아래에서 멈췄고 구멍 속으로 사라졌다. 그들은 알고 있었다. 등대가 섬으로 통하는 길이라는 것을. 막힌 통로가 뚫렸다는 것을. — 250쪽.

이는 익숙한 수미쌍관(首尾雙關) 구조처럼 보이기도 한다. 하지만 단순한 반복이 아니다. 결말과 서두가 온전하게 이어지지 않는다는 사실에 주목할 필요가 있다. 다시 마지막 문단으로 돌아가자. 여기에는 작품의 첫머리에서는 찾을 수 없는 소설책 『죽음의 섬』이 제시되는데, 이는 에필로그에 이르기까지 전혀 언급되지 않았다. 그러므로 이 책을 작품 속에서 주인공이 쓴 소설로 파악할 수 있겠다. 이렇게 파악하면 기존 흐름이 유지된다.

하지만 작가는 『죽음의 섬』에 대한 명료한 설명을 남기지 않았다. 독자가 미루어 짐작하도록 분위기만 풍겼을 뿐. 더구나 소설의 허구성을 고려하면, 영무도에 대한 이야기라고 해도 주인공의 체험이 고스란히 반영되었다고 단정할 수는 없다. 즉, 섬에서의 생활이 그대로 설지원이 쓴 노트와 연결된 것은 아니고, 그를 기반으로 창작된 소설에 대한 평론가의 지적을 액면 그대로 수용할 필요도 없다는 뜻이다. 이렇게 되면 섬 생활, 노트, 뵈클린의 그림을 하나로 묶을 근거는 사라진다.

더구나 마지막 문장에서 "군데군데 밑줄 그은 『죽음의 섬』을 재독하고" 있다고

만 했으니, 이 청년을 주인공이라고 딱 잘라 판단하기는 어렵다. "까만 얼굴에 뾰족한 턱"이란 묘사는 1장에 잠깐 등장하는 "섬 출신이었던 친구"와 연관되는 까닭이다. 물론 독자가 어떻게 판단해도 이야기는 이어진다. 밀도의 차이가 생길 뿐. 여기에서도 분리와 결합이 수월한 레이어의 원리가 작용하는 것이다.

이외에도 여러 부분에서 작가는 독서의 흐름을 방해하는 장치를 마련해두었다. 이것이 노림수인지, 무의식의 발현인지는 분명치 않다. 다만 익숙한 방식으로 이야기를 진행하지 않는다는 사실만큼은 확실하다. 더듬더듬 새로운 길을 만들어 가는 작가의 시도가 새로운 소설적 가치에 닿을 것인지, 더 지켜보아야 한다. 섣부른 평가는 위험하다. 아직 살펴볼 내용이 남았다.


## 3. 피비린내 풍기는 어머니, 캐릭터의 레이어

> 우주적 여신은, 여러 가지 가면을 쓴 모습으로 인간에게 나타난다. 왜냐하면 창조의 결과란 다양하고 복잡한 데다, 창조된 세계의 관점에서 경험할 때면 상호 모순적이기 때문이다. 생명의 어머니인 동시에 죽음의 어머니다. — 조셉 캠벨, 『천의 얼굴을 가진 영웅』 민음사, 2004, 380쪽.

인간만큼 레이어 개념에 적합한 사례도 없다. 수많은 결을 마음에 품고, 상황에 따라 가면을 바꿔 쓰며, 살기 위해 수시로 입장을 변경하기도 하므로. 그러니 예술작품이 인간의 참모습을 온전히 반영하리라는 기대는 이룰 수 없는 소망에 가깝다. 그동안의 이야기들은 여러 면모 중 일부를 취사선택하고 단순화시킨 캐릭터를 제시했을 뿐이다. 인정하자. 그것이 예술의 본질적인 한계다.

차노휘의 장편소설 역시 다르지 않다. 아니, 다를 수 없다. 다만 논의의 범위를 주요 캐릭터로만 한정하면, 선명한 레이어가 눈에 들어온다. 가시적으로 드러나는 사례는 '안나'다. 앞서 살핀 구조의 레이어에서 섬 생활과 노트 양쪽에 같은 이름을 가진 인물이 등장하는데, 두 캐릭터 간의 연결점은 다소 모호하다. 현실적 개연성을 따지자면 동일 인물로 판단하기 어렵고, 현실과 환상이 혼재하는 이 작품의 특징을 고려하면 하나의 캐릭터로 봐도 크게 어긋나지 않는다. 여기에 "피부 전체가 하얗게 변하는 백색증"을 앓는다는 노트의 설정, 그리고 섬 생활 부분에서 노상 하얀 원피스를 입는다는 진술은 그대로 뢰클린이 그림에서 묘사한 남편의 장례 행렬을 따라가는 흰옷을 입은 여인으로 연결된다. 이처럼 안나는 작품 전반을 아우르며, 모든 레이어를 넘나드는 캐릭터로 제시된다.

나아가 이 인물은 다른 캐릭터들과도 이어지면서, 의미를 확장한다. 2장 초반에서 안나는 "익숙한 하얀 원피스"를 "살랑거리면서" 낚시꾼과 어울리는데, 이 모습은 앞서 1장에서 언급한 주인공의 "섬 출신이었던 친구"가 "동정을 준" 티켓다방 여자의 이미지와 중첩된다.

같은 장 중반부터는 "하얀 한복을 입은 어머니"와 연결되기도 한다. 어머니는 이 작품에서 특히 주목되는 캐릭터다. 작가는 프롤로그에서 설지원을 "오이디푸스 콤플렉스를 극복하지 못하고" "나이든 여자에게 호감을" 느끼는 인물이라고 제시했다. 이어 섬 생활 부분에서 화자는 어머니에 대한 공포와 원한을 드러낸다. 그는 "언젠가는 악몽이 의식을 점령할 것이다"라고 예측하면서 "그 중심에 어머니가 구렁이처럼 똬리를 틀고" 있다고 부연한다. 이 작품 전체를 주인공이 꾸는 꿈으로 해석할 여지도 분명히 존재하는데, 그리 보면 어머니에 대한 인식이야말로 이야기의 출발점이 된다. 이러한 인식은 작가란 "몽상을 통해 순수하게 형식적인, 다시 말해 미학적인 쾌락을 제공하여 독자들을 유희의 세계로 인도"[5] 한다는 프로이트(Sigmund Freud)의 주장과 통한다.

어머니는 일종의 억압 기제로 작용한다. 하지만 그 캐릭터의 행위는 자세하게 언급되는 반면, 동기는 선명하지 않다. 아들을 학대하는 이유는 제시되지 않은 채, 그저 "전도사"라는 설정이 제시될 뿐이다. 맹신, 혹은 광신. 작품 속에는 이처럼 일그러진 믿음에 빠진 캐릭터가 또 있다. 노트 부분에 등장하는 섬에서 의료 봉사했던 선교사들, 그리고 "오래전부터 섬을 지켜왔던" 무녀. 하지만 이들은 본질적으로 구분되지 않는다. 선교사들이 무녀의 치료에 빠져 "점점 자신의 본분을 잊"었기 때문이다. 둘은 결국 하나다. 그런데 여기에서 무녀가 약재로 사용한 풀을 선교사들이 '아니마[靈]'라고 불렀다는 사실이 주목된다. 명칭에서 그대로 드러나듯, 이는 "먼저 간 혼령들과 교감하게 하는 효과"가 있다. 이 효과는 이야기가 진행될수록 강화된다. 초반에는 명확했던 현실과 환상의 구분은, 주인공이 아니마로 만든 술을 섭취할수록 경계가 흐려지고, 결말에 이르러 끝내 뒤섞여버린다.

> 나는 사체를 봐도 이제는 아무렇지도 않았다. 언덕 위에서 낚시꾼 사체를 볼 때와는 확연히 달랐다. 그 뒤로 얼마나 많은 일들이 일어났던가. 혼령인 선글라스를 만났을 뿐만 아니라 내가 쓰고 있는 소설 스토리가 실현되고 현실이 또 소설이 되고 있었다. 이 상황이 환상이면서 현실이고 현실이면서 환상이었다. 이미 일어난 일은 과거일 뿐이었다. 예기치 못한 일이 두려울 뿐이었다. ─ 237쪽.

또 다른 억압 기제로 여 교수가 제시된다. 이 캐릭터의 직업이 교수로 설정된 이유야 노골적일 정도로 선명한데, "좀 더 신선한 소재를 찾아보는 게 어때요?"라며 주인공을 통제하는 까닭이다. 행동이 말씀으로 바뀌었을 뿐, 본질은 어머

5) 지그문트 프로이트, 『작가와 몽상』, 『예술, 문학, 정신분석』, 열린책들, 2003, 156쪽.

니와 같다. 한편 화자는 여 교수를 향한 관심을 "나를 잠 못 이루게 했던 비너스를 닮아서"라고 설명하는데, 이 여신은 다시 "증오와 피비린내, 살인을 바탕으로 완성된 아름다운 여인"이라고 해설되기도 했다.

여기에서 작품 전반에 낭자한 폭력과 피의 이미지에 대한 실마리를 찾을 수 있다. 그리고 이를 풀어내기 위해서는, 안나의 레이어를 다시 살펴야만 한다. 노트의 층위에서 안나는 선천적 심장폐사를 유발하는 불치병을 앓는 캐릭터로 설정되었다. 이런 딸을 살리기 위해, 아버지는 산 사람의 심장을 끄집어내 이식한다. 이것이 섬을 둘러싼 공포의 근원이다. 이러한 레이어까지 겹쳐 보면, 작품에 등장하는 여성 캐릭터들은 모두 "증오와 피비린내, 살인"으로 묶인다는 사실이 확인된다. 그들은 피로 물든 손을 들어 목적지를 가리킨다. 저기에 아름다움이 있다고. 그들이 등을 떠민다. 가서, 완성하라고.

## 4. 아름다움의 공포, 허구의 레이어

> '공포'란 곧 불확실하다는 것이다. 위협의 정체를 모른다는 것, 그래서 그것에 대처할 방법이 없다는 것이다. 그것에 달려들어 맞서 싸우려 해도, 싸워볼 도리가 없다는 것이다. ― 지그문트 바우만, 『유동하는 공포』, 웅진씽크빅, 2009, 12쪽.

마침내 목적지가 가까워졌다. 이제는 완성을 모색해야 하리라. 비너스가 "증오와 피비린내, 살인을 바탕으로" 아름다움을 이루었다면, 주인공은 섬에 얽힌 비밀을 밝혀 이야기를 만들어내고자 했다. 그는 자신이 일하게 된 별장을 보자마자 "이곳보다 더 좋은 소설적 공간을 여태 본 적이 없었다"면서 창작에 대한 의

욕을 드러낸다. 여기에 이 작품의 마지막 레이어가 있다.

소설가를 주인공으로 내세운 소설은 드물지 않다. 창작과정을 전면에 드러낸 사례도 적지 않다. 그러니 이를 독창성으로 내세우기는 어렵다. 오히려 작품에 제시된 소설에 대한 인식은 기존 말씀들을 충실히 반영하는 수준이고, 창작활동을 대하는 태도는 초심자와 같은 설렘마저 느껴진다.

> 섬을 떠날 수 있는 방법을 아는 한, 더 이상 이곳은 감옥이 될 수 없었다. 그렇다면 '소설'이 남았다. 소설이라고 발음하자 심장이 요동쳤다. 산 자와 죽은 자를 연결하는 소설. 현실과 환상. 이 섬의 지독한 악몽. 누군가에게 이 섬의 비밀을 말하고 싶은 욕 망으로 가슴이 터질 것 같았다. — 251~252쪽.

하지만 이 작품의 다른 요소들이 그렇듯, 소설 관련 내용 또한 여타 창작활동들과 연관되며 여러 겹의 레이어를 구축한다. 살해당한 김수만 PD의 수첩, 섬에서 벌어졌던 학살을 기술한 노트, 섬사람들이 하지축제에서 사용하려고 제작했다는 영화 등이 여기에 해당한다. 바로 여기에 독창성을 따질 여지가 있다.

먼저 수첩은 외부인이 섬을 관찰한 기록이라는 점에서 주목된다. 이야기 창작과정으로 따지면 소재를 수집하는 단계에 해당하겠다. 이 수첩의 내용은 작품에서 벌어지는 사건들을 이해하고 연결하는 실마리로 작용한다.

다음으로 노트의 창작자가 불분명하다는 사실을 주시할 필요가 있다. 맥락을 따지면 주인공 설지원이 작성했다는 추론이 타당하지만, 명시되지 않았으니 작가의 목소리로 보아도 무방하리라. 그러니 창작과정에서는 세계관 설정에 부합된다.

마지막으로 영화는 일종의 알레고리로 작용한다. "밋밋한 구성이었고 등장인물도 한 사람뿐"이며, 내용은 "중절모자를 쓰고 턱시도를 입은 키 큰 마른 신사가 가면을 쓰고 채플린을 흉내"내면서 끝이 보이지 않는 긴 사다리를 오르려고 하지만 "매번 실패했다"라는 것이 전부다. 그런데 주인공은 영화의 일부분을 시청하고 "지금까지 내가 겪은 것은 소설을 쓰고자 하는 욕망이 재구성한 것이란 말인가"라고 깨닫는다. 그리고 노트북 전원을 켜고, 다시 이야기를 만들어 간다. "의문과 의문 사이에 살을 붙이는 작업은 소설가의 몫이 않은가"라고 말하며. 이런 맥락에 따르면, 영화는 집필 단계에 해당한다.

글쓰기를 시작했으나, 아직 완성에는 이르지 못했다. 몇 가지 사건이 더 진행된 후, 주인공은 영화의 나머지 부분을 관람하면서, 그 속에 담긴 "보이는 것과 보이지 않는 것, 공포와 환락, 거짓과 진실 사이에서 '선택의 기로'에 서 있다"라는 메시지를 발견한다. 그리고 그 "문장을 노트에" 적는다. 이 깨달음이 그가 상황을 돌파하게 만드는 힘, 섬에서 벗어나는 계기로 작용한다.

지금까지 살펴본 레이어들이 모두 소설과 직접 연관되지는 않는다. 하지만 범주를 넓혀 허구적 창작물을 만드는 과정으로 이해한다면, 그리 무리한 해석도 아니리라. 이미지를 문장으로 전환하는 작업 역시 소설 창작방법 중 하나로 활용되고 있으니.

> 수첩 메모가 떠올랐다. 오래전 이 마을에 사는 무녀, 베틀, 순결한 처녀, 죽은 혼령을 위한 가면……. 잠깐 다락방에 있는 베틀을 떠올렸지만 그 낡은 베틀로 뭔가를 한다는 것은 상상할 수가 없었다. 내가 무녀와 베틀에 관한 소설을 쓰고 있지만 그것은 허구였다. 허구가 지금, 현실이 되려 하고 있었다. ― 176쪽.

복잡한 현실에서 소재를 추출하고, 그를 적절히 배열해서 세계관을 구성하며, 그 위에 사건을 배열하고 연결한다. 허구는 그렇게 만들어진다. 한편 독자는 작가가 만든 이야기를 넘겨받아, 나름의 방식으로 읽고 해석하면서 자기만의 지도를 만들어낸다. 이를 통해 허구는 다시 현실로 이어진다. 창작부터 독서까지 이어지는 과정도 역시 몇 겹의 레이어가 깔려있는 것이다.

그러니 인용처럼 실제와 환상의 중첩, 현실과 허구의 혼용은 그리 낯선 일이 아니다. 다만 그를 통해 펼쳐지는 이야기의 다양한 층위가 이 작품의 특징이며, 각각의 레이어를 넘나들며 해석하는 즐거움이야말로 이 작품의 미덕이다.

이는 우리 시대의 모습이기도 하다. 세상을 헤쳐 나갈 지도를 만들 수 있다는 기대, 별빛이 그런 노력을 지켜 주리라는 희망은 낡았다. 더는 유효하지 않다. 확신을 잃어버렸다. 길은 여전히 펼쳐져 있지만, 올바로 가고 있는지, 목적지에 이르기는 할지, 누구도 장담하지 못한다. 그래서 두렵다.

차노휘의 소설에서 공포를 느꼈다면, 강렬한 소재나 긴박한 진행 때문은 아니다. 그보다 우리 시대의 불확실성을 감지했을 가능성이 크다. 복잡하게 얽힌 레이어 속에서 갈피를 잃는 경험은, 지금 이 시대의 삶과 다르지 않다. 하지만 어쩌겠는가. 목적지에 도달하는 유일한 방법은 걸어가는 것뿐이니. 그러므로 우리는 여전히 쓰고 또 읽는다. 켜켜이 쌓인 레이어 속으로 용감하게 뛰어들면서. 끝을 가늠하기 힘든 떠돌이 생활을 기꺼이 즐기면서.

# 죽음의 섬

차노휘 지음

**발행처**·도서출판 **청어**
**발행인**·이영철
**영 업**·이동호
**홍 보**·이용희
**기 획**·천성래
**편 집**·방세화
**디자인**·이해니 | 이수빈
**제작이사**·공병한
**인 쇄**·두리터

**등 록**·1999년 5월 3일
(제1999-000063호)

**1판 1쇄 인쇄**·2019년 6월 1일
**1판 1쇄 발행**·2019년 6월 10일

**주소**·서울특별시 서초구 효령로 남부순환로364길 8-15 동일빌딩 2층
**대표전화**·02-586-0477
**팩시밀리**·0303-0942-0478
**홈페이지**·www.chungeobook.com
**E-mail**·ppi20@hanmail.net
**ISBN**·979-11-5860-654-1(03810)

이 도서의 국립중앙도서관 출판시도서목록(CIP)은 서지정보유통지원시스템 홈페이지(http://seoji.nl.go.
kr)와 국가자료공동목록시스템(http://www.nl.go.kr/kolisnet)에서 이용하실 수 있습니다.(CIP제어번호:
CIP2019019836)